GALVEIAS

JOSÉ LUÍS PEIXOTO

Galveias

1ª *reimpressão*

Copyright © 2014 by José Luís Peixoto
Publicado mediante acordo com Literarische Agentur Mertin Inh. Nicole Witt e K.,
Frankfurt am Main, Alemanha.

*A editora manteve a grafia vigente em Portugal, observando as regras
do Acordo Ortográfico da Língua Portuguesa de 1990.*

Capa
Ana Starling

Imagem de capa
© joe daniel frice/ Getty Images

Revisão
Carmen T. S. Costa

Dados Internacionais de Catalogação na Publicação (CIP)
(Câmara Brasileira do Livro, SP, Brasil)

Peixoto, José Luís
  Galveias / José Luís Peixoto — 1ª ed. — São Paulo : Companhia das Letras, 2015.

  ISBN 978-85-359-2643-9

  1. Ficção portuguesa I. Título.

15-07493	CDD-869.3

Índice para catálogo sistemático:
1. Ficção : Literatura portuguesa   869.3

[2021]
Todos os direitos desta edição reservados à
EDITORA SCHWARCZ S.A.
Rua Bandeira Paulista, 702, cj. 32
04532-002 — São Paulo — SP
Telefone: (11) 3707-3500
www.companhiadasletras.com.br
www.blogdacompanhia.com.br
facebook.com/companhiadasletras
instagram.com/companhiadasletras
twitter.com/cialetras

Escuta lá, de quem é que tu és filho? Sou o filho do Peixoto da serração e da Alzira Pulguinhas.

"Choveu do céu fogo e enxofre, que os consumiu a todos."
Lucas, 17:29

JANEIRO DE 1984

Entre todos os lugares possíveis, foi naquele ponto certo. O serão ia adiantado e sem lua, só estrelas geladas a romperem o opaco do céu, espetadas a partir de dentro. Galveias descaía lentamente para o sono, os pensamentos evaporavam-se. A escuridão era muito fria. Ao longo das ruas desertas, os candeeiros entornavam cones de luz amarela, luz fosca, engrolada. Passavam minutos e quase podia haver silêncio, mas os cães não deixavam. Ladravam à vez, de uma ponta da vila à outra. Cães novos, sozinhos em quintais, a gritarem latidos que terminavam em uivos; ou rafeiros moribundos de sarna, encostados ao lado de fora de um muro e a levantarem a cabeça apenas para lamentar a noite, revoltados e fracos. Se alguém estivesse a prestar atenção àquela conversa, talvez enquanto adormecia entre lençóis de flanela, seria capaz de distinguir a voz de cães maiores e mais pequenos, cães ariscos, nervosos, estridentes ou de voz grossa, gutural, animais pesados como bois. E um cão lá longe, a ladrar sem pressa, o som do seu discurso alterado pela distância, erosão invisível; e um cão aqui perto, demasiado perto, a raiva do bicho quase a levantar uma espertina no peito; mas depois um cão noutra ponta da vila e outro noutra e outro noutra, cães infinitos, como se desenhassem um mapa de Galveias e, ao mesmo tempo, assegurassem a continuação da vida e, desse jeito, oferecessem a segurança que faz falta para se adormecer.

Lá do alto, do cimo da capela de São Saturnino, Galveias era como as brasas de um lume a apagar-se, cobertas de cinza e imperturbáveis. Mesmo como as brasas de um lume, certas chaminés largavam fios de fumo muito direitos: gente que ainda estava acordada, a espicaçar restos de fogo com conversas ou cismas. Mas as casas, noite e janeiro, firmavam-se no chão, faziam parte dele. Rodeada por campos negros, pelo mundo, Galveias agarrava-se à terra.

No espaço, numa solidão de milhares de quilómetros onde parecia ser sempre noite, a coisa sem nome deslocava-se a uma velocidade impossível. O seu sentido era reto. Planetas, estrelas e cometas pareciam observar a decisão inequívoca com que avançava. Eram uma assembleia muda de corpos celestes a julgar com os olhos e com o silêncio. Ou, pelo menos, essa impressão era provável porque a coisa sem nome atravessava a lonjura do espaço com uma velocidade de tal ordem, de tal indiferença e desapego que todos os astros pareciam estáticos e severos por comparação, todos pertenciam a uma imagem nítida e pacífica. Assim, o mesmo universo que a lançara, que a insuflara de força e direção, assistia suspenso ao seu percurso. Existia o ponto de onde tinha partido, mas cada segundo destruía um pouco mais a memória desse lugar. Aquela sucessão de instantes compunha um tempo natural, isento de explicações. Passado sim, futuro sim, no entanto aquele presente impunha realidade, era composto apenas por ambições límpidas. E nem a violência que a coisa sem nome fazia ao rasgar caminho conseguia sobrepor-se à tranquilidade da sua passagem, distante de tudo e, mesmo assim, integrada numa arrumação cósmica, simples como respirar.

Avisados por um alerta secreto, os cães calaram-se durante um instante que não dava mostras de fim. O fumo das chaminés paralisou-se ou, se continuou, seguiu uma linha imperturbável, sem sobressaltos. Até o vento, que se entretinha apenas com o barulho de alisar as coisas, pareceu conter-se. Esse silêncio foi tão absoluto que suspendeu a ação do mundo. Como se o tempo soluçasse, Galveias e o espaço partilharam a mesma imobilidade.

E até aqueles que estavam sozinhos nas suas casas, esparramados numa soneira ou distraídos na última tarefa do dia: pousar o púcaro de esmalte no armário, esticar o dedo para desligar a televisão, descalçar as botas. Todos mantiveram a sua posição única e todos ficaram parados no ato que os ocupava. Até a lua, onde quer que estivesse, invisível naquela noite. Até o adro da igreja, lá no alto, com vista para a Deveza, imóvel como a estrada de Avis. E os campos em redor, trevas arborizadas, a estenderem-se até à Aldeia de Santa Margarida, conforme se sabe, e imóveis também. Até o terreiro. Até o jardim de São Pedro e a estrada de Ponte de Sor, a reta da tabuleta. Até a rua de São João. Até o monte da Torre e a barragem da Fonte da Moura, até o Vale das Mós e a herdade da Cabeça do Coelho.

Galveias e todos os planetas existiam ao mesmo tempo, mas mantinham as suas diferenças essenciais, não se confundiam: Galveias era Galveias, o resto do universo era o resto do universo.

E o tempo continuou. Tudo muito de repente. A coisa sem nome continuou à mesma velocidade desmedida, como um grito. Quando entrou na atmosfera da Terra, já não tinha o planeta inteiro à sua disposição, tinha aquele ponto certo.

Durante um minuto inteiro, Galveias foi atravessada por uma sucessão de explosões contínuas, sem um intervalo pequeno, sem uma folga. Ou também é possível que tenha sido uma só explosão, longa, a durar um minuto inteiro. Em qualquer dos casos, explosões ou explosão, chegou como um pau espetado no peito, como o terror durante um minuto, segundo a segundo a segundo. Foi como se a terra estivesse a partir-se ao meio, como se o planeta inteiro estivesse a partir-se: uma rocha do tamanho deste planeta, dura e negra, basalto, a partir-se. Ou talvez fosse o céu, feito dessa mesma rocha, a partir-se em duas partes maciças, mas separadas sem remédio. Talvez esse céu, tantas vezes dado como seguro, estivesse desde sempre à espera daquele momento. Talvez aquela explosão do além trouxesse solução às perguntas mal respondidas.

A vitrina do café do Chico Francisco estourou numa remessa de pedaços mais pequenos do que uma unha. Era vidro grosso, com muitos anos em cima. Um dos homens que lá estava, o Barrete, disse que viu a vitrina formar uma bola no centro, conforme uma bola de futebol, disse que só depois se desfez em todas as direções. Pode calcular-se o estrondo de um caso desses, mas não é garantido que tenha sido mesmo assim. A vitrina era transparente e muitos duvidaram que, àquela hora da noite, alguém lhe conseguisse distinguir formas. Além disso, o Barrete era amigo do branco, do tinto e da pinga de qualquer cor, e a vitrina com formato de bola já parecia muita história. O Barrete ficava ofendido se alguém duvidava e, como prova, tinha uma ferida funda, fresca, que abria com a ponta dos dedos para mostrar. Tinha sido feita por um caco de vidro espetado no antebraço. Só conseguiu proteger-se a tempo porque estava a olhar para a vitrina quando rebentou. Segundo ele, o caco de vidro ia-lhe direto à vista.

O João Paulo parecia ter um certo gosto em apontar para o portão de ferro. Rodeado de motas e de bocados de motas, os olhos brilhavam-lhe. Sempre que fosse preciso, limpava as mãos a um esfregão de desperdício e contava que, quando tudo começou, estava a mexer na motorizada do Funesto. Concordava que tinha parecido o fim do mundo, mas afiançava que nem se lembrara de medo. Acreditou que eram uns sujeitos da Ervideira a procurá-lo. Tinham ficado incomodados com uma série de habilidades que fez à porta de um baile em Longomel ou na Tramaga, já não se lembrava bem. Achou que estavam três ou quatro desses malandros a dar pontapés no portão da oficina. Por fim, tinham vindo cumprir a ameaça. Enfiou um capacete, agarrou numa chave inglesa das maiores e avançou sobre o portão. Assim que o abriu, levou com ele de chapa nos dentes, voou atordoado e bateu despedido com as costas no cimento. Este era o ponto em que se ria mais alto. Ria-se à gargalhada, forçando aqueles que o ouviam a rir também. De olhos espantados, riam por cortesia. Só as gargalhadas dele eram sinceras.

Estas eram conversas fáceis de vários dias depois. Na hora, ao longo daquele minuto inteiro, as pessoas mudaram de cor. Durante o apocalipse, ninguém tem espírito para graças.

Identificando essa gravidade, o Sem Medo ouvia as descrições feitas pelos homens do terreiro, encolhia os ombros e admirava-se em silêncio. Perante as mesmas histórias, contadas por vizinhas, a mulher do Sem Medo escancarava os olhos, desentupia os ouvidos com o mindinho, e calava-se também. Na hora do sucedido, estavam nus, na cama, a pensarem noutros temas. Sem que o soubessem, guardavam sintonia com um ritmo maior do que as paredes à sua volta.

Logo quando começaram, em cadência incerta, ou depois quando continuaram a uma velocidade mecânica, tipo comboio, ou mesmo quando se dirigiram para o fim com estocadas rápidas, as duas cinturas a baterem palmas côncavas, toc, toc, toc, dirigiam-se já para aquele ponto no tempo. Em sincronização perfeita, o Sem Medo e a mulher receberam uma onda de prazer e de glória, que os varreu durante um minuto inteiro e que coincidiu, segundo após segundo, com a explosão que se sentiu em Galveias. Por isso, ao contrário de todos, quando o Sem Medo saiu de cima da mulher, estavam os dois arrasados de profunda satisfação.

Muitos acharam que era o fim do mundo, principalmente o padre Daniel, que acordou ainda baralhado da bebedeira, com a cara espalmada de encontro à mesa da cozinha, com a face crivada de migalhas de pão duro.

Como uma buzina feita de morte, a explosão cobriu os gritos por completo. A maioria dos galveenses desconhecia um barulho tão bruto, não sabia que era possível. Alguns, por instinto, passaram esse minuto a gritar. Sem possibilidade de raciocínio, sentiram que se ouvissem a sua voz estariam a controlar a situação. Ao mesmo tempo, seria sinal de que estavam vivos. Mas, com a garganta em esforço, não chegavam a escutar-se sequer dentro da cabeça. Abriam a boca, gritavam e, apesar de sentirem a vibração da voz, o sangue a palpitar nas têmporas, os olhos quase a rebentarem, não ouviam nada.

Quando o barulho terminou, ficou um silêncio insistente, um guincho nos ouvidos. Então, podiam ter gritado, mas aquele já não era tempo de gritos, era hora de respirar. Por isso, todos foram para a rua, velhos, crianças, mulheres, homens com a barba por fazer.

O ar estava coberto por um sólido cheiro a enxofre. Era como se a própria noite tivesse essa consistência, como se fosse aquele cheiro agreste a dar-lhe cor. Debaixo desse veneno, os galveenses não puderam encher os pulmões mas, em roupa de cama ou roupa de casa, malvestidos, apreciaram o frio, soube-lhes bem na pele. Tinham sobrevivido.

A meio da noite, as portas abertas de todas as casas da vila, luz entornada, e as ruas cheias, mulheres de camisa de noite, homens de ceroulas, contentes por se verem uns aos outros. Estavam alarmados e magoados mas, assim que dividiram o peso dessa aflição por todos, o alívio foi imediato. Houve quem começasse a sorrir logo ali.

Ninguém tinha respostas. Do Queimado à Amendoeira, no Alto da Praça, na Deveza, na Fonte, as ruas estavam cheias de gente a expulsar de dentro de si o susto. Sob o trauma dos estrondos e o cheiro a enxofre, falavam sem parar. Perdiam o sentido, mas não perdiam a oportunidade. Àquela hora, bem passava da meia-noite, em janeiro, as ruas estavam cheias de gente a falar. Todos queriam dizer alguma coisa. Quando parecia que estavam compenetrados, não estavam realmente a ouvir, estavam só à espera de vez, à espera de um bocadinho vago para entrarem com o que tinham a dizer. Até as crianças, ignoradas pelos crescidos, procuravam-se e arregalavam os olhos.

Dentro do segredo, entre as sombras, os cães cheiravam-se uns aos outros, murchos, magoados, de orelhas descaídas, como se tentassem consolar-se de uma tristeza infinita.

Na fachada do doutor Matta Figueira, na rua da Fonte Velha, o candeeiro estava tombado, de pescoço partido, cabeça caída, sem préstimo. Era um candeeiro de estimação, pendia daquela parede desde épocas em que o pavio era aceso todas as noites. E, sim, o próprio doutor Matta Figueira estava na rua, dois passos diante da sua porta, e estava também a senhora, e também o filho, menino Pedro, também a nora e o neto. Como se posassem para uma fotografia. Apesar de terem acordado de imprevisto como toda a gente, estavam bem penteados e passados a ferro. Essa solenidade contagiava os vizinhos. Até o Acúrcio e a mulher, do outro lado da rua, vestidos com a roupa com que atendiam todos os dias na taberna, nódoas de vinho tinto, estavam em sentido, mas sem convicção. O cabo da guarda, vindo do lado do terreiro, foi direito ao doutor Matta Figueira.

Em tom de relatório, não tinha explicações seguras. De olhar baixo, lamentava muito, pedia desculpas ao doutor quase como se assumisse responsabilidade da ocorrência. O doutor não o desculpou logo. Não podia esquecer com tanta facilidade um incómodo daquela dimensão. A sua família, como era visível, tinha sido bastante atingida. Além disso, havia a situação do candeeiro.

O cheiro a enxofre engelhava a cara das pessoas em toda a vila.

Só a ti Adelina Tamanco, arrumada ao poial de casa, sussurrava que tinha sido muita força de bruxedos. Não queria que se ouvisse porque sabia que a viva voz chamaria esses bruxedos e, dava para ver, tratava-se de trabalhos feios, horrorosos, que ninguém quereria para si, Deus livre. O Joaquim Janeiro dizia que era a guerra, os americanos, filhos de um rancho de putas. Cada um dizia o que queria, mesmo sem noção. A ti Inácia, arrumada à casa do prior, defendia que tinha sido o Espírito Santo. Afirmava isto e ficava a olhar para o padre Daniel, à espera de comentário que a apoiasse, mas ele fingia que não ouvia e foi o primeiro a queixar-se de frio, realmente estava fresco. Em frente à loja do Bartolomeu, o próprio Bartolomeu, com umas ceroulas bastante manchadas, acreditava que tinha sido uma trovoada elétrica.

Segundo ele, era um jeito de tempestade, mas com trovões, tipo bombo, e elétrica. Um terramoto? Chegou a falar-se nisso à porta da loja, mas não deixaram que tivesse um segundo de lógica porque, se fosse um terramoto, o chão teria tremido. As certezas eram muito miúdas, tinham de ser catadas com a pontinha dos dedos. A ti Silvina, à porta da casa dela, puxou a menina Aida e disse-lhe que sabia de onde vinha aquele caso. Quando a outra se dispôs a ouvir, após uma pausa de expectativa, disse-lhe que eram as obras do metro. No verão, quando a filha veio de férias, contou que lá na Inglaterra andavam a fazer obras do metro ao pé da casa dela e não havia sossego, era um transtorno tal e qual como aquele. A menina Aida continuou a olhar para ela muito séria e encolheu os ombros. Sim, talvez andassem a fazer obras do metro, era uma possibilidade.

As velhas, de xaile pela cabeça, só a mostrarem os olhos e a ponta da testa, foram as primeiras a recolher-se. O frio acabou por vencer aquela meia hora, invernia de má raça. Quando começaram a repetir assunto, as pessoas foram-se apercebendo das orelhas geladas, dos pés gelados, da maré de gelo que entrava por debaixo da roupa e se esfregava até nos refegos mais agasalhados. As crianças custaram a voltar para casa. Estavam já prontas para ficar ali o resto da noite. As mulheres da boîte quiseram aproveitar para seduzir clientela, prometeram bebida de borla e alguns favores sem compromisso. Sem saber para onde se virar, o Miau andava atrás delas, com a língua de fora, a rir-se sozinho. Quem se esforçou mais nesses sorrisos foi a Isabella, brasileira de camisola caicai e com uma mancha de farinha nas calças de licra, a cobrir-lhe a nalga direita. Fazia lembrar as brasileiras das telenovelas, mas não teve sorte. Havia muita gente a olhar para que algum tivesse a ousadia de seguir o convite. Além disso, o pessoal andava pouco abonado. Além disso, era pouco provável que alguém estivesse com disposição. A mãe do Miau chegou à procura dele e conseguiu levá-lo. Mas o último a entrar em casa foi o Catarino. Quando os vizinhos fecharam as portas, foi buscar a motorizada à garagem. A avó tentou dissuadi-lo:

Ó Nuno Filipe, vai-te deitar, rapaz.

Mas não se empenhou a fundo porque sabia que não valia a

pena. O Catarino passou devagar por todas as ruas da vila, mas já não encontrou ninguém.

A caminho da escola, os cachopos iam todos a coçar as ramelas e a torcer o nariz. Estavam ensonados e rabugentos com aquela manhã tão cinzenta, tão sem consideração pelas suas arrelias. Já na sala, arrumaram-se ao aquecedor de gás, a professora deu licença, e deram soltura às suas teorias. Forasteira, a professora ficou banzada com as cabeças dos cachopos e, nessa manhã, mandou-os para o recreio mais cedo. Achou que precisavam de correr.

De madrugada, no alto da rua de São João, os homens e as mulheres firmaram-se e subiram com desenvoltura para os reboques dos tratores. E lá seguiram para o campo sem grande paleio, sisudos, sentados em fardos de palha, a agitarem-se conforme os buracos da estrada e, se não fosse pelo cheiro cinzento a enxofre, quase a duvidarem que a noite anterior tivesse acontecido.

As velhas, viúvas ou não, vinham para a porta de casa com a sua vassoura de mato. De rabo para o ar, começavam a varrer. Passava um instante e levantavam a cabeça para olhar em redor. Queriam dar fé e perceber se havia novidades. Essa incerteza demorou até meio da manhã.

Na torre da igreja, os sinos deram as dez. Estava a rodar essa música de sinos em perfeita afinação quando o Cebolo entrou de motorizada na vila. Era um motor preguiçoso, a gemer uma surdina de besouro, a falhar nas subidas, incerto, espécie de motor bêbado.

Trazia o capacete enfiado na cabeça, mas levava a correia desapertada. Passava de olhos muito abertos, um mais aberto do que o outro. Quem o via, tão compenetrado, suspeitava. Quando parou no terreiro e pôs a motorizada na espera, os homens que estavam à porta do café do Chico Francisco ficaram só a olhar para ele. Com vagar, aproximou-se, deixou que passasse um momento e deu-lhes a notícia.

Tresandava a uma mistura de enxofre e borregum. Ficaram doidos. Dois deles pegaram logo nas motas e seguiram juntos. Os outros espalharam-se: um desceu pela rua da sociedade, outro desceu pela rua da Fonte Velha, outro subiu em direção ao Alto da Praça, outro foi para o lado do São Pedro. O Cebolo pouco se mexeu. A vitrina do café do Chico Francisco estava coberta por um tapume velho de contraplacado. Esse fundo deu ainda mais gravidade ao olhar do Cebolo.

A notícia foi alastrando a partir do terreiro, como um incêndio, ou como água da chuva nas regadeiras, ou como a notícia de uma morte, ou como uma lata de tinta entornada.

Quando voltou para o campo, aturando os caprichos da motorizada, o Cebolo passou por grupos que avançavam a pé e de bicicleta. Foi ultrapassado por motas mais adolescentes e, mesmo à beira de chegar, foi ultrapassado pelo automóvel do doutor Matta Figueira.

Quando essa nuvem de pó se desfez, o Cebolo teve de parar a motorizada para acreditar no que estava a ver. Dezenas de pessoas, centenas talvez, enchiam a herdade do Cortiço, atravessavam-na a passos largos. Contra o ligeiro abrandamento das ervas altas, dirigiam-se à cratera. Muitos rodeavam-na já.

Julgando-se abandonadas, as cabras do Cebolo admiravam-se com aquele movimento de gente, levantavam um olhar de medo, coitadinhas, podiam mesmo ensaiar uma fuga espantada se alguém fizesse um gesto mais brusco, mas não chegavam a sair do lugar.

O terreno apresentava uma cratera redonda e inédita: um círculo com um diâmetro de uma dúzia de metros, mais ou menos, abatido a cerca de um metro abaixo do resto da terra. Era como se um martelo gigante tivesse afundado aquele disco. No centro, a coisa sem nome, imóvel, vaidosa, a exibir-se. Aqueles que tinham descido o degrau e feito menção de se aproximar, não aguentaram o calor. Mesmo à distância, a coisa sem nome difundia um calor ardente, que corava as faces e secava a boca. O cheiro a enxofre era quase irrespirável. Muitos tapavam a boca com lenços de assoar ou com a palma da mão. Ali, nunca ninguém tinha visto nada que pudesse comparar com aquilo. Rodeado por alguns dos seus filhos, o Cabeça estava lá, embasbacado.

Se calhar, é um bocado de sol, disse.

Está claro que não era. As palavras saíam-lhe da boca e ele sabia que não era. Lançou esse palpite sobretudo como expressão do espanto extraterrestre que ali se sentia. Poucas pessoas arriscavam sugestões. O doutor Matta Figueira, de fato, colete e gravata, acompanhado pelo Edmundo, em traje de tratar do jardim, botas de borracha, partilhava dessa cautela silenciosa.

A coisa sem nome tinha caído no Cortiço. Os mais velhos lembravam-se dessa herdade já ter dado toda a espécie de cultivo. Naquela hora, estava coberta por um pasto verde, viçoso, próprio para ser apreciado. O caminho não custa: quem vá da vila ao monte da Torre, passa pelo campo da bola e encontra o Cortiço à esquerda, depois de passar pela Assomada e antes de chegar à Torre. Do outro lado da estrada, está a courela do Caeiro.

Era na courela que os pardais se refugiavam. Levantavam-se às vezes, aqui e mais além, num restolhar de penas. Como se quisessem desembaraçar-se de si próprios, aguentavam-se por dois ou três segundos errantes e voltavam logo a cair, vencidos pelo medo. Eram pardais que nunca tinham visto um ajuntamento daqueles.

Os galveenses iam chegando em levas. Acercavam-se da

cratera, avaliavam a forma da coisa sem nome, sentiam-lhe o calor e o cheiro, mas ignoravam-lhe o mistério.

Muitos atravessavam os campos, iam de algum lado a algum lado. Outros juntavam-se em assembleia debaixo dos sobreiros. Às vezes, em ocasiões que passaram despercebidas, havia alguém a querer obrigar um cão a aproximar-se, a empurrá-lo ou a puxá-lo. Nunca conseguiam e acabavam por desistir. Os cães guardavam sempre mais força de vontade. Teriam sido capazes de virar-se contra os donos, não chegou a ser preciso.

Ao longo do dia, entre a vila e a herdade do Cortiço, houve viúvas de todas as idades em ritmo de procissão e houve rapazes sem travões a acelerarem a fundo nas motas; houve carroças de mulas, onde os cachopos apanhavam boleias clandestinas, e houve burros arreados a levarem velhotes de pernas fracas e de ancas a dançar.

Nesse serão, os galveenses jantaram sopa de feijão com couve. A seguir, limparam a boca com uma peça de fruta e ficaram pensativos. Isto, claro, com a exceção daqueles que jantaram outra coisa, daqueles que não tinham fruta em casa e daqueles que estavam demasiado compenetrados em alguma tarefa para se distraírem com pensamentos.

Uns deitaram-se mais cedo, outros deitaram-se mais tarde.

A noite passou. Chegou a madrugada e, logo depois, chegou a manhã. Para muitos, despertar foi um alívio. Esse não foi o caso do ti Ramiro Chapa, que faleceu no posto de socorros ao toque da aurora.

A coisa sem nome permaneceu sozinha na herdade do Cortiço, no centro da cratera. Ao longo desse dia, sexta-feira, não recebeu vistorias. O toque de finados, repetido durante a tarde, tirou essa ideia àqueles que, por insensibilidade momentânea, colocaram a hipótese.

Mas esteve também nas conversas na capela de São Pedro. Os homens do lado de fora, a aguentarem um frio que atravessava samarras; as mulheres lá dentro, em redor da presença deitada do defunto, embrulhadas em mantas que não as aqueciam, intoxicadas pelo cheiro a enxofre que, ali, se condensava com uma força que dava tonturas.

Era como se o próprio homem, coitado, internado havia tanto tempo no posto de socorros, se tivesse transformado numa barra de enxofre.

Foi só na manhã seguinte, depois do enterro, que chegaram novas visitas. Sem saberem como lidar com a coisa sem nome, sem compreendê-la, os mais desocupados e menos sensíveis de nariz regalaram-se a olhá-la.

Então, exploradores, perceberam que podiam aproximar-se. O cheiro a enxofre lançava-se pelas narinas como pregos, mas o quente temperava a frieza daquela hora. Era uma dezena de homens com as palmas das mãos assentes sobre uma pedra.

Nesse momento preciso, caiu a primeira gota.

Logo a seguir, uma chuva mundial. Era o céu inteiro que chovia.

Sem descanso, sem uma interrupção, noite e dia, exatamente com a mesma avidez, à bruta, choveu durante uma semana, sete dias seguidos.

E todos se esqueceram da coisa sem nome, menos os cães.

Mesmo com o capacete, os tiros deixavam-lhe os ouvidos a zunir. Chegou a parar a motorizada e a pedir ao Armindo Cabeça para baixar a caçadeira, mas como é que o rapaz podia fazer pontaria assim? Não podia. Disparou um par de vezes com a coronha encostada à barriga mas, além de ser um desperdício de cartuchos, era perigoso porque havia a possibilidade de algum chumbo sem direção fazer ricochete em qualquer coisa invisível, numa sombra ou na própria noite. O risco de levar uma chumbada não o afligia, já o preço era incomodativo. O dinheiro de uma caixa de vinte e cinco cartuchos chegava para uma travessa de pipis e meia dúzia de cervejas na taberna do Acúrcio.

Só lá entrava para petiscos. Em tardes jeitosas, passava pelo balcão e, no quintal do Acúrcio, uma porta velha em cima de cavaletes fazia de mesa para banquetes imperdoáveis, amanhados pela mulher do Acúrcio. Entrava o serão e a coleção de garrafas vazias não abrandava. Se o Acúrcio, vagaroso, não passasse de vez em quando a recolher vasilhame, seriam bem capazes de cobrir a mesa.

Quem pagava os cartuchos, claro, era o Catarino. Era também ele que fornecia a caçadeira: uma menina de dois canos e bom peso, comprada pelo pai. Durante os anos da adolescência, interrogou-se acerca das razões que levaram o pai a querer uma espingarda. Nunca o tinha visto a usá-la ou a mexer-lhe. O pai estava emigrado em França e não costumava vir na época da caça. Esse dilema dava-lhe um incómodo insistente, seco, porque deixava à mostra o quanto se desconheciam. Arranjou emprego à arma só para deixar de andar com essa dúvida às voltas.

Passava da hora de jantar quando chegava à rua dos Cabeças. Batia à porta sem se levantar da motorizada. Não esperava muito até ser aberta por um grupo de cachopos mudos, sérios, malvestidos e mal lavados, a olhá-lo com curiosidade temerosa. A televisão estava sempre muito alto. A mãe dos Cabeças esticava-se para vê-lo e dizia:

Ó Ana Rosa, vai lá buscar o teu irmão Armindo.

A mãe dos Cabeças sabia bem o que iam fazer. Antes de saírem, o Cabeça-pai vinha sempre à rua e grunhia dois ou três conselhos ao filho, sempre os mesmos. Parecia falar com o peito, a voz saía-lhe abafada pelo meio das costelas, sem sílabas, uma massa de sons. O filho escutava-o de cabeça baixa, em respeito e obediência. Sentado na motorizada, Catarino assistia a essa cena como se estivesse a vê-la na televisão, meio espantado, meio dormente. Depois, arrancava na máxima aceleração. Nas costas, sentia o Armindo Cabeça a agarrar-se ao banco, encolhido, com os pés espetados nos pedais.

Quando abria a porta de casa, cheirava-lhe a sopa. Mal o sentia, a avó começava a segui-lo e a fazer-lhe perguntas. Tentava escapar-lhe mas, quanto mais a ignorava, menos ela lhe dava sossego. Madalena olhava para a televisão, hipnotizada. Ele passava com a avó, como se a levasse atada à perna. Madalena continuava calada, desviava-se, levantava as sobrancelhas e não perdia uma palavra ou um gesto da telenovela. Às vezes, Catarino entrava na casa de banho e fechava a porta. A avó falava através da porta fechada. Quando saía, lá estava ela a esperá-lo, de ânimo atiçado, como se tivesse descansado secretamente.

Em duas ou três ocasiões, assumiu que ia levar a caçadeira.

Ai, Nuno Filipe, peço-te por tudo. Porque é que tu me fazes isto, Nuno Filipe? Queres ver-me debaixo da terra, queres? Não te rales que não falta muito. Maldita hora em que o teu pai pôs essa arma cá em casa, maldita hora. Se queres ver-me debaixo da terra, leva a espingarda ou então dá-me já com ela. É o melhor: dá-me já um tiro e acaba com isto porque eu não aguento mais.

A avó uivava. Não valia a pena explicar-lhe. Ela não tinha compreensão. Por isso, restava-lhe usar as suas melhores manhas e fintá-la. Na rua, o Armindo Cabeça nunca esperava menos de meia hora antes de ver o Catarino chegar com a caçadeira e o saco de plástico dos cartuchos.

Na estrada do campo da bola, depois do último poste da vila, doía-se pela motorizada. Gostava dela como se fosse uma pessoa ou um animal. Mantinham longas conversas em pensamento, como uma espécie de namoro. Assim que a comprou, deu-lhe um nome. Chamava-lhe Famélia: a marca, Famel, e o nome da avó, Amélia. Começou como uma brincadeira, para se meter com a avó, mas acabou por ficar. Com o uso, o nome ia perdendo a graça e a estranheza mas, mesmo assim, a avó não gostava.

A Famélia era elegante. Quando entrava na estrada de terra, o fim das casas de um lado e de outro, a crueza da noite sem mais luz do que a dos seus faróis davam ao Catarino a noção do esforço que ela fazia para os levar. De repente, a estrada parecia demasiado longa.

Antecipando essa pontada no coração, passou a tarde na oficina do João Paulo. Por capricho, pediu-lhe que lubrificasse os cabos, que examinasse os rolamentos, a corrente, o carburador, a válvula, o filtro e tudo o que se lembrou. Nem os cabos precisavam de lubrificação, nem nenhuma dessas peças precisava de cuidado, mas aquilo que o Catarino queria mesmo era que a Família se sentisse bem tratada, que desfrutasse da limpeza que o olhar do João Paulo lhe proporcionava; fazia questão que se sentisse vaidosa, em exposição, a ser gabada por eles enquanto conversavam sem desviar o olhar dela.

O Catarino sabia que o João Paulo o entendia. Espécie de órfão, com os pais em França, crescera a contar com o amigo. Os dois anos que o João Paulo levava de avanço pouparam o Catarino a quatro anos de porrada. Chegou selvagem à escola primária, não se ficava, bravio. Os mais velhos tomaram-no de ponta e o João Paulo tinha de lhe acudir quase todos os dias. Depois, quando passou para a telescola, já o Catarino estava capaz de se defender sozinho. Não foi preciso tomar conta dele na escola secundária, em Ponte de Sor. O João Paulo ainda lá andou um ano a ver no que dava. Correu-lhe mal e não repetiu. O Catarino não chegou a ir para o sétimo ano, não quis. Mas, apesar desse parentesco sem nome, o Catarino pagava cada minuto que o João Paulo passava à volta da motorizada.

Estava convencido de que os tiros lhe rebentavam qualquer coisa dentro da cabeça. Para além dos ouvidos, havia um ponto ao calhas que lhe estalava dentro do crânio depois de cada tiro, um alfinete enferrujado a espetar-se. O Armindo era um belo atirador, tinha olho, mas a agilidade com que o Catarino levava a motorizada determinava o sucesso daquelas noites.

Mataram a primeira lebre ainda não estavam no mato. Saídos da estrada, dirigiam-se por um carreiro que apanha a parte de cima da serra. Andaram poucas centenas de metros, três ou quatro, e lá estava ela no meio daquela linha torta, orelhas levantadas, muito admirada. Caiu com um único tiro, crivada de chumbos que, antes da panela, teriam de ser catados um a um. Era um animal novo. O Cabeça enfiou a lebre na saca de serapilheira e, como era hábito, entalou-a entre os dois. Não tinha passado uma hora e já levavam cinco na saca. Ainda estavam quentes, Catarino sentia-as nas costas, o rapaz do Cabeça sentia-as na barriga.

Após uma hora na serra, Catarino já levava os calos a latejar nos punhos e na manete do travão de trás. Na penumbra, tinha de se desviar dos montes de estevas, dos pedregulhos que havia com fartura, dos eucaliptos de vários tamanhos a crescerem sem governo e, mais difícil ainda, tinha de prever os altos e baixos do terreno. O Cabeça lá se equilibrava com as ancas, fazendo o corpo morto, exceto nos braços, prontos a disparar, e no ombro direito, onde firmava a caçadeira, sempre apontada para o que aparecesse. A Famélia, alegre, já não era a motorizada cansada que subia a estrada do campo da bola. Entusiasmava-se a subir e a descer, a pôr mudanças, a reduzir e, depois, num momento, a mostrar uma lebre com os faróis e, assim, a desencadear o tiro. Às vezes, a roda da frente afundava-se em poças de sombra que, afinal, eram buracos. Faltava-lhes o chão por um segundo, os corações seguiam essa falta súbita, mas refaziam-se logo a seguir, no próximo segundo.

Atravessaram a serra e desceram quase até ao Vale das Mós, mas não chegaram a tocar a estrada de terra e calhaus ou sequer se aproximaram dos bebedouros para os animais, apesar da vontade que o Catarino tinha de molhar a boca. O velho Justino, que morava no monte da Cabeça do Coelho, era avariado. Não lhe custava esconder-se por detrás de uma azinheira. Nesse caso, a opção mais ruim não seria corrê-los a tiro de cartucho de sal, como fazia com os cachopos que andavam aos pardais. O velho Justino era um perigo, não havia medida para o seu veneno e ninguém sabia o que pensava. Por isso, apesar de a herdade da

Cabeça do Coelho ficar a certa distância, o Catarino deu meia-volta e, por cautela, voltou a atravessar a serra, serpenteando. Nesse caminho embaraçado, chegaram a alumiar uma fêmea de javali, parada debaixo de um sobreiro, rodeada de crias. O Catarino hesitou, eles e ela ficaram a olhar-se durante um instante, e mudou de direção.

Não levaram relógio. A noite estava solta. Pararam quando, pelas contas do Catarino, já tinham apanhado vinte. Era um bom número, dava conta certa: quinze lebres para o Catarino, cinco para o Armindo Cabeça. Essa era a matemática que tinham combinado: três partes para um e uma parte para o outro.

Entrou pelo campo da bola adentro, parou o motor na grande área da baliza de baixo e levantou-se da motorizada. De isqueiro aceso, como se olhasse para um poço, espreitou para o interior da saca. Sem o apagar, acendeu um cigarro. O Cabeça também aceitou um, era de borla. Depois de contar as lebres com o braço enfiado até ao fundo da saca, com o macio do pelo a ameigar-lhe as costas da mão, olhou em volta, já com os olhos habituados à noite.

Parados, sem os nervos da caça, com o gás a morrer-lhes no corpo, foram capazes de sentir o frio. O Catarino era o mais agasalhado mas, mesmo assim, aquele frio atravessava-lhe o casaco de bombazina, o forro a fingir pelo, atravessava-lhe o pulôver de malha, a camisa de flanela e a camisola interior de algodão, com dois botões apertados até acima. Ao despique, naquele janeiro gelado, sopravam baforadas de fumo e, depois, com os pulmões limpos, lançavam nuvens de vapor, também espessas.

O frio e o silêncio existiam ao mesmo tempo e ocupavam o mesmo espaço. Não havia fronteira entre o frio e o silêncio. Às vezes, confundiam-se.

No campo da bola, o céu era maior. Com o céu, crescia a noite. Com a noite, crescia o que podia acontecer. Essa era uma teoria porque, ali, o único acontecimento perceptível era aquele cheiro pesado a enxofre. Catarino chegou a pensar que pudesse ser da pólvora. Apesar da pontaria económica do Cabeça, tinham gastado um bom número de cartuchos. Mas não, era o cheiro da coisa sem nome, a pouca distância, depois de um par de cabeços.

Catarino tentou meter conversa sobre isso. Fez perguntas mas, como resposta, recebeu apenas a dita mistura de frio e silêncio que, como se viesse a pairar desde o fundo negro daquele céu, caía sobre o campo da bola, caía sobre abandono e desolação: entre cardos altos e ervas, entre balizas cobertas por ferrugem como ossos de cadáveres mal enterrados.

O Armindo Cabeça tinha-lhe respondido, mas a sua voz era muito tímida, escolhera poucas palavras. Catarino, com os ouvidos a zunir dos tiros, não ouviu.

Ainda estavam todos acordados na casa do Cabeça, a televisão ainda acesa a berrar anúncios. À porta, Catarino dividiu as lebres e passou a saca para a frente, em cima do depósito, entre os braços. Seguiu pelas ruas a toda a brida. Os guardas não podiam apanhá-lo com aquela saca quase cheia mas, mesmo que não a levasse, teria ido à mesma velocidade. Quando abriu o portão e entrou com a Famélia já passava da uma. A garagem era tão ampla que o carro do pai não chegava a ocupar metade, sobrava espaço para muito mais. Mesmo assim, Catarino irritava-se com o mau governo dessa arrumação. Em julho, o pai chegava sempre com um carro diferente. Mais valia vender aquela sucata para peças. Ali, era escusada. O pai dizia que lhe dava o carro mas ele nem respondia. Não fazia tenção de andar naquilo, não estava interessado em carros.

Tinha acabado de prender com arames as patas de trás da primeira lebre, quando Madalena entrou na garagem: roupão de

31

flanela, calada, olhos mortiços, cabelo amassado. A cadela, Dona Xepa, a que também chamavam só Dona ou só Xepa, entrou logo a seguir, passou-lhe ao lado das pernas. Com as fitas e a noite pelas costas, Madalena firmou-se na ombreira da porta do quintal e ficou espccada. Com a ponta da navalha, Catarino cortou à volta das patas da lebre. Deu-lhe mais alguns cortes, precisos, como se fizesse um desenho. Depois, enfiou as pontas dos dedos por baixo do pelo e puxou-o de uma assentada, deixando o bicho nu, descolando-lhe a roupa do corpo. Madalena reparava nesse trabalho, mas estava mais atenta a ele, voltando a fixar-se no animal, assustada, se imaginava a possibilidade de ser apanhada em flagrante. Catarino sentia esse olhar, não se incomodava, e continuava a esfolar a lebre, como se estivesse a mostrar habilidades num palco, com orgulho a ferver nos olhos. Partiu-lhe as patas da frente e, como se a esculpisse, cortou-lhe as orelhas e todo o pelo da cabeça, deixando-lhe os olhos escancarados, enormes, aflitos num corpo magro, em carne viva. Partiu-lhe as patas de trás e atirou-a para dentro de um alguidar de barro.

Havia um ano e meio, num baile do Vale de Açor, o dono do gira-discos resolveu pôr alguma música de discoteca. Catarino gostava de dançar agarrado, mas também gostava de dançar aos pulos, a alternar o pé esquerdo e o pé direito à frente, como se apresentasse os sapatos novos para inspeção. Por isso, saltou para o meio da pista. Num dos cantos do barracão, estava montado um bar de cervejas com os rótulos a descolarem-se das garrafas, pescadas de caixas térmicas cheias de gelo derretido. Catarino não sabia quantas tinha bebido. No meio da pista, sozinho e alegre, fazia a sua coreografia habitual: os pés e as mãos, os braços. Seguia o ritmo da música, mas com um soluço de desfasamento.

Num momento de guitarras estridentes, com a bateria enlouquecida, brusca, Catarino sentiu o cotovelo a bater em qualquer coisa. Quando se virou, só já viu a Madalena dobrada e agarrada ao nariz, fios de sangue a escorrerem-lhe entre os dedos. Nesse instante, foi capaz de reconstruir no cotovelo a memória recente da cartilagem do nariz da Madalena, esmagada, a estalar. A alegria da cerveja foi-lhe lavada da pele por um choque elétrico que o varou de alto a baixo. As raparigas do Vale de Açor rodearam-na a chamá-la, como se repetirem o seu nome pudesse resolver o assunto. Ele tinha um corpo sem préstimo, não podia fazer nada. A música continuou por alguns segundos até a agulha ser levantada do disco, à bruta. Para além das amigas, havia uma clareira à volta daquela situação. Seguraram-na pelos ombros e guiaram-na para fora da pista. Ao afastar-se, pingava sangue castanho sobre os mosaicos. Catarino tentou dizer alguma coisa, mas ninguém olhou para ele.

Começaram a namorar no mês seguinte, no princípio de maio. Catarino chegava de motorizada ao Vale de Açor e já era conhecido pelos cachopos que jogavam à bola na rua e se arrumavam ao rés da parede o mais que podiam. O mesmo acontecia às mulheres que voltavam para casa com sacos de compras ou dos homenzitos que iam de carroça e que, quando ele passava a rasar os burros, tinham de acalmá-los com muita perícia de rédeas e voz maviosa. Foi assim que, no Vale de Açor, começaram a chamar-lhe o Maluco das Galveias.

Desviem-se, que vem aí o Maluco das Galveias.

Madalena sentia-se vaidosa com isto, mas disfarçava. Quando ele se picava com algum rapaz do Vale de Açor e o desafiava para uma corrida, ela fingia convencê-lo a não ir, fingia zangar-se. Depois, quando ganhava, deitado em prancha sobre a Famélia, ela batia palmas pequeninas, virava-se para as amigas de um lado e de outro a distribuir risinhos. Ao aproximar-se, com brandura para compensar a velocidade doida, despenteado de tirar o capacete, ela continuava a fingir-se zangada, mas a deixar escapar sorrisos. Era dessa mesma maneira, num recanto do serão, encostada à cal gelada, que também fingia não querer os beijos ou as mãos por dentro do *soutien*.

Não demorava cinco minutos a esfolar uma lebre. Catarino largava as peles no chão, sem grande zelo. Mais tarde, haveria de prepará-las. Sabia a quem vendê-las para ganhar algum. A respiração de Madalena não fazia barulho. O ar atravessava-lhe o pequeno nariz sem atrito. Chegava a parecer que não estava a respirar. Era uma estátua com má postura e olhos nervosos. Tinha vinte anos e um mês, menos três anos do que Catarino. Quem estivesse nessa disposição podia encontrar bastantes detalhes que lhe denunciavam a idade. Havia muito que sabia e muito que não sabia. Catarino puxou para si o alguidar cheio de lebres esfoladas e, de empreitada, começou a abrir-lhes a barriga e a limpá-las. Com os miúdos atirados para uma caixa de plástico e as tripas enfiadas num saco, as lebres eram devolvidas, uma a uma, ao alguidar de barro, mais ligeiras. Madalena não se impressionava com a quantidade de murraça que ele tirava de dentro das lebres. Normalmente, a cadela assistia a todos esses preparos, atenta, na esperança de receber alguma coisa; mas naquela noite, sentida, cheirou a saca ao longe e afastou-se, voltou para o quintal, com os olhos a transbordar um segredo muito triste.

Madalena e Catarino escolheram uma sexta-feira. Ela estava no quarto, preparada, à espera, atenta a tudo o que tocava as vidraças da janela: vento, vozes, sombras. Enquanto isso, ele apertava com a Famélia na reta da Ervideira. Tinha pressa de chegar. Desde que tomara essa decisão, desde que tinham escolhido aquela data, que tinha pressa.

Madalena conhecia bem o som da motorizada do Catarino. Namorados, quando se despediam, ela sentava-se na cama e ficava a ouvir aquele zumbido a afastar-se, cada vez mais, mais, até se misturar com o silêncio. Depois, ficava um bocado a parecer-lhe que ainda conseguia distingui-la, mas era apenas sugestão. Com a mesma clareza, distinguia o motor quando o ouvia chegar. Pelo som, era capaz de saber a que distância estava. Mesmo assim, apanhava sempre um susto quando ele batia com o nó do indicador na vidraça. Então, de olhos fechados, depois de pousar a mão direita no colo, depois de abrandar a respiração, abria a janela.

Nessa sexta-feira, quando Catarino viu o rosto de Madalena surgir das cortinas de tule, teve a certeza de que tinha escolhido bem. Mais se convenceu quando lhe segurou por baixo dos braços e a ajudou a descer do parapeito da janela.

Durante a viagem, Catarino sentiu o peso da maleta da roupa e o peso dela, agarrada com os dois braços ao seu tronco. Não foi difícil entrarem em casa. A avó estava num sono pesado, sem sonhos, presa à dose de comprimidos que tomava. Nessa noite, adormeceram num mundo perfeito.

Foi ele que, logo ao acordar, quis apresentá-la à avó. Na cozinha, espantadas, nenhuma soube o que dizer. A avó começou muito gasosa, com voz artificial, a tratá-la por você. Madalena, usando um dos seus melhores vestidos, olhava para o chão, com as faces a arder de timidez.

Ó Nuno Filipe, então não serves uma caneca de café à tua amiga?

Não é minha amiga, é minha mulher.

Quando terminou de arranjar a última lebre, atou as asas do saco cheio de tripas e encostou-o à parede. De manhã, ao acordar, haveria de lançá-lo à estrumeira. Aquartelou a pilha de peles, mas não as levou. Acertou a caixa com os miúdos em cima das lebres. Agarrou no alguidar e levantou-o. Era grande e estava cheio. Em passos pesados, carregou-o até à arca frigorífica, encostada ao canto do fundo. Os chinelos da Madalena não fizeram barulho no cimento. Foi ela que abriu a arca e libertou uma nuvem de fumo gelado. Sabia o que tinha de fazer. Era capaz de antecipar as lebres em sacos de plástico, arrumados como bebés a dormir. Mas quando ele pousou o alguidar, com jeito para não o lascar nos grãos de cimento, ela ficou parada, a fazer um esforço de equilíbrio e pediu-lhe:

Por favor, não vás.

Ele contornou-a e abriu a torneira. Debaixo da água gelada, lavou as mãos até aos cotovelos. Depois, segurou no balde e lançou essa água rente ao chão, espalhou-a numa camada fina sobre os pingos de sangue, tentando diluí-los. A seguir, abriu o portão, empurrou a Famélia até à rua e foi.

O Miau estava à porta da boîte. Catarino distinguiu-o ao longe e não se admirou. Desligou a chave na motorizada e desceu a barreira da fonte apenas com o balanço, a borracha dos pneus a deslizar pelos paralelos.

Parou a dois ou três metros da porta mas, depois do instante que gastou a passar o capacete à frente dos olhos, já o Miau estava colado a ele, quase a tocar-lhe com a língua, grossa, retalhada, sem lhe caber na boca.

Ó Catarino, ó Catarino, ó Catarino.

O Miau pronunciava as palavras como uma criança, tropeçavam-lhe na boca cheia e eram cuspidas num jacto, entre perdigotos e migalhas húmidas do jantar. Agarrava no braço do Catarino e também os seus olhos pequenos pareciam querer agarrá-lo.

Ó Catarino, leva-me lá para dentro, ó Catarino, leva-me, leva-me, ó Catarino.

Se fosse outro a chamar-lhe aquele nome, já tinha engolido uma punhada bem assente. Toda a gente sabia que não gostava que lhe chamassem Catarino, o nome do pai. Em pequeno, na escola, era assim que começavam quase todas as brigas. Se o queriam provocar, se o queriam ver cego, só tinham de lhe chamar Catarino. Com a idade, não lhe passou. Pelas costas, esse era o nome que toda a gente lhe chamava. Ninguém o conheceria por Nuno Filipe. Se fosse preciso explicar quem ele era e não o quisessem melindrar, diziam que era o neto da Amélia do Catarino. Assim não fazia mal.

Mas o Miau era deficiente, coitado, por isso não lhe fazia caso. Mesmo quando o puxava pela manga com toda a força:

Ó Catarino, ó Catarino.

Com esse estorcego, estava todo desbarrigado no momento em que tocou à campainha. A música era abafada pela porta, mas conseguia atravessá-la, sobretudo a batida, pum-pum-pum, de encontro às paredes, como se quisesse demoli-las do interior. Catarino conhecia essa música de já a ter ouvido muitas vezes em bailes, feiras e ali, na boîte. Demoravam a abrir a porta. Deixou o dedo sobre o botão.

Leva-me, leva-me, ó Catarino.

Ele sabia que o botão da campainha acendia uma luz vermelha lá dentro, por cima da porta. Era fácil distraírem-se e não repararem. Houve várias ocasiões em que, estando lá dentro, viu a luz a acender-se como um pedido distante e ficou calado, sem vontade de competição. Ao mesmo tempo, também sabia que aquele botão fazia com que tocasse uma campainha verdadeira, sonora, na padaria. Mas essa era uma campainha envelhecida por neblinas de farinha, não retinia, era choca, como um reco--reco muito usado. Bastava que a amassadeira, também velha, estivesse a mexer a massa com o seu garfo em espiral, e já ninguém conseguia ouvir a campainha.

Tirou o dedo quando sentiu a porta a abrir-se.

Uma torrente de música estava à espera por detrás da porta. Entornou-se no momento em que foi aberta. O Miau ficou inundado por ela, sem reação, assoberbado pela música, pelo sorriso da mulher que abriu a porta e pelo perfume que chegava lá de dentro. Catarino entrou. O Miau ficou a espreitar até a última frincha de porta se fechar.

Catarino atravessou as manchas de luz que deslizavam pelo chão, que subiam pelas paredes e cruzavam o teto, indiferentes aos ângulos das coisas. A boîte estava vazia, iluminada por uma sombra que azulava os sofás, os bancos almofadados e as mesas baixas de vidro. Catarino sentou-se e passou os dedos pelo cabelo, espécie de pente ou de distração. Isabella não tardou a chegar, azulada. Não era preciso chamá-la.

Como vai?

As suas sobrancelhas, os seus lábios, as suas pálpebras não esperaram resposta. A mulher que tinha aberto a porta estava parada diante deles, de pé. Catarino pediu uísque para os dois. Acendeu um cigarro. Ele e Isabella não precisavam de falar. Na mesa havia uma taça de pipocas antigas, sabiam a dias inteiros e a humidade. Quando chegaram os copos, Catarino deu um pequeno gole no seu e, logo depois, provou o dela. Queimou-lhe os lábios secos. Com ele, queria que bebesse uísque mesmo e não aquele chá amarelado, mijo de burra, sumo da cor do uísque, que normalmente bebia com os outros.

Tinha poucos dentes à frente. Três ou quarto por baixo, amarelos, castanhos e gastos, todos juntos, agarrados uns aos outros. Por cima, tinha só um. Nascera à direita, mas conforme os vizinhos foram caindo, partindo-se, prendendo-se em peças de fruta, conforme foi ficando sozinho, avançou para o centro, deslizou pela gengiva, como se ainda quisesse defender o forte, desesperado diante de um exército de mil, mas valente e herói.

Sentado debaixo do telheiro, o velho Justino amaciava a côdea com as gengivas calejadas, molhava-a com cuspo e, depois, atacava-a com os dentes de lado. Fechava esse olho, puxava o pão com as duas mãos e fazia uma careta de tudo ou nada. Não se deixaria perder às boas. Quando sentia a côdea a rasgar-se, vitória, balançava esse bocado de pão sobre a língua, envolvia-o em cuspo, empurrava-o de encontro ao céu-da-boca, moía-o.

Aproveitava a chuva para pensar. Os seus olhos continham aqueles campos. Crescera com eles, mas nunca se acostumara ao ponto de não os ver. Em cachopo, a correr com o irmão pela terra lavrada, ou a correr pelas searas, com o assobio das espigas a rasparem na roupa; a mãe a sair à porta de casa, a metros de onde estava sentado, a voz da mãe; o pai a caminhar desde longe, a aproximar-se lentamente, acompanhado por dois cães, durante todo o tempo que precisava para fazer aquela lonjura, a parecer que não chegaria nunca, mas depois, ao fim de muitos pensamentos, a distinguir-se um sorriso que, durante o entardecer, podia continuar ou não. Tantas lembranças. Essas recordações eram uma espécie de lugar também, como aqueles campos, serenos, debaixo de uma chuva que não parava de cair havia três dias mal contados.

Tinham passado quase três dias de chuva, faltava aquela noite para fazer a conta certa. O velho Justino sabia olhar para cima: aquelas nuvens não estavam de abalada. Eram pretas e imóveis. Lançavam água como se quisessem castigar. Era chuva fria. Em vez de levantar o frio que cobria as árvores e os cabeços, parecia que lhe vinha dar mais força. Era chuva de um inverno feroz, ignorante de piedade. Mas a terra não se perturbava com essas influências. O velho Justino também não.

A terra é mais velha do que o céu, pensava. A terra sabe mais. Num dia, o céu muda de juízo a toda a hora, parece um rapaz com o cu aos saltos. Ora acha que há-de escurecer, ora acha que há-de clarear, não para quieto, não está bem em lado nenhum. A terra tem boa paciência, assiste a essa desinquietação e resolve-a.

Aquela era a hora em que, dentro das lembranças, o pai voltava para casa. O velho Justino abrandou a lenta mastigação da côdea, para distinguir a memória do pai, concreta, a subir por um carreiro lá ao fundo. Não sentia a chuva, atravessava-a ou era atravessado por ela. A boina caída sobre a testa, o cajado a acompanhar o ritmo dos passos e a acrescentar-lhes geometria, os cães à altura dos joelhos, a olharem-no de baixo, a pedirem atenção sem a receberem. O velho Justino, protegido pelo telheiro, fixava a memória do pai, a decisão distante de cada passo, tão ténue que não se percebia se avançava realmente ou se estava parado. Os seus olhos já não tinham a pontaria de outras épocas, esforçava-os para avaliar os movimentos do pai.

Então, foste pôr-te a comer pão?

A mulher pregou-lhe um susto que o varou. Estava tão influído na imagem antiga do pai que não a sentiu chegar à porta de casa, a mesma de onde a mãe saía em várias ocasiões do dia e, também, muitas vezes àquela hora.

Esse susto, misturado com o tom de reprovação, fizeram-no responder-lhe mal. Com toda a força, atirou o pão de encontro à terra, rebolou até boiar numa poça de lama.

Pão? Esta porcaria amargosa e dura que nem cornos mais depressa parece uma pedra.

Se não estás contente, tens bom remédio: faz-te ao caminho e vai comprar pão às putas. Porque é que não vais? Dizem que esse é doce e bem macio.

O velho Justino não respondeu. Agarrou a barba com a mão cheia e puxou-a, como se a esticasse. Bufava pelo nariz, tipo boi. A mulher aproveitou para estender o olhar através da chuva. Não se notava uma trégua.

Pouco custava fazer as contas. Tinham passado cinquenta e nove anos sobre a tarde em que se viram pela primeira vez, uma história singela. Com dezasseis anos, tinha cara de esperta e uns peitos que o desconcentraram. Morava no monte da Machadinha, lá para o pé de Avis, era a terceira de catorze filhos. Estava farta. Apanhou-a por baixo de um diospireiro carregado e pouco custou convencê-la. Começou a fazer esse caminho na bicicleta emprestada de um primo, a quem pagava com tardes a tomar conta de uma vara de porcos. Assim que os pais dela souberam do namoro por uma irmã gaiata, ajudaram-na a arrumar o que possuía no interior de um lenço dobrado. Com dezassete, já estava casada. Justino ainda não era velho, acabara de fazer dezanove.

41

Tinham passado cinquenta e oito anos sobre a manhã em que se apresentaram para casar: ele com um penteado à custa de muita brilhantina e muito pente, de gravata e fato novo, feito à medida num dos alfaiates que Galveias tinha nesse tempo, o saudoso mestre Pinho; ela com um vestido emprestado pela mãe dele. Casaram-se no senhor Jalisco, que tinha uma loja de papéis e artigos finos, onde registava crianças, fazia escrituras e casava aqueles que não queriam complicações com a Igreja. A família da noiva não armou a carroça para se lançar no caminho até Galveias. O pai do noivo teve de tratar do gado. A mãe e o irmão dele, sogra e cunhado dela, foram os únicos convidados e as testemunhas de lei, compenetram-se nas assinaturas. Quando saíram à rua, Justino fumou um cigarro e fartou-se de dizer graças. A seguir, foram bater à porta do ti Pedro Janeiro, que Deus o tenha, o pai do Joaquim Janeiro. Iam com a ideia de lhe pedirem para tirar um retrato. Levavam o dinheiro contado mas, nesse dia, o homem tinha a máquina avariada.

Em certos momentos, o velho Justino tinha muita pena que esse retrato não tivesse chegado a ser batido. Lembrava a mulher esquiva, a falar baixo, com medo de tudo.

Foi a mãe dele que a ensinou a fazer pão ou, melhor, ajudou-a a aperfeiçoar-se. Quando a mãe foi a enterrar ao lado do pai, que a esperava logo à entrada do cemitério, Justino ficou com o consolo de continuar a comer o pão que conhecia desde pequeno, tinha sabor de mãe, a medida certa de sal e fermento.

Mas, depois do estrondo que os despertou, ameaço de fim do mundo, o pão ganhou um gosto acre, ácido, diferente de anos e anos de pão feito pela mulher e, antes, pela mãe.

Aquele sabor que ainda lhe enchia a boca, amargo e venenoso, aleijava-lhe o paladar. Ele sabia que a mulher não tinha mudado uma pitada nas medidas do pão, sabia que era feito pelo mesmo costume, migalha a migalha, mas alguma coisa estava diferente. Não podia conceber alterações na terra, por isso, em silêncio, acreditou que era ele que tinha mudado. Acreditou que aquele era o sabor da morte.

Não precisava de olhar para as costas da mão, subitamente magra, atravessada por veias azuis, para saber que estava velho. Revoltava-se contra essa injustiça. Em silêncio ou aos gritos, amaldiçoava o tempo que atravessava os ramos daquelas oliveiras. Muitas vezes, parecia-lhe que tinha vivido demasiado. Para que queria aquele tempo? Ainda guardava capacidades, não havia de perdê-las sem estrebuchar, mas todos os dias reparava em alguma coisa que faltava. Era como se morasse numa casa onde, todos os dias, fossem desaparecendo objetos. Durante anos, um objeto a ocupar um lugar, a torná-lo seu e, de repente, apenas a sua ausência. A existir e, logo depois, a não existir. E a ter de viver sem cada uma dessas coisas. E a ter de viver com o vazio das coisas que costumavam estar ali. Primeiro, as peças de enfeitar; a seguir, os pratos no louceiro; depois, tudo o que faz falta, até ficar só uma cama onde morrer.

O velho Justino e a mulher eram capazes de estar calados durante horas seguidas. O lusco-fusco cobria-lhes os rostos da mesma maneira que cobria os campos, transformando em rocha cinzenta até a água que escorria do telheiro diante deles em riscos paralelos. O velho Justino sabia que não podia deixar a mulher sozinha. Por ele, estava capaz de morrer, mas não podia. Angustiava-se com a ideia de imaginá-la sozinha naquela casa de paredes grossas, rodeada pelo tamanho dos campos, pela terra inteira. A filha havia de querer recolhê-la mas essa ideia ainda lhe doía mais. Imaginava-a estrangeira, perdida e viúva, como uma velha. Não seria naquela idade que se ia adomar à vila. Mesmo ali, na casa de tantos anos, não eram poucas as vezes em que ela se esquecia das coisas, repetia o que tinha acabado de dizer como se fosse uma novidade, ficava na dúvida se já tinha feito isto ou aquilo, tentava enganá-lo com alguma parvoeira e confundia-se toda. O velho Justino reparava nessas atrapalhações e sabia que tinha de tomar conta dela. Passara uma vida inteira por aquela menina que tinha ido buscar ao monte da Machadinha, lá para o pé de Avis.

O comer está pronto.

E voltou a entrar em casa, calada por um amuo. Não teria sido preciso dizer nada, ele sabia que o comer estava pronto, eram horas. O velho Justino levantou-se cheio de queixas, maldita cadeira. Quando pôs um pé dentro de casa, a chama do fósforo tinha acabado de pegar no candeeiro de petróleo. Quando puxou a porta, a mulher ainda não tinha acertado a chaminé de vidro no candeeiro. Mal a encostou, ouviu-se a pata da cadela a raspar do lado de fora. Explodiu: Estás contente? Agora, pensa que é todos os dias. Está mal habituada. Aqui, nunca houve cães dentro de casa. É o fim. Isto é o fim.

Mesmo com falhas, grave ou aguda, o velho Justino era bem capaz de levantar a voz, tinha boa garganta. Sem prestar atenção, a mulher passou-lhe à frente. Transportava a sua sombra e, devagar, abriu a porta. A cadela apressou-se a entrar, de orelhas baixas, olhos meigos, e foi encostar-se ao lume. Deixavam a cadela dormir em casa desde que foram acordados a meio do sono por um enorme estrondo da terra, tinham passado cinco noites. A cadela estava bem habituada a tiros de caçadeira, a trovoadas negras de partir tudo, mas aquele estrondo foi demasiado e estragou-lhe alguma coisa por dentro.

Tu admiras-te que a terra não aguente mais? Eu admiro-me é que a terra ainda aguente tanto e não estoure de vez.

Nessa noite, arrancados da cama, ficaram murchos diante de casa: ele de ceroulas e camisola interior, de botas e com a correia da espingarda presa ao ombro; ela de camisa de noite, com os cabelos soltos. Mas já tinham visto muito com aqueles olhos e não chegaram a assustar-se tanto como a cadela, escondida atrás das canelas deles, de rabo entre as pernas, a mijar-se por tudo e por nada.

Escolheu um madeiro e, usando as duas mãos, arrumou-o ao lume. Encostou-lhe um monte de brasas, que avivou com o abanico até pegar. Aproximou-se da mesa, tirou a boina e sentou-se. Com o prato de sopa à frente, não começou logo a migar pão. Quis esperar por ela. Ficaram só os barulhos da mulher.

Agora não tens fome, não é? Eu sabia.

Continuou a esperá-la. Sentia-a com algo para dizer, distinguia-lhe esse incómodo no rosto, apesar de não estar a olhá-lo. Era como se já existisse o espaço dessas palavras futuras, enchia o silêncio.

Pegou na colher quando ela se sentou. A partir de então, podia eleger qualquer instante para lançar a primeira palavra.

Lembras-te do cordão da tua mãe?

Aí estava. O velho Justino sentiu a pele do rosto a abrasar-se de repente. Ao mesmo tempo, ficou desperto e alheado, interpretou as pequenas pausas de cada gesto e esqueceu a colher no caminho interrompido do prato.

Eu bem te disse que estragavas o jantar. Às vezes, pareces um cachopo.

Atirou a colher para cima da mesa. Empurrou o prato à distância do braço, entornou algum caldo e deixou o resto a lutar com as bordas do prato, revolto, como se houvesse uma tempestade no mundo da sopa.

Claro que se lembrava do cordão da mãe. Tinha crescido a vê-la com ele. O pai implicava, dizia que não era peça para trazer a uso. Em almoços mais longos, dias de festa, escutou mil vezes a história de como tentaram roubar-lhe o cordão na feira de outubro, em Ponte de Sor. Ia na rua dos sapatos, cruzou-se com um homem que lhe deu um ligeiro encontrão, sentiu-o puxar. Nessas descrições, esse instante durava muito tempo. Depois de grande incerteza, quase parecendo que a história teria um final diferente daquela vez, o homem seguia caminho e voltava a não conseguir roubar-lho. Nessa parte, mostrava um ponto do cordão que tinha um risco muito direito. Tinha sido aí que o gatuno fizera força com um pequeno alicate que trazia escondido na mão. Ao ouvir, o Justino era capaz de imaginar a mãe nas suas melhores roupas, de casaco, a passar por essa situação, que era uma das histórias com mais enredo da sua vida.

Ou porque morreram cedo, ou porque nasceu tarde, pouco tinha conhecido da família da mãe, desencontraram-se; mas sabia que não lhes faltava muito do que escasseava naquele tempo. Esse conforto, somado e dividido por seis irmãos, tinha chegado para comprar aquele cordão. Ao pescoço, a mãe trazia toda a sua linhagem.

Já bastante doente, deixou-o na palma da mão do filho mais velho. Justino assistiu a esse momento, o irmão a dizer que não, não, não, e a mãe a insistir. Com esforço, despenteada e moribunda, a esticar-se para apanhar o cordão, que estava em cima da banquinha e, com o peito muito branco sob a camisa de noite, com a voz a tremer, a pousar-lhe o cordão na palma da mão, aninhado como uma cobra.

Sim, ele lembrava-se do cordão da mãe.

Por detrás da barba, por detrás das rugas, o rosto do velho Justino não era capaz de fingir indiferença. A medo, largando uma palavra de cada vez, a mulher contou-lhe que o irmão ofereceu o cordão à neta deles, à Ana Raquel, filha única da sua filha única. O velho Justino enfureceu-se e só foi capaz de dizer:

Ela não precisa de nada vindo dele.

A mulher tinha ido à vila na véspera da noite em que a terra esteve para rebentar, e mais valia que tivesse mesmo rebentado, toda estraçalhada em pedaços. Porque esperou tanto para lhe dizer? Naqueles dias, quando estavam calados, ela escondia essa conversa no juízo. Traíra-o com o silêncio, traíra-o com o barulho da chuva nas telhas.

O irmão aproveitava a cachopa para lhe atirar o dinheiro à cara.

Esse pensamento tinha garras. Arrancava-lhe o estômago da barriga a sangue-frio, virava-o do avesso, a escorrer ácido, e voltava a arrecadá-lo. Esse pensamento espetava-lhe uma dessas garras direita ao coração, atravessava-o; espetava-lhe outra no topo da cabeça e mexia-lhe os miolos até os transformar em água suja, a ferver.

As sombras cobriam certas faces dos objetos e cantos inteiros da casa. As chamas do lume pegavam ao madeiro e faziam-no estalar fagulhas. Esse tempo, como uma suspensão, como uma bolha de vácuo onde não se podia respirar, alongava-se cada vez mais. A mulher sentia essa asfixia. Com os olhos dentro de duas sombras, peneirava o silêncio em busca de qualquer reação. O seu corpo magro estava pronto para qualquer palavra repentina, qualquer grito ou murro no tampo da mesa.

Sabia que as ondas do tampo grosso da mesa, madeira maciça, tinham sido feitas pelo tempo, anos de invernos gelados, anos de verões braseiros, mas muitas vezes parecia-lhe que também podiam ter sido feitas por murros na mesa: trovões com a parte de baixo da mão fechada. Antes, em novo, eram murros fortes, tinham mais violência de carne; depois, em velho, batia devagar, mas com mais ódio, raiva decantada.

O velho Justino continuou imóvel. O prato continuou no meio da mesa, havia muito que o caldo tinha parado de se agitar no seu interior.

A mulher aguentou até ser capaz, depois disse:

Já passaram tantos anos. Põe a mão na consciência. A Maria Luísa ainda não era nascida, quanto mais a cachopa.

Falava com intervalos longos entre as frases, como se lhe desse tempo de concordar ou como se precisasse de ganhar coragem. Ele mantinha-se absorto, usava cada um desses intervalos para conter uma fúria invisível. Num instante podia ficar cego: tudo o que tocasse a partir-se de encontro ao chão ou de encontro às paredes. Podia chegar a rasgar a própria camisa no corpo, a estilhaçar o candeeiro de petróleo no chão. Não media perigos.

Respirou fundo e levantou-se. A mulher ficou parada a assistir ao estranho vagar de todos os movimentos. De rosto sereno, respirou fundo e levantou-se. A sua contrariedade só se distinguiu no encontrão com que derrubou a cadeira de costas e, também, na força com que atirou a porta atrás de si. Era a noite inteira que chovia. O velho Justino sentou-se debaixo do telheiro, no seu lugar. Pouco antes, tinha ali recebido o entardecer mas pareceu-lhe que passara muito mais tempo. Essa hora já não lembrava. A noite, alagada em sons líquidos, em frio líquido e em escuridão líquida, era irreversível.

Se ouvia falar do irmão ou se alguma coisa o lembrava dele, demorava muito até esquecer o ódio que se agitava no seu interior. A mulher e a filha sabiam disso. Enchia-se de febre, baralhava-se.

Não se encontravam havia mais de cinquenta anos. Era o rosto do irmão ainda jovem que lhe enchia o génio quando se sentia tomado por aquele pânico assassino.

As idas à vila eram escassas. Um arado durava anos perdidos. No princípio, ainda novo, sentia falta. Nesse tempo, chegou a sair de noite cerrada e a fazer o caminho aos tropeções até à rua de São João. E por ali andava sozinho, mas as ruas desertas não chegavam para o consolar.

Às vezes, ganhava espírito para ir à feira do gado em Ponte de Sor. Aí, entre os bichos, tinha a certeza de que não encontrava o irmão. Era fino demais para essa lama, não havia água-de--colónia que cobrisse aquele fedor. Nessa segurança, uma ou duas vezes por ano, apanhava a carreira e lá ia, bem-posto, a analisar os campos até Ponte de Sor, a qualidade dos sobreiros e das azinheiras, com paragem na Ribeira das Vinhas e na Ervideira. Não ia com ideia de comprar ou vender. Apenas queria aproximar-se. Só em dias raros, por festa e capricho, engraçava com alguma ovelha desmamada e lá a levava na carreira para Galveias, a berrar intratável e a encher o chão de caganitas.

Do gado que criava, vendia pouco. Quando calhava, recebia a visita de dois ou três negociantes que tinha por sérios. Então, despedia-se de alguns bichos se o preço era bem-feito e se a oferta não tocava os animais que conservava em estima predileta.

A mulher mantinha outro toque de estrada. Até aos setenta, ou mesmo depois dos setenta, sem pedir a ninguém, pegava na burra, enchia os alforges do que houvesse, fruta, hortaliça, e ia à praça. Aos sábados, bem cedo, a praça era montada no terreiro, no início da rua da Fonte Velha, ao lado da igreja da Misericórdia. Assentava banca no canto de umas tábuas, arrumada a vendedores mais experientes. Só voltava ao monte com tudo vendido. E não se lhe distinguia um toque vergonhento. Gastou toda a timidez em rapariga. A Maria Luísa começou a acompanhá-la assim que nasceu. O Justino ralhava-lhe mas ela não fazia caso. Chegou a vê-la escarranchada na burra e a dar de mamar à cachopa. Mais tarde, quando a filha foi morar para o Queimado, na outra ponta de Galveias, Justino havia de culpar essa mania vilã da mulher.

Mas a filha ainda não tinha nascido quando ficou mal com o irmão. Já tinha morrido o pai, foi logo depois de morrer a mãe. Ainda bem que os pais não viram, ainda bem que não chegaram a saber.

Os olhos da mãe escorriam dó e bondade. Justino não lhe colocava um grão de culpa nos ombros. Já com a doença, ainda a faltar para velha, juntou os dois filhos com a ideia de lhes dizer que tinha destinado a courela para o mais velho e tudo o resto para o mais novo. Foi também nessa hora que fez a entrega do cordão.

A courela era ruim de trabalhar, muito cascalho. Tinha um poço, mas precisava de grandes cuidados para ficar capaz. Além disso, poucas árvores: três ou quatro oliveiras meio secas, um marmeleiro e um sobreiro desacompanhado. O irmão aceitou sem uma palavra de queixa. Justino percebeu que a mãe estava ciente do avanço que o irmão levava por ter recebido instrução.

Em serões da adolescência, ao lume, a fixarem uma panela de barro com água quase a ferver, com o pai a ressonar no quarto, a mãe foi-lhe explicando que, quando o irmão entrou para a primeira classe, achavam que iam conseguir mandar os dois filhos para a escola. Mas o Justino chegou à idade de fazer esse caminho ao mesmo tempo que um mal das ovelhas acabou com mais de meio rebanho. Ela quis vender o cordão mas o pai disse que não, convenceu-a de que podiam esperar um ano. Na primavera, o mal das ovelhas estendeu-se às cabras. Até um porco, que alimentavam a casca de batata, não chegou a dar chouriços e teve de ser enterrado na extrema com outra herdade, desgraçado por dentro. Também nesse ano, para fazer o cúmulo, uma carga de chuva imprevista apodreceu a seara de trigo.

Assim, de mau em mau, quando o irmão fez o exame da quarta classe, o pai preparou-se para, por fim, lhe dar a escola do gado e da terra. Nessa precisa decisão, o professor chegou ao monte. Foi num dia de muito calor, o Justino lembrava-se. De óculos redondos, chapéu e suor: uma maré de transpiração grossa a escorrer-lhe pelas costas. Ufa, dizia enquanto se limpava com um lenço, na cozinha, à sombra. A mãe segurava um jarro de água, o irmão de Justino segurava um copo de vidro, muito aflitos, como se o professor pudesse expirar a qualquer momento, como se fosse um caso de profunda ralação. Justino era pequeno e analfabeto, mas escutou a maneira como o professor, hidratado, refrescado, seco, pediu por tudo ao pai para deixar o rapaz seguir com os estudos. Não se podia perder uma cabeça daquelas. Ele arranjava maneira e pagava as despesas que aparecessem. O pai ficou vermelho, roxo, como se estivesse engasgado, o ar entupido na goela. O professor pagava. Mas o pai recusou. Não podia aceitar. Era demais. O professor insistiu, o pai insistiu na recusa. Quando já estava de saída, a mãe engoliu o orgulho como se engolisse uma pedra e, nas costas do marido, acertou tudo com o professor. Foi assim que o irmão entrou para o colégio de Ponte de Sor, onde fez o quinto ano.

Com aquela idade, sentado diante daquela noite gélida, o velho Justino comovia-se a pensar no irmão de quando eram pequenos, dois cachopos a correrem pelos campos. Justino tinha uma cegueira louca pelo irmão. Não deixava que ninguém o contrariasse, defendia-o até à última. Depois, quando foi estudar para fora, quando voltava nos fins de semana ou nas festas, eram os próprios pais que o tratavam com cerimónia. E assim foi deixando de ter irmão. No princípio, Justino guardava-lhe notícias de ninhos, de fisgas, de grilos, de carpas no açude, mas o irmão desinteressava-se, olhava para outro lado, enfastiado, como se nem estivesse a ouvir. No telheiro, noite de invernia chuvosa, parecia-lhe que logo nessa mocidade tinha começado aquele rasgão, ferida sempre aberta, infectada. Mas, em pequeno, apenas ficava de olhos grandes, esmorecido, diante do irmão que, de repente, lhe falava com palavras que ele não conhecia, pronunciadas de maneira diferente.

Chuva, chuva, chuva, sentia-se grato por aquela chuva. Conseguia pôr-se no lugar da terra a recebê-la. Aos poucos, essa água desbotava o susto que aquele ódio lhe trazia. Bocejou com força, rangendo a dobradiça dos maxilares, lacrimejando, como se fosse engolir a noite inteira. Com os pés dormentes de frio, balançou o corpo e levantou-se. Desejou que a mulher estivesse a dormir, não tinha ganas de encará-la. Estava sentido. Desde sempre, anos e anos passados, que ela dava o jeito e acabava a defender o irmão. Mesmo que não fosse às claras, não ousava, metia sempre uma palhinha para o justificar. Mas de nada servia, o irmão não tinha desculpa. Essa conversa não era direita para uma mulher sua.

Com a leveza que o corpo inteiriçado, regelado, bruto, lhe permitiu, empurrou a porta: tábuas desengonçadas. Tudo naquela casa era velho. Até a cadela, assustadiça, que ressonava diante do lume. Deu um passo esperançado no silêncio, mas irritou-se mal tombou a vista para um lado e se apercebeu de que a mulher ainda estava acordada. Ferrou os dentes e deixou cair uma máscara de agastamento. Fazia tenção de ir para o quarto mas acabou por girar os calcanhares. Não queria ser o primeiro a deitar-se: ter de fingir que dormia enquanto a mulher estivesse a despir-se e a entrar na cama. Preferia sentar-se ao lume, hipnotizar-se com as chamas, o que não lhe custava, e ir para a cama quando ela já estivesse ferrada a dormir.

Custou-lhe dobrar os joelhos. Deixou-se cair sobre o mocho de madeira, as costas desamparadas de encontro à cal. A mulher fazia sons breves, poucos, era a sua presença que espalhava mais ruído, como um zumbido permanente. Sem afastar o olhar, remexeu as brasas com a tenaz, tentou distrair-se no fogo, mas até ela entrar no quarto, não conseguiu ignorá-la. Os movimentos daquela mulher magra, ágil, pareciam feitos dentro da sua cabeça. Se fechava os olhos, era pior.

Ela atravessou a porta do quarto, saiu, e o ar, de repente, limpou-se de espíritos. Foi como se ficasse mais fino, sentia-se na respiração.

O velho Justino tentava convencer-se. A Maria Luísa era uma mulher casada e até a neta já era uma mulher. Não fosse o caso de a filha se ter atrasado a nascer, não fosse o caso de a neta ser uma dessas raparigas modernas sem jeito para casar, e o velho Justino já podia ter bisnetos. Tinha a certeza de que, quando chegassem, não haviam de o conhecer, estaria enterrado. Tanto quanto lhe chegava ao conhecimento, a neta só queria saber de escola. Fazia bem. E a filha, a Maria Luísa, custou a nascer. A mulher chegou a estar de balão três vezes, ou quatro, não sabia ao certo, mas a natureza não se importou com ela.

Em dias negros, rejeitou-os ainda pouco compostos, sangue grosso a escorrer numa aflição e num pranto. Desses, houve uma manhã em que Justino teve de correr à vila para chamar a ti Adelina Tamanco. Quando chegaram, finalmente, encontraram um fio de sangue e o olhar da mulher, perdido. Tirou-lho quase com os mesmos trabalhos de um parto. Dessa vez, não teve força para choros.

A filha não nasceu a tempo de conhecer o pai e o tio sentados à mesma mesa. O corte sucedeu ao falecimento da mãe, viúva e testemunha do desperdício de tantos netos. Já barbado, custou-lhe ficar órfão. Sempre tinha sido menino de grandes mimeiras com a mãe. Quando era cachopo, passavam horas a ameigar-se. Afinal, era o filho mais novo.

Não se importava que o irmão tivesse estudos. Não era a inveja que o moía. O grande problema foi a courela.

A courela destruiu-o.

Assim que a mãe morreu, mal se resolveram os papéis, o irmão vendeu-a ao doutor Matta Figueira. Estava claro que o doutor não queria a courela para nada, como não queria as terras que já tinha, mas comprou-a mesmo assim. E o irmão vendeu-lha mesmo assim.

Quando fez saber que nunca mais o queria ver na vida, que esse era o tamanho do desprezo que sentia pelo seu gesto, o irmão respondeu que tinha feito bom negócio, convencido talvez de que o sossegava. Foi nesse instante que o ódio lhe acertou na testa como um tiro de pressão de ar.

Quanta ignorância era precisa para trocar terra por bocados de papel? Devia ter andado na escola das cavalgaduras. Seria ele capaz de se suster em cima desses bocados de papel? Seria ele capaz de espetar as raízes de um sobreiro nesses bocados de papel que não serviam sequer para limpar o cu decentemente?

A terra faz nascer do seu interior. Depois, acautela essa vida, alimenta-a, oferece-lhe horizonte e caminho. A seguir, tarde ou cedo, recupera o que emprestou. Plantas e animais caíram nesta terra, mergulharam na sua profundidade até lhe tocarem o centro. Objetos de toda a história foram recebidos nesta terra. A humanidade inteira, pais dos pais foram recebidos nesta terra onde viveram. A terra é tudo o que existiu, desfeito e misturado.

Não podia considerar seu irmão quem lhe trazia essa carga de prejuízo. Justino enchia-se de uma desorientação que lhe dava vontade de enterrar as unhas no cimo da testa e arrancar a pele da cara. Sem o fazer, sentia como se o fizesse.

Era uma facada lembrar-se do pai a nomear essa terra, a voz antiga do pai: os planos que teve de adiar pelo mau jeito da distância, a courela ficava longe da herdade, para os lados das Vinhas Velhas, passando a capela de São Saturnino e o forno da cal. Ainda assim, tinha-lhe chegado à posse com o sacrifício de gerações. Era terra.

Era terra.

O lume quase apagado. Lá fora, a chuva e a friagem. Dentro, o silêncio da cozinha era serrado pela respiração da cadela. Começou a descalçar as botas.

Terminou de despir-se no quarto, na penumbra que os olhos conseguiram filtrar da escuridão. Tapada até à ponta do nariz, a mulher era um vulto sob os cobertores. De ceroulas, o velho Justino parou a meio de desabotoar a camisa. Aproveitou para apreciá-la, a sua mulher era uma pequena montanha moldada pela roupa da cama. Existiu esse momento.

Depois, levantou os cobertores pesados de janeiro e entrou com prudência, atento ao toque nos lençóis, ao ranger da cama de ferro. Instalado, não tardou a adormecer.

Nessa noite, os sonhos incompletos.

A luz cinzenta da madrugada teve de fazer um grande caminho até chegar ao quarto. Alguma encolheu-se entre as folgas das telhas, nesgas de um aperto onde nem sequer cabia uma gota de água. Outra, empurrada pelo vento, entrou por falhas da porta da rua, atravessou a cozinha e desfez-se aos pés da cama. O grosso da claridade nasceu da cal, a notar-se por baixo das trevas.

Mais elástico do que a luz, o cheiro de enxofre empestava a casa. Esse desconforto nascera com o estrondo que os acordou a meio da noite, em pânico. Era um fedor mineral, intenso, espécie de cheiro a cinza, dor de cabeça, chegava e abalava conforme o vento. Pelo menos, esse era o juízo do velho Justino. Que outra força poderia levar e trazer cheiros? Ao contrário da luz, o cheiro atravessava as paredes.

O velho Justino estranhou que a mulher não estivesse já na cozinha a bater com loiça ou panelas. Voltou a fechar os olhos, recusando o início do dia. O vento sentia-se nas mudanças do ritmo com que a chuva caía no telhado.

Era custoso sair da cama. Parecia que o colchão lhe puxava as costas, não queria deixá-lo levantar-se.

De pé, por fim, esticou a espinha, endireitou os ombros. Camisola de algodão, ceroulas de algodão, meias sem elástico, esfregou a cara com a palma da mão, cara enxovalhada, mão áspera.

Caminhou até à porta da cozinha. Abriu o postigo e olhou

para os campos: chuva. Porque tinha a cadela a cheirar-lhe os artelhos, abriu a porta para deixá-la sair.

O lume apagado. Onde estava o café? Chamou a mulher.

Quando a destapou, morta, o rosto como se dormisse, mas a pele já de borracha branca, gélida. Os cabelos mortos. Os dedos mortos. Os olhos tinham-se afundado debaixo das pálpebras. A camisa de noite, de repente, vestida numa morta.

O velho Justino com o rosto de gritar, mas em silêncio paralisado.

Maria do Carmo, a mulher chamava-se Maria do Carmo. Essa foi uma hora assinalada.

O velho Justino caminhou até ao outro lado da cama. A roupa da véspera estava pendurada nas costas da cadeira.

Vestiu as peças uma a uma. Calçou as botas, ficavam-lhe largas. Com os anos, iam perdendo a forma de botas.

Voltou a tapar a mulher.

Na cozinha, pôs a boina e passou a correia da espingarda pelo ombro.

Na estrada do Vale das Mós, a caminho da vila, debaixo da chuva, o seu olhar mantinha-se apontado. A cadela seguia-o. Ele avançava, no interior de uma decisão irreversível, os passos a sucederem-se. Tropeçava nas poças de água, nas pedras, mas continuava firme. A chuva escorria-lhe pelo rosto, entranhava-se-lhe na barba.

Ia matar o irmão.

Estava agachada, com as cuecas pelas canelas, a fazer pontaria para um saco de plástico. De fora, as vozes dos filhos, em conversa ou em berraria, e o cacarejar das galinhas. Tinha ossos elásticos e não lhe custava estar de cócoras com os joelhos magros, marcados por nódoas negras, a tocarem-lhe os ombros. De cabelos despenteados, de olheiras grossas, Rosa mexia a cabeça para um lado e para outro, assustada com sombras. As paredes do cagador estavam cheias de frestas e não queria que nenhum cachopo fosse lá espetar o olho. O segredo não se podia espalhar.

O cagador não era muito velho. A custo, tinha sido levantado pelo marido não no último verão, mas no anterior a esse. Já se sabia que o marido não era carpinteiro mas, mesmo assim, tinha-se aplicado. O problema era a madeira ordinária. Ainda não tinha chegado o primeiro outono e a maioria das tábuas já estava bamba. Depois, vieram os remendos: a chapa de um bidão, mais tábuas e a porta de um frigorífico, que o marido tinha achado no campo e que trouxera de boleia na carroça de um velho. O telhado de zinco, aquartelado pelos ramos da laranjeira, sempre se aguentara bem, exceto quando a vila inteira se afligiu com a rebentação da coisa que caiu lá para o Cortiço. Só tinham passado duas noites sobre esse susto. Na manhã seguinte a essa hora de pânico, na véspera, encontraram o cagador ao relento. A chapa de zinco tinha aterrado no quintal da vizinha, a menina Aida, solteirona e implicante. Se calhasse a estar no quintal àquela hora, a chapa de zinco tinha-lhe cortado o pescoço.

Rosa estava presa. Fazia força e nada. Na véspera, só tinha comido Nestum e laranjas. Não havia de ser por causa dessa influência. Talvez o frio estivesse a inibi-la. Essa lembrança trazia--lhe medo de engripar o cu.

De repente, veio um cachopo bater à porta, o Domingos. Bateu com as palmas das mãos e atirou-se com o corpo: o fecho da porta aguentou esse encontrão com dificuldade. A chorar, queixou-se do irmão.

Deixem-me, cachopada dum corno. Não me dão um bocado de sossego.

O filho continuou a chorar, mas afastou-se. Nem cagar posso, querem lá ver.

Começou a música dos sinos, ia dar a hora certa. Com os nervos, estava quase a desistir no instante em que sentiu um movimento. Apertou os lábios e esforçou o fundo da garganta. Aliviou-se exatamente enquanto davam as badaladas das sete da manhã. Os sons do mundo ficaram mais distantes, mas apreciou essa medida, correta, bem-educada, a marcar um ritmo que existe desde o início da natureza.

Limpou-se a um papel que tinha fechado na mão e que atirou para dentro do buraco. Apreciou o conteúdo do saco antes de lhe atar as asas. Tinha bom peso.

Passou pelos filhos, pelas galinhas e pelos cães. Só os cães, de nariz afiado, lhe deram atenção. Caminhou em silêncio até à arca do corredor. Olhou para os dois lados e abriu-a. Arrumou o saco de plástico em cima de outros. Tocou-os com o indicador para avaliar a dureza. Estavam a aguentar-se. Por estar quente, o saco novo fumegava. Fechou a arca com o cadeado.

O marido gritava na cozinha. Rosa não conseguia entender, mas estava acostumada àquele desespero fanhoso. Entrou muito calada, como se não fosse nada com ela. Sem abotoar a camisa e as calças com que tinha dormido, o corpo do marido era grosso e maciço, como o tronco de um sobreiro velho. Os seus gritos eram sólidos e batiam nas paredes. O Nuno e o Armindo estavam sentados ao lume, encolhidos. A Ana Rosa levava o Filipe ao colo e parecia tentar arrumar a mesa com a mão que tinha livre. Indiferente aos gritos, como morto, o pequeno dormia de cabeça sem vontade, tombada à deriva.

Era com a Ana Rosa que o pai estava a brigar. Ou, então, era com o gelo da manhã. Muitas vezes, não escolhia um alvo, queixava-se da sorte, resmungava, gritava e, de repente, alguém se sentia, podia ser um filho crescido, a Ana Rosa também crescida ou, com mais frequência, a mulher. Aquele que se acusara denunciava-se por pequenos gestos, pela atitude ou, muito raramente, por palavras. Então, o pai tomava-o de ponta. Dirigia-lhe toda a sua cólera e não aceitava que alguém se metesse à frente.

Na rua da Amendoeira, ninguém estranhava gritos vindos da casa dos Cabeças.

Ao fim de pouco tempo, na cozinha ou no meio da rua, os rapazes mais velhos podiam estar a levar murros que lhes desarranjavam a queixada. A mulher ou a filha podiam ser atiradas para cima da porta e, caídas, levavam duas ou três de mão aberta. Se os mais pequenos estivessem com vontade, eram tratados com o cinto.

As mãos do Cabeça eram pesadas. Os dedos eram grossos. As costas das mãos eram duras. A pele era áspera.

Rosa conhecia bem as mãos do marido. Há muitos anos que

as sentia por todo o corpo. Às vezes, a meio da noite, acordava com elas dentro das cuecas.

A Ana Rosa tinha quinze anos e apanhava copos da mesa. Equilibrava-os em cima da pilha de pratos e panelas que enchia o lava-loiças.

Ninguém se lembrava da mesa da cozinha sem nada. O tampo sustentava um monte de loiça suja, fervedores de alumínio com natas secas e restos de leite azedo, coalhado, garrafas, caixas de Nestum, pacotes vazios de bolachas maria, côdeas meio roídas, duras, cascas de laranja enrijecidas por meses, acastanhadas. Com o tampo sempre cheio, os pés da mesa também estavam rodeados de pratos sobrepostos com talheres no meio, mais garrafas, mais pacotes de leite, mais caixas vazias, mais copos, canecas e mais tigelas, que eram passadas por baixo da torneira, afastando-se com cuidado a pilha suja do lava-loiças, eram enxaguadas e, logo depois, cheias de Nestum com leite ou, se tivesse acabado, com água.

Rosa aproximou-se da filha e tirou-lhe o pequeno dos braços. O marido acusou-a de estar a defendê-la, era sempre a mesma coisa, faziam panelinha. E tinha razão, estava a defendê-la. De cabeça baixa, tremelicando as pálpebras, como se esperasse que uma mãozada lhe pudesse cair no cachaço, Rosa entrou no seu quarto, cheirava a suor morno e avinagrado. Esticou uma ponta enrodilhada do lençol e pousou o filho, que se acomodou, sem abrir os olhos. Escolheu o canto de um dos vários cobertores que estavam enrolados no fundo da cama e cobriu-o.

Na cozinha, desviando-se dos gritos do marido, caminhou até à filha. Tirou algumas moedas do avental e mandou-a ir comprar pão às mulheres da vida.

Quando a rapariga saiu, o Cabeça ainda rosnava, mas já estava mais acomodado. Rosa passou um copo por baixo da torneira, sacudiu-o, escolheu uma garrafa de tinto que reconheceu de ter sido aberta havia poucos dias e, sem palavras, esticou o copo e a garrafa ao marido.

Chamou os filhos mais velhos e, da saca de coelhos que o Armindo tinha caçado nessa noite, destinou três ao Nuno e dois ao Armindo. E mandou que os fossem entregar. Explicou muito bem, com todas as minúcias: um coelho para a mãe, que morava na rua Pequena; outro para o Ernesto da barbearia, que ainda devia estar em casa; outro para a ti Adelina Tamanco; outro para a casa do senhor José Cordato; outro para o ti Ezequiel Chapelinho, que àquela hora já devia estar a trabalhar.

Sentado ao lume, de copo inclinado sobre a cara, sobrancelhas levantadas, o Cabeça entendeu todos os presentes de coelho, menos um.

A sogra precisava que lhe mandassem qualquer coisa. De um rancho de filhos, a mulher era a única que se lembrava da velha. O Ernesto estava sempre atento e quando algum cachopo dos Cabeças passava à porta da barbearia com a guedelha mais solta, puxava-o e dava-lhe uma carecada. Essa era a melhor maneira de segurar os piolhos que, mesmo assim, arranjavam forma de lhes descer pela nuca e se esconder nas golas das camisas. Não havia pagamento que chegasse para o senhor José Cordato. Rosa serviu nessa casa em nova, ainda a senhora era viva. Conheceu confortos que nunca tinha recebido e que nunca voltou a receber. Saiu por sua vontade, de barriga, para se casar com o Cabeça. Mandava coelhos ao senhor José Cordato como se os mandasse ao passado, como se os mandasse à rapariga que tinha sido. O ti Ezequiel Chapelinho punha remendos sobrepostos no calçado de toda aquela gente e, às vezes, quando calhava, mandava pares de sapatos recusados por qualquer maltês e que serviam sempre a alguém daquela casa. O Cabeça tinha sido um cachopo descalço nas ruas de Galveias e sabia o valor de uns sapatos nos pés. Mas e a ti Adelina Tamanco? Porque lhe mandava um coelho?

O marido ainda quis perguntar, mas a Rosa estava de costas, não ouviu, fingiu não ouvir, e ele não pôs insistência.

Deixou-o na companhia da garrafa. Chegou ao quintal e abriu a torneira da parede do fundo, um jorro de boa água, gelada como facas acabadas de afiar. Não se deu ao trabalho de chamá--los. Agarrou cada cachopo pelo braço, chegou-o à torneira e passou-lhe a mão encharcada pela cara. Os mais pequenos abalavam a chorar. Não se incomodava, ficava-lhes com a forma do rosto marcada no interior da mão. Tocou-os para a cozinha. Uma parte daquela tropa entrava na escola às oito e meia.

Como em todas as manhãs, cada um tomou conta das suas coisas e pôs a mala às costas. Aquela não era casa de grandes estudantes. Rosa achava que saíam a ela. Em pequena, não podia, tinha quinze irmãos analfabetos e quatro irmãos mortos, mas sempre se achou sem vocação para essas matérias.

Rosa não gostava que a porta ficasse escancarada. Incomodava-a que andassem a espreitar-lhe a casa, melhor seria que atentassem nas suas. Estavam os cachopos a abalar para a escola, quando chegou a filha com a bolsa do pão. Ainda foram a tempo de levar um naco. Desabituados de conduto, afastaram-se entretidos. O marido, arrumado ao lume, rasgou quase meio pão de quilo. Encheu a boca com uma dentada e, depois de mastigar duas vezes, cuspiu essa bola para a palma da mão. Zangado, queixou-se do gosto do pão, ruim, amargoso, com travo a fel. Nesse momento, como um uivo, começou a ouvir-se o toque de finados: duas pancadas graves, uma aguda, duas pancadas graves, uma aguda. Rosa abriu o postigo e espetou a cabeça na rua. Não demorou muito até saber que tinha morrido o ti Ramiro Chapa. Sem resposta, o Cabeça voltou a enfiar o pão na boca, acabou de mastigá-lo e engoliu-o.

Vazia de marido e de cachopos, com a televisão desligada, a casa estava um sossego. Já passava das dez, quando Rosa se pôs a caminho da escola. Usava uma saia e uma blusa que tirara do saco de roupas dado pela ti Silvina, tinham pertencido à filha inglesa. Eram de fazenda macia ao toque, com perfume de naftalina. Na rua, as mulheres cumprimentavam-na muito bem, mas não podia aceitar conversa de nenhuma porque não queria que a mestra esperasse por ela. Já bastava a volta que ia dar para não passar à porta da mulher do Barrete. Se a visse, era capaz de a estrafegar.

Olha que andam a falar do teu homem e da Joana Barreta. Tinha sido a menina Aida a dar-lhe essa notícia, com os olhos a brilhar de regalo. Não disse quem lhe contou, sabia-se, era um conhecimento que andava por aí, sem rostos que o transmitissem. O marido tinha sido visto a entrar na casa do Barrete, quando este estava no campo. Para disfarçar, deixou a motorizada à distância. Saiu ao fim de duas horas e vinte e três minutos.

O Barrete e o Cabeça eram primos. Barrete, Cabeça; Cabeça, Barrete. Essa piada já tinha sido feita muitas vezes, mas nunca à frente deles. Rosa sabia que se davam bem desde cachopos, mas também sabia o tamanho de puta que era a Joana Barreta. Além disso, essas conversas lembraram-na da tarde em que, ainda nova, prenha do Armindo, foi agarrada pelo Barrete no quintal, levantou-lhe a saia e, a arfar, de martelo na mão, só acalmou quando levou uma chapada no meio da cara.

O marido nunca soube, estava a assar chouriços na cozinha. Como seria se estivessem sozinhos em casa e ela fosse metade da puta que era a Joana Barreta?

Já a descer do Alto da Praça, em direção à escola, preferia não responder a essa pergunta lançada dentro de si. Faltava pouco para estar diante da mestra e não queria enervar-se.

Passou pelo meio dos cachopos no recreio. Os filhos que lá tinha a essa hora eram o Augusto, a Maria Rosa, a Rosa, o Sebas-

63

tião, a Maria Márcia e o Ângelo. Mal a viram, morreu-lhes a alegria toda. Ficaram a vê-la passar como se, de repente, tivessem ficado marrecos.

Dá licença, minha senhora?

Rosa sabia comportar-se. A professora era ainda mais nova do que esperava, parecia uma gaiata da idade da sua Ana Rosa. E bonita, em condições. Mandou-a entrar com um sorriso que a fez tropeçar. Mandou-a sentar-se.

Era mesmo professora, com cabelo de laca, óculos, anéis. Tinha ouvido dizer que era malcriada. Conversas de gente pantomineira, não lhe imaginava uma palavra fora do lugar. As pessoas inventam o que for preciso para terem assunto. Rosa escutava-a, prestando mais atenção à maneira como dizia certas palavras do que aos enredos, muito explicados, que envolviam os filhos, os rapazes. Era uma melodia tão certa que até os nomes dos filhos pareciam outros. Era como se estivesse a falar de pessoas da televisão.

A sala dos professores cheirava a detergente. Rosa conhecia a mulher que lavava a escola, a Isaura. Era capaz de imaginá-la a esmerar-se na esfrega daqueles azulejos. A luz chegava de uma janela com persiana de lâminas, moderna. Sob o barulho das crianças, que entrava desfeito na sala como uma chuva invisível, havia também um par de vasos, plantas direitas. Daquela raça só tinha visto ali, noutros dias, quando foi chamada pela professora antiga: aquelas mesmo, mas mais novas. Eram plantas de que não havia conhecimento na vila.

Porrada para cima, minha senhora. Se eles se portarem mal, porrada para cima.

Rosa não entendeu bem a resposta que recebeu. Suspeitou que a mestra não lhes queria tocar mas, como não tinha a certeza, continuou a abanar a cabeça que sim e a reparar em detalhes como, por exemplo, os ganchos do cabelo.

Na rua, com o recreio todo a olhar, procurou os filhos e, a meia dúzia de metros, ameaçou-os:

Não te rales que hoje o teu pai vai tratar-te da tosse.

A sineta rematou esse instante com a sua estridência: os cachopos todos a correrem para a sala, os Cabeças mais lentos, angustiados.

Rosa seguiu-os com esse olhar até entrarem. Queria-os temerosos, mas não tinha intenção de dar conta daquelas miudezas ao marido. Coisas de cachopos, pensava.

Foi dar a volta grande para não passar à porta dos Barretes. Era sexta-feira e, na madrugada seguinte, finalmente sábado, quando se fechou no cagador, pareceu-lhe que tinha demorado a noite inteira a fazer esse caminho até casa.

Ainda estava escuro, faltava alguma coisa para chegar a manhã. A cor do céu, meio anoitecida, entrava pelos buracos das paredes. Entrava também uma aragem muito mansa e muito fria, janeiro destemperado, que lhe tocava a pele ainda morna da cama. Lá fora, nos ramos da laranjeira, salientavam-se já os pássaros mais impacientes, queriam manhã, queriam dia, não se percebia bem para quê.

A urgência de Rosa não era pressa, era dificuldade de respirar: uma angústia atravessada no goto. Abriu os olhos e saltou da cama, deixando o marido a roncar perdido e o Filipe num colchão pequeno aos pés da cama, também ferrado. Passou pelos mais velhos, o Nuno e o Armindo, meio sentados, meio deitados, a babarem-se na cozinha. Não espreitou para o quarto de duas camas, sem janela, onde dormiam os restantes, conhecia bem essa imagem de corpos arrumados em todas as direções. Em vez disso, invisível e silenciosa, apanhou um saco de plástico e avançou para o quintal.

Já com o saco preparado, levantou a saia e a bata até à cintura. Até a pele das pernas se encrespou com o gelo. Com a ponta dos dedos, baixou as cuecas. E agachou-se pela última vez.

Depois de tanto, tinha chegado o dia.

Estava dureira. Fazia força mas, ou pelo frio ou pelos nervos, não sentia consequência. Apesar do buraco da fossa, pareceu-lhe sentir o cheiro do chá com que se tinha lavado por baixo. A ti Adelina Tamanco dera-lhe um ramo de ervas escolhidas.

Ferves isto, deixas arrefecer e lavas-te por baixo com essa água. Bates três vezes na patanisca e dizes: aqui entrarás, aqui ficarás. Ora diz lá tu.

E a Rosa muito séria:

Aqui entrarás, aqui ficarás. Aqui entrarás, aqui ficarás.

Aqui entrarás, aqui ficarás.

Isso. E bates na patanisca. Depois, enxaguas-te normalmente. Não tenhas preocupação. Estas ervas são cheirosas e matam tudo o que é bicho. E já sabes, fazes a lavagem só quando tiveres a certeza absoluta de que vai haver festa. A mistura da erva, de um leite que a erva tem, com a cabeça do instrumento dele, entra-lhe no sangue e fica lá. Depois, ele até pode chegar a apresentá-lo a outra, mas não vai trabalhar e se, mesmo mole, insistir em enfiá-lo noutro buraco, vai ter guinadas de tal ordem que depressa muda de sentido. Estavam na casa da ti Adelina Tamanco. Era meio da tarde e havia uma sombra que acertava mesmo nos olhos da velha. Rosa não tinha gosto em recorrer a essas artes, mas tinha necessidade. Nos primeiros tempos de estar casada, depois de uma catadupa de desgraças que não gostava de recordar, foi a mãe que lá a levou. Veio a saber-se que era uma carrada dupla de quebranto. Foi assim que ela disse: uma carrada dupla de quebranto. A muito custo, com rezas, papéis queimados e sal grosso, lá se conseguiu ver livre desse atraso. Mas não foi fácil. Quando esses maus génios se metem com uma pessoa, Deus livre.

Nessa tarde, Rosa levou-lhe também uma camisa do marido

e uma parte do pouco dinheiro que escondia num porta-moedas velho. A ti Adelina Tamanco recebeu a camisa e disse:

Podes ficar descansada. Ela não lhe volta a tocar. Agachada no cagador, Rosa consolava-se com essa memória.

Os galos cantavam por todos os quintais. Sem a obrigação da escola, os cachopos aproveitavam para dormir à maluca. De noite, não havia quem lhes apagasse a televisão.

Desistiu. Puxou as cuecas e recolheu o saco vazio do chão, pele transparente e triste, que deixara de ter préstimo e que abandonou na terra do quintal, à mercê das galinhas e de qualquer capricho do vento. Que desaparecesse.

Não esperava mais nada. Tinha chegado o dia.

Cada ponto do que fez a seguir estava planeado mil vezes. Entrou em casa, abriu o cadeado da arca do corredor e tirou os sacos. Era de boa tripa, numa semana, tinha conseguido juntar dez. Levou-os para o quintal. Despejou-os um a um para dentro de uma lata velha, que já tinha aquartelado para esse efeito. As galinhas empurravam os corpos de encontro ao muro, como se quisessem atravessá-lo. Os cães assistiam a esse trabalho, semi-interessados. Reviu as diferentes cores e consistências dessa semana. Juntou água e, com a ponta de uma cana, foi misturando tudo até ficar como queria, tipo barro. Guardou a lata numa alcofa.

Atravessou a cozinha com todo o cuidado. Pisou a rua, cheirava a enxofre. Era como se avançasse no interior de uma nuvem de enxofre.

Deixou a família inteira a dormir. Não devia faltar para os mais pequenos despertarem. Logo a seguir, os outros a serem acordados um a um, e o tumulto em crescendo, até ser impossível que alguém continuasse a dormir. Nesse momento, já estariam dois ou três, ou todos, à sua procura. Essa ideia fez Rosa apressar o passo.

Cruzou-se com mulheres que já voltavam do enterro madrugador do ti Ramiro Chapa. Cumprimentaram-na e ficaram desconfiadas com a sua resposta mínima, a despachar. Mas ela não reparou, ia concentrada.

Havia mais de uma semana, desde a ideia, que caminhava para aquele ponto. Era tão afiado que poderia picar o dedo nele. Estava a poucos metros do instante em que toda a idealização atingiria o resultado, a concretização.

Na noite da grande explosão, o pânico nos olhos dos filhos e do marido era medo de morrer, o pânico nos olhos dela era medo de não ser capaz de concretizar o seu plano.

Distinguia as pessoas lá ao fundo, no meio das bancadas, à volta, a aproximarem-se ou a afastarem-se de balanças onde se usava pesos certos, mas onde era sempre preciso confirmar que o ponteiro batia no risquinho. Não sentiu o corpo durante esses metros. Foi só o seu olhar e foi só um rugido que lhe encheu os ouvidos.

Já muito perto, capaz de distinguir rostos, começou a mexer a cabeça, nervosa, como se procurasse. Mas viu-a logo. Joana Barreta estava a vender hortaliça no lugar de sempre. Todas as cores à sua volta se embaciaram, só o seu rosto continuou nítido. Sorria para quem passava, a puta. Rosa disparou.

O sangue engrossou-lhe nas têmporas, o coração lançou-se a correr, os passos tornaram-se irreversíveis. Alguma coisa, qualquer coisa, que parasse à sua frente, teria sido atropelada.

Se alguém falou para ela, não ouviu. Desviou-se de todos os vultos e, a menos de um metro, mesmo frente a frente, quando Joana Barreta a olhava sem entender, Rosa abriu a alcofa, enfiou uma mão na lata e atirou uma mão-cheia de bosta, que lhe acertou em cheio na cara. Joana Barreta ficou escandalizada e, de chapa, levou a segunda dose. Ainda antes de ser capaz de reagir, Rosa tirou a lata da alcofa e sacudiu-lha para cima, em jactos que a traçaram de alto a baixo.

Toda a gente foi apanhada em espanto.

Sem alternativas, completamente borrada, Joana Barreta lançou-se. Rosa estava preparada e agarraram-se aos cabelos uma da outra.

Empurraram-se na direção de pessoas que se desviavam. À vez, bateram com as costas em caixotes de madeira. E chegaram a um ponto em que ficaram paradas, sem margem, num impasse, a fazerem caretas. Conseguia ouvir-se os cabelos a serem arrancados da cabeça.

Ninguém se meteu até o cabo da guarda sair lançado do café do Chico Francisco. Atravessou o terreiro a correr, as botas a pesarem-lhe em cada passada. O outro guarda, mais velho e mais gordo, o Sousa, saiu logo atrás, de cabeça descoberta, aborrecido pelo incómodo, a fingir que corria, mas em velocidade de passeio, a ter de equilibrar o balanço da barriga.

Quando o cabo se aproximou, percebeu que estavam empestadas. Tinham bosta esfregada na cara, a escorrer-lhes pelo pescoço, nas roupas. Não se lhes podia dar ventas. O cabo não lhes tocou, ficou apenas um passo à frente da pequena multidão que as rodeava, soprava o apito com as bochechas cheias e repetia:

Minhas senhoras, minhas senhoras.

Quando o Sousa chegou, desprevenido, recebeu ordem de separá-las. Sem outro remédio, precisou de agarrá-las com força, com jeito e de sujar-se também. Mesmo assim, o cabo teve de intervir porque ninguém seria capaz de separá-las sem ajuda. Usou a ponta do cassetete. Acertou-lhes nas costelas e, dessa maneira, manteve o asseio.

De braços abertos, o Sousa segurava uma mulher com cada mão. Desguedelhadas, cagadas, muito vermelhas, com os olhos a lacrimejar, respiravam pelo nariz, como se estivessem à beira de choro, com o interior dos dedos atravessado por madeixas inteiras de cabelos arrancados.

Foram levadas para o posto. Nesse caminho até à Deveza, as pessoas vinham à porta para vê-las passar.

Sem banho, foram enfiadas na mesma cela, a única que havia no posto. Cada uma ficou num canto, em silêncio.

Já estavam trancadas, quando começou a chover na rua. Como uma derrocada definitiva sobre o mundo: chuva sem apelo, sem mostras de parança.

Rosa estava cansada, besuntada com as suas próprias fezes, mas contente. Sentia, por fim, a satisfação que idealizara. Sem dirigir um olhar à Joana Barreta, ignorando-a de propósito, estava longe de imaginar que, em menos de duas semanas, adormeceria enroscada no seu sovaco.

Repito o teu nome e assisto à delicadeza com que se dilui no silêncio. Respiro-te sem pressa. Queria ser capaz de dedicar-te o planar das aves, todo o tempo em que lembrou-se. Deixou a frase a meio, pousou a caneta no centro do caderno aberto. Firmou o peso nos braços do cadeirão e, com esforço, começou a erguer-se. O último impulso foi alcançado pelo punho espetado no tampo da secretária. Naquela tarde, a artrose nada podia contra ele. A claridade gélida que atravessava as cortinas do escritório alimentava-o. Era capaz de imaginar primavera em janeiro.

Levava nos olhos a luz que faltava no corredor. Desarrumado, coxo, avançava como se subisse e descesse lombas naquela passadeira lisinha e aspirada. Quantos anos teria aquele tapete? Mais de trinta, seguramente. Era têxtil nacional, estimado, feito para durar. A mulher passou meses em namoro com o catálogo de amostras. Fazia-lhe festas e, muitas vezes, encostava-o às faces, como se contasse passar o rosto pelo chão. Demorou a decidir porque o corredor era o tronco que ligava todas as divisões da casa, e a casa era tudo.

A tarde traçava linhas de luz entre as fitas de plástico da porta do pátio. Eram quase seis horas no relógio da cozinha, estava adiantado dez minutos e continuava pela hora velha, ainda pela hora de verão. Tinha meses de atraso. Aproveitou o ânimo e subiu a uma cadeira. Na sua cabeça, durante o tempo em que esteve empoleirado, conseguiu ouvir a voz da Júlia a ralhar-lhe sem parar.

Desça daí que lhe escapa um pé, vossemecê cai despedido e não há quem lhe possa acudir. Desça daí que vossemecê não tem idade para isso.

Não tenho? Quem disse?

Em voz alta, respondia às vozes que só ele ouvia.

Acertou o relógio, quatro e trinta e cinco, mais ou menos, e com muita sorte, desceu da cadeira. Sem conseguir dobrar os joelhos, bateu de chapa com as solas dos sapatos nos mosaicos, pum, e ficou-se. Que triunfo. Estava capaz de qualquer coisa.

Não tenho idade, não tenho idade. Ora essa, não tenho idade. Quem disse?

Encostou-se ao frigorífico e ficou na dúvida sobre o que tinha ido fazer à cozinha.

Lembrou-se, o planar das aves. Abriu a caixa do pão e depenicou o miolo.

Saiu à rua. O frio faz a luz muito nítida. De repente, as formas e as cores de tudo: as laranjeiras, o tronco grosso da palmeira, a piscina, a tinta velha dos muros, o musgo seco, os arbustos das roseiras a transbordarem dos canteiros.

Entre as grades da gaiola, equilibrou a migalha de pão na ponta do indicador. Aos olhos do periquito, a cabeça do senhor José Cordato era enorme.

Com o seu peito azul, os seus olhos, pontos cegos ou loucos, o bico dobrado para baixo, a piar sons que feriam a tarde, que espetavam um prego transparente em algo transparente, no tempo talvez. Era um periquito altivo numa gaiola suja. Júlia recusava-se a limpá-la.

Com paciência, mudou-lhe a água e encheu a pequena gamela de alpista. E ficou a vê-lo tomar banho. Lançou-se de peito na água e voltou ao poleiro de penas molhadas, arrepeladas. Querido companheiro, sentia mais falta de asseio do que fome ou sede. O senhor José Cordato sorriu-lhe com todos os dentes, com a placa inteira. Compreendiam-se, tinha a certeza.

Só então, como se funcionassem com retardador, chegaram os cães, Bob e Rex, nomes escolhidos pelo criador de Coruche que lhos tinha vendido havia mais de dez anos. Eram irmãos e, no parecer do senhor Cordato, os nomes derivavam da origem dos bichos: raça boxer, apurada. E, mesmo em velhos, continuavam a saltar-lhe para cima, à procura de festas, tontinhos. Júlia não gostava dessa euforia, ainda que tivesse penado para conquistar uma amostra mínima. Os cães nunca deixaram de lhe ladrar mas, no início, durante muitos meses, ladravam-lhe com a mesma raiva que usavam para qualquer intruso.

Eu assim não posso cá trabalhar.

Passaram dois anos, mas parecia muito mais. Ali, debaixo daquela luz optimista, o senhor Cordato enternecia-se a recordar esse tempo.

Enquanto a mão deslizava na cabeça de um dos cães, tão lisa, tão certa, tão justa, o outro competia pela sua atenção, abanando com avidez o rabo cortado, sem ser capaz de segurar as patas, dono de olhos e língua.

Quando voltou a atravessar as fitas da porta da cozinha, quando entrou, os cães sabiam que não podiam segui-lo. Esperaram durante um momento, na expectativa de que pudesse regressar. Então, caminharam resignados até se desmoronarem na clareira varrida, diante das casotas, onde passavam os dias, espojados, à sombra da palmeira.

À entrada do quarto, o senhor Cordato contemplava a cama desfeita, belíssima obra. Cedo, de manhã, sentiu Júlia a levantar--se. Com o cuidado de manter a respiração pesada, fingindo dormir, concentrou a atenção nos olhos quase cerrados. Eram olhos como as lambujinhas que, noutros tempos, costumava comer com coentros e limão, traziam-lhas diretamente de Sesimbra em malas térmicas. Na travessa, costumava haver algumas meio fechadas, conforme os seus olhos naquela manhã, mas tinham sempre espaço para lhes enfiar a ponta da faca. Por essa linha escondida, através das pestanas, assistiu àquele corpo moldado pela combinação. Vestiu a bata, o casaco de malha, calçou-se. Ele não perdeu um único gesto. Escutou-lhe os passos e os ruídos que fez ao sair, o portão do pátio a bater, e não quis levantar-se logo, manhã bendita, quis enfiar o rosto na almofada onde ela tinha dormido, respiro-te sem pressa.

Lembrou-se. O corredor até ao escritório, a passadeira, carpete muda, a abafar o som dos passos e a voz dos objetos, permitindo apenas estalidos de móveis distantes, perdidos no tamanho da casa, como se fossem de outra época.

Sussurrando entredentes, dentadura, voltou a ler:

Repito o teu nome e assisto à delicadeza com que se dilui no silêncio.

Júlia, disse quase em voz alta. E esperou que passasse um momento.

Júlia, repetiu, partindo as sílabas, sentindo-lhes o sabor.

Respiro-te sem pressa. Queria ser capaz de dedicar-te o planar das aves, todo o tempo em que

Tinha insistido tanto. Serões a achar-se inútil, descabido, inconveniente, rejeitado. Na véspera, quando lhe voltou a pedir que ficasse com ele, só deitados, sem mais nada, lado a lado, a dormirem, não acreditava que ela fosse baixar a voz e o olhar, quase como se não estivesse lá de repente. E deixou de falar para ela, quase como se também fingisse que não estava lá, e depois de vestir o pijama, passado e dobrado, depois de fechar a luz, soube que ela se despiu às escuras, o seu vulto imaginado no negro opaco, e soube que ela entrou na cama. Ficou aceso nesse instante, atento a tudo: as respirações, pequenos movimentos e, sobretudo, a presença. Ali, na mesma cama, sem se tocarem, mas ali, lado a lado. E adormeceu de cansaço, tinha os seus horários, o costume do corpo. Mas despertou várias vezes a meio da noite, de olhos arregalados na escuridão, a sentir a existência daqueles instantes e, maroto, a pousar-lhe a mão muito leve nos ombros, nas costas, nas ancas. Tinha esperado por aquele tempo desde antes de a conhecer.

Lembrou-se. Segurou a caneta com aprumo e, bela caligrafia, escreveu:

te esperei.

Releu só a última frase:

Queria ser capaz de dedicar-te o planar das aves, todo o tempo em que te esperei.

Os cães a ladrarem no quintal. Criança, levantou o olhar. Ganhou uma desenvoltura tal que, escritório, corredor, cozinha, conseguiu chegar a tempo de testemunhar a entrada de Júlia. Sem reparar no entusiasmo do senhor José Cordato, apressada pelo fim da tarde, cumprimentou-o com uma sílaba. Ele segurava o caderno com as duas mãos, bem-comportado, seguindo os gestos com que Júlia pousou o embrulho de papel pardo na mesa, abriu a torneira, acendeu o fogão e pôs a água a ferver. Sem conseguir esperar, perguntou se podia ler-lhe umas palavras.

Começou a ler, o teu nome e assisto à, ela estava a meio de qualquer tarefa mas, se dilui no silêncio, ficou parada de repente, ser capaz de dedicar-te o planar das, ficou muito séria, todo o tempo em que te esperei.

Não entendeu bem, mas ficou desconfiada.

Vossemecê repete o meu nome? Funesta?

Em todas as ruas de Galveias, conheciam-na por Funesta. Só naquela casa e na sala de espera do médico lhe chamavam Júlia.

Para que é que vossemecê repete o meu nome? O senhor José Cordato, incomodado:

Já te expliquei que não gosto desse nome. Tu sabes o que é ser funesta? Sabes o que é uma pessoa funesta?

Ora, disse ela, virando a cara, perdendo a vontade de continuação.

Já tinham tido aquela conversa. Funesta era o que toda a gente chamava à sua querida mãe, que tinha sido filha do ti Oitavo Funesto, avô que ela não tinha conhecido mas que toda a gente dizia, e o próprio senhor José Cordato confirmava, que era um santo homem, honrado, honesto e funesto, fosse lá isso o que fosse.

Largou o caderno e esqueceu-o. Não ia deixar que a cabeça de um alfinete estragasse a perfeição.

Entretanto a água estava fervida, entretanto o bule cheio de chá. Com uma espécie de paciência, Júlia desembrulhou um bolo finto no centro da mesa. Sentado, o senhor Cordato assistiu à precisão com que ela abriu o bolo ao meio, o cheiro da massa finta, e lhe cortou uma fatia muito económica como ele gostava.

Não queres fazer-me companhia?

Perguntou, mas já sabia a resposta, Júlia não tinha boca para doces. O convite era um pretexto para sorrir, era uma graça. Ela virou-lhe as costas e deixou que os azulejos brancos da parede lhe respondessem.

Foi no consolo morno do chá, quando ele já tinha o bolo acamado e arrotava mais ou menos em silêncio, que ela começou a chorar.

O que tens tu, rapariga?

Levantou-se expedito, caminhou para as costas dela, que estava inclinada sobre o fogão, com o jantar quase pronto, e pousou-lhe as mãos nos ombros.

Ela deixou que lhe pousasse as mãos nos ombros.

Limpando os olhos com a bata, não quis explicar logo esse choro. Esperou que ele insistisse e, só depois, disse o nome do filho:

O meu Jacinto.

Não acrescentou episódios, apenas renovou lamentações recorrentes: o filho, sem trabalho, sem juízo, com vinte e cinco anos e a portar-se como se tivesse quinze, já podia estar a dar-lhe netos, mas só lhe dava arrelias e cuidados, sempre com a cabeça em ilusões, a pensar apenas em motas e bola, como se alguém pudesse viver de motas ou de bola, e a pedir-lhe dinheiro todos os dias, cigarros e gasolina, rios de cigarros e rios de gasolina. O que havia de fazer? O que havia de fazer?

E voltou a perder-se no choro. Tem calma.

A doer-se, de peito oprimido, o senhor Cordato prometeu-lhe que ia falar com o próprio doutor Matta Figueira. A situação seria resolvida com a máxima celeridade.

Júlia olhou-o do fundo de uma inocência que só lhe mostrava em horas raras. O senhor José Cordato encheu o peito. Nesse instante, soube-lhe bem a diferença de trinta e sete anos. Sentiu-se a tomar conta dela.

Passaram minutos em que os soluços se foram espaçando, cada vez mais, mais, até desaparecerem. Mesmo assim, notou-a tão combalida que não lhe pediu para dormirem juntos nessa noite. Mal acabou de jantar, limpou a boca ao guardanapo e mandou-a para casa. Compreensivo, não se importava que apenas levantasse a mesa e lavasse a loiça no dia seguinte. Júlia agradeceu, soluçante. Quando estava mesmo a ponto de sair, já com o lenço na cabeça, ele segurou-a com um gesto imprevisto e fechou-lhe três notas na palma da mão.

O senhor José Cordato sentado no banco do condutor, o portão da garagem fechado à sua frente. As mãos assentes no volante e um pensamento a inundá-lo: apesar dos anos, quase dezasseis, não conseguia instalar-se no automóvel sem sentir a presença da mulher no banco do lado. E, no entanto, nunca a tinha conduzido. No princípio, chegou a pedir-lhe que o acompanhasse em viagens a Ponte de Sor ou a Estremoz. Mas ela mostrou-lhe sempre que seria impensável. Não era uma dessas que andavam pela rua, exibindo vulgaridade. Nos passeios da vila, por mais varridos, seria fácil que a nódoa de algum adjetivo pouco próprio lhe caísse no regaço. Era digna, possuía uma capa de honradez sólida como o bronze. Além disso, não precisava. Que necessidade poderia obrigá-la a pisar a rua? Nem a mais pequena. Nessa época, naquela casa, trabalhavam três mulheres e um homem, o Filete, que amanhava o jardim e fazia o que estivesse por fazer. No princípio, a casa era um estatuto. Ela era nova e temperava esses dias com fins de tarde no jardim, o chapéu de palha fininha e um livro. Foi nessa época que decidiram plantar a palmeira no centro do pequeno jardim. O Bob e o Rex não existiam sequer na imaginação mais espalhafatosa. Pouco depois, sem dar explicações, a casa transformou-se numa asfixia. Deixou de ir ao jardim e começou a vigiar a mínima nesga de janela aberta. O marido acalmava-a com a sua compreensão.

Com regularidade assim-assim, começaram a marcar viagens juntos. Usando muito critério, escolhiam o destino. Esse debate podia demorar semanas, avanços e hesitações. Entre o que tinha lido ou o que tinha ouvido falar na telefonia, ela escolhia um lugar: uma vila ou, menos vezes, uma cidade. A seguir,

ficava insegura. Duvidava da sua própria escolha e perguntava-
-lhe repetidamente se ele concordava. Por cansaço, conseguia
que ele mostrasse alguma reserva, alguma dúvida. Então, procurava todas as razões para o convencer daquela que, afinal, tinha
sido a sua primeira ideia. Ele aceitava esse desafio e lançava-se
em despique retórico até que, no momento certo, deixava preva-
lecer a vontade da mulher. Quando o senhor Cordato se atrasava,
discutiam sempre.

Esperava-o ao lado do automóvel, indignada, estreando uma
toilette nova.

Achas que vai estar frio? Será que vai chover?

A cozinheira preparava o lanche de acordo com a duração
da viagem: marmitas aconchegadas em cestos de vime, uma bolsa com pão fatiado, guardanapos de bom pano, talheres, uma
garrafa de vinho branco da Vidigueira e cálices.

Ao abrirem as portas do carro e começarem a arrumar o
lanche e restante equipagem, a cadelinha da mulher ficava a
olhá-los muito inocente, boneca de olhos mansos.

Coitadinha, também quer vir. Anda, que a dona não te deixa cá.

E pegava-lhe ao colo.

Fechavam as portas e, nesse silêncio, ele tirava a chave do
bolso e enfiava-a na ignição, mas não a rodava. E pousava as mãos
sobre o volante, mas não o girava. Apenas ficava assim, a olhar
para a frente: fixava o portão fechado, como se fixasse os seus
pensamentos.

Então, após minutos, dava à manivela da porta, círculos largos, e baixava o vidro. Gostava de firmar o cotovelo, dava-lhe jeito. Ao mesmo tempo, precisava de ar. Os estofos do carro liberta-
vam um cheiro enjoativo, sólido. Com certo sacrifício, a mulher
permitia-lhe esse capricho, tomava-o como um ato de submissão
voluntária, dever de esposa.

79

Habituada, a cadela ia no colo, recebendo festas como se derretesse. A dona olhava para a frente ou, muitas vezes, para o lado, impaciente, curiosa. Acalmava quando o marido começava a descrever os campos, as árvores, as terras por onde passavam. Seguiam o trajeto no relógio do *tablier*. A meio do caminho, paravam para merendar, sentados nos seus lugares. Quando chegavam a casa, carregados de cestas vazias, estavam derreados da viagem, mas satisfeitos. Valia sempre a pena.

Lembrou-se. Saiu do carro, abriu o portão, voltou ao carro. O motor não queria pegar. Era da bateria, repetia para si próprio. Mas continuava a insistir, rodava a chave e, mesmo sem resultado, chocalhava-a na ignição, não parava de tentar. Ao mesmo tempo, ameaçava-o:

Não queres pegar? Então, está bem. Continua assim e vais ver o fim que tens. Pensas que és mais teimoso do que eu? Vais ver onde te leva a teimosia quando estiveres a ser vendido às peças.

Dois rapazes que passavam na rua viram-no dentro do carro e ofereceram ajuda, teriam cerca de uns quarenta anos, o senhor José Cordato não os conhecia. Empurraram o automóvel pela rua abaixo. Engasgado, o motor começou a trabalhar.

Estava uma manhã cheia de cães e galinhas na rua. Bem agarrado ao volante, muito devagar, conseguiu chegar à casa do doutor, na rua da Fonte Velha. A Paula Santa, de mangas arregaçadas, abriu-lhe a porta, cumprimentou-o sem interesse. Logo depois, nas escadas, ao lado da estatueta, encontrou o menino Pedro, seu afilhado. Após grandes saudações, o rapaz apercebeu-se de que tinha muito para contar. Dessa maneira, enquanto se alargava sobre qualquer assunto mirabolante, em delírio, o senhor José Cordato olhava para ele, e, debaixo das feições, distinguia-lhe os traços de criança com oito, dez, doze anos, dentes saídos, quase sempre de boca aberta.

O menino Pedro acompanhou-o ao escritório, onde o pai se encontrava a fumar um charuto, vício pestilento.

Logo de manhã?

Esse era o tamanho da confiança que o senhor José Cordato mantinha com o doutor Matta Figueira. Tivera ao colo aquele homem de sessenta anos já feitos. Muitas vezes tinha entrado na cozinha no momento em que ele acabara de beber o biberão e o tinha posto a arrotar por cima do ombro. Nessa altura, não era doutor, era menino Rui. Jogou muitas vezes à bola com ele. Comovia-se com aquele homem de sessenta anos, doutor Matta Figueira, que era também um rapazinho, menino Rui, que não tinha com quem brincar.

Mal viu o senhor Cordato, abandonou o charuto no cinzeiro e levantou-se da secretária, de braços abertos.

Acabados os cumprimentos, ficaram a olhar para o menino Pedro até que se lembrasse de qualquer coisa que tinha para fazer, foi assim mesmo que disse. Ouviram-no, mas não lhe prestaram atenção ao ponto de imaginar o que poderia ter para fazer.

Ficaram sozinhos com o cheiro das encadernações de cabedal, dos móveis de mogno e do chão encerado na véspera.

Eram dois homens práticos. O doutor Matta Figueira aprendera com o pai esses modos, nenhum desperdício de eficácia.

O pai do doutor Matta Figueira, também doutor Matta Figueira, tinha sido um grande homem de Galveias. Todos os seus contemporâneos lhe reconheciam estatura porque, com a exceção dos defuntos, todos lhe deviam a cura de um terçolho, a limpeza de uma chaga infectada, o alívio de uma azia ou o estancamento de uma diarreia.

O avô tinha sido o velho agrário Matta Figueira, homem

antigo cujo bigode monárquico se encontrava imortalizado num retrato a óleo de grande realismo, afixado sobre a lareira do salão.

Quando mandou o filho para Coimbra, à espera que voltasse doutor de título e de respeito, o agrário estava longe de imaginar que, em troca, receberia um herói do povo, amante de boticas, sempre pronto a incomodar-se com quem tossisse. O filho doutor recusava qualquer vocação agropecuária.

A sua vida era a convicção profunda com que tinha jurado por Apolo Médico, por Esculápio, por Higí, por Panaceia e por todos os deuses e deusas.

O maior desgosto do filho foi não ter conseguido ajudar o pai agrário, fulminado por um ataque de coração durante uma caçada à raposa, já velho, mas ainda sem idade para morrer. A amargar essa tristeza estava a decepção que lhe tinha causado.

Mas não era capaz de contrariar a inclinação pela anatomia. Por isso, depois de negócios ruinosos e desvario, conheceu o senhor José Cordato, um jovem a quem fizera uma desastrada compra de terras e que o convencera a empregá-lo como gestor de património. Esse foi o melhor contrato que o doutor Matta Figueira assinou em toda a sua vida. Pôde assim dedicar-se à medicina e, ambiciosamente, à investigação. Chegando mesmo a conclusões pioneiras na área da imunologia, que só foram rebatidas por um grupo de investigadores finlandeses vários anos após a sua morte.

Hei-de pôr Galveias no mapa da investigação científica mundial.

E pôs.

José Cordato, a quem poucos tratavam por senhor, encontrou caos financeiro, fruto de propriedades disfuncionais, geridas por feitores que se apresentavam como donos. Perante essa decadência, necessitou de imaginação arqueológica para conceber o que teria sido aquela fortuna nas mãos do velho latifundiário que a desenvolveu. Depois, teve de se impor perante os feitores, que não aceitavam ordens de badamecos, teve de levantar a voz.

A confiança do doutor Matta Figueira solidificou-se numa espécie de amizade. Nessa época, aquele que estava ali à sua frente era o menino Rui e não tinha com quem brincar. Também o senhor José Cordato estava sozinho, sem família. Comia as sopas numa mesa demasiado grande e adormecia todas as noites com um livro caído sobre o nariz. A sua família eram as contas bem-feitas e a terra bem amanhada, os homens satisfeitos, as searas, a cortiça. Reparando nessa falta, numa tarde de domingo, após um almoço de borrego, o doutor Matta Figueira falou-lhe de uma prima em terceiro grau que morava em Arronches. Segundo o seu juízo, não era bonita, mas também não era feia.

Já estavam entrados, solteirões a passarem dos trinta. Por isso, casaram-se numa cerimónia discreta, seguida de um copo-d'água frugal. Não foi a idade que os impediu de ter filhos, foi a falta de à vontade. Começaram por ser dois desconhecidos que acordavam todos os dias na mesma cama. Ao longo dos anos, até ao fim, mantiveram sempre uma parte dessa sensação, mesmo que não usassem palavras para descrevê-la.

Num domingo de Páscoa, estava o casal de visita ao chá dos Matta Figueira, quando o menino Rui, menino de dezoito anos, anunciou a decisão de cursar medicina. Ficou de olhar levantado para o pai, à espera de uma palavra, mas o doutor Matta Figueira deixava-se afetar mais por uma pústula anónima do que pelas tentativas desajeitadas do filho para lhe agradar. Toda a gente aplaudiu, bravo, bravo, mas logo a seguir, o senhor José Cordato teve de disfarçar para que o rapaz não entendesse o agastamento com que o pai, falando demasiado alto, lhe pediu que procedesse às diligências necessárias para o inscrever na faculdade. O menino Rui não tinha notas suficientes, precisava de alguma filantropia familiar.

Com os cheques assinados, partiu para Lisboa.

Nas férias, tentava formar diálogo com o pai acerca de articulações e cartilagem, mas tinha pouca sorte. O pai distraía-se e desconversava. Já estava à beira de escolher a especialidade, quando teve notícia do falecimento do pai. Sem imaginação, sofreu um ataque cardíaco durante o duche, já ensaboado e enxaguado. Foi no enterro, seguido por Galveias, que o menino Rui passou a doutor Matta Figueira. Com um fato preto de bom corte, distinto, grave, recebeu todos os que se aproximaram para lhe apertar a mão e repetirem: os meus pêsames, senhor doutor Matta Figueira.

Quando regressou a Galveias, formado, entrou sem ânimo no consultório do pai. Depois de limpo e arejado, com a claridade a bater no branco, lá começou a receber os doentes, por ordem de marcação, exatamente como o pai, mas com estoicismo em vez de entusiasmo. O senhor José Cordato continuou a tomar conta de tudo. Por um lado, fazia-o com brilhantismo; por outro lado, seria muito difícil que alguém se conseguisse inteirar de tamanha salgalhada de papéis; por outro lado ainda, ninguém tinha esse interesse remoto; por um quarto lado, como um quadrado de razões, mantinha uma amizade familiar com o doutor rapaz, espécie de pai e espécie de filho.

Com setenta e sete anos, aos poucos, começou a delegar algumas responsabilidades num moço de Lisboa que o doutor mandou chamar para esse cargo, o Teles. Com setenta e nove anos, apercebeu-se de que esse rapazola já fazia tudo sozinho e, com as devidas diferenças, lembrava-o de si próprio havia tanto tempo, também rapazola. Desde essa memória até ao rosto que encontrava no espelho, faces espetadas por pelos brancos, tinha passado por muito: todos os feitores enterrados e substituídos, álgidos invernos, verões sequiosos, uma sobrinha, uma sobrinha-neta e o menino Pedro, seu afilhado.

Em Galveias, o convite do doutor Matta Figueira gerou um miniescândalo. Afinal, tratava-se de uma família de brasão na parede e nos guardanapos a acolher um senhor, querido e respeitado, mas descendente em terceira ou quarta geração de azinheiras sem nome.

O batismo foi celebrado na capela privada. O menino Pedro tinha quatro anos e cabelos de anjo, lavados apenas com champô de camomila por ordem expressa da mãe. Poucos convidados, família próxima. O senhor José Cordato de braço dado com a esposa, na última vez que ela saiu de casa. Com meses de antecedência, aceitou logo talvez pela surpresa com que recebeu o convite, mas também pelo desinteresse que distinguiu no doutor Matta Figueira. Sentia dó por outro menino sozinho. Só depois se lembrou da esposa, futura madrinha ainda sem saber. Hesitou durante alguns dias. Por fim, achou o momento para lhe dar a notícia. A mulher do senhor Cordato entrou em pânico. As semanas até à data marcada foram um inferno. As últimas horas antes de sair também foram um inferno.

O menino Pedro nunca passou a doutor. Nenhum esforço académico que lhe traria a atenção do pai. Tinha o mimo completo da mãe e, assim, decidiu virar-se para essa banda. Com a passagem do tempo, o pai acomodou-se na constatação implícita de alimentar um filho inútil. Por seu lado, sem complexos visíveis, o filho aceitou a liberdade dos dias inteiros.

O doutor Matta Figueira viu-se no dever de alertar o amigo.

O senhor Cordato não gostou do tom. Sentiu uma ponta de humilhação no descaramento do rapaz que não tinha com quem brincar. Doutor de meia-tigela, menino bardamerda, a achar-se no direito de lhe chamar a atenção. O que sabia ele da Júlia e do filho? Essa gente? Quem era ele para dizer *essa gente*? Fervia, rangia os dentes da placa, mas sabia conter-se, tinha anos de prática.

Se não lhe der jeito, outra solução se encontrará.

Nem penses mais nisso. Claro que lhe arranjo um lugar. Sempre tinha sido assim. O senhor José Cordato sempre tratou o doutor por senhor; o doutor sempre tratou o senhor José Cordato por tu.

Veja lá se não é incómodo.

Qual incómodo? Nem penses mais no assunto, já disse.

Começou a ficar com pressa. Aquela situação estava em vias de trazer-lhe uma indisposição física, talvez um refluxo gástrico, talvez um véu amarelo sobre os olhos ou sobre todas as coisas. Ele conhecia bem a facilidade com que o doutor Matta Figueira podia indicar o filho da Júlia ao Teles. Havia uma lista de trabalhos sem fim que servia ao filho da Júlia. Como se chamava o filho da Júlia? Tentou lembrar-se, mas abandonou essa ideia.

Não queres ficar para o almoço?

Só queria sair dali. Arrependeu-se de ter abandonado as suas funções de modo tão irreversível. No tempo em que empregava quem queria, aquela conversa não teria existido. E nem sequer estava a pedir um lugar de feitor ou de administrativo; qualquer coisa, apenas estava a pedir qualquer coisa.

Fica, almoça connosco.

Os calcanhares, os joelhos, as ancas, todas as articulações abaixo da cintura o deixaram ficar mal. Avançava pelo corredor sem habilidade. Nas suas costas, o doutor à porta do escritório. Só queria deixar de ouvi-lo, mas levava o eco daquela voz da mesma maneira que levava o cheiro do charuto entranhado na fazenda do casaco.

Essa gente, essa gente. O que sabia ele? Essa gente, tem cuidado com essa gente. Doutor da mula ruça. Ele que se metesse na sua vida. Essa gente? Em pequeno, faltou-lhe levar um par de chapadas bem assentes no focinho. Tem cuidado com essa gente?

Cala-te, ordinário.

Estava no automóvel, com os vidros fechados. Mesmo assim, tapou logo a boca, assustando-se consigo próprio como se tivesse levado um choque elétrico no cérebro.

O Rex ladrava e rosnava ao mesmo tempo, descendente antigo de leões. Os latidos do Bob eram mais agudos e, para compensar, mais frequentes, com uma raiva fina. Tinham o mesmo tamanho, a mesma idade, mas mantinham essa diferença de voz ou de carácter.

Quando os ouviu ladrar com aquela sofreguidão, olhou para o relógio e soube logo que era o carteiro. A porta da rua estava empenada. O senhor Cordato culpou a meteorologia e a idade, as mesmas responsáveis pelo seu reumatismo, e lá conseguiu arrastá-la até se abrir.

Os olhos do Joaquim Janeiro condiziam com a cor desbotada da farda, quase igual à farda com que tinha tocado clarinete na banda, apenas um pouco mais clara. Não fosse a mala de cabedal, cheia de correspondência, e podia muito bem estar a caminho do coreto do jardim de São Pedro.

Trocaram um grande bom-dia teatral. Algumas dezenas de metros adiante, os cães ladravam por detrás do muro do pátio, pareciam esganados. Enquanto o Joaquim Janeiro contava uma indiscrição qualquer, o senhor José Cordato tentava imaginar a razão que incendiava o ódio dos cães. Ao longo das suas vidas, só muito raramente deveriam ter visto o carteiro, apenas o cheiravam, sentiam-no. Para eles, o carteiro era um aroma que chegava todos os dias, à mesma hora. Ainda assim, odiavam-no desde o fígado.

O carteiro queria muito contar aquele enredo. O senhor José Cordato não sabia quem eram os envolvidos. Se lhe explicassem, talvez conhecesse os seus avós ou pais. Por duas vezes, tentou apanhar o sentido, saltar para a história em movimento, mas era demasiado tarde. Então, restou-lhe olhar para o carteiro exatamente como se estivesse a compreendê-lo. Concordava se lhe parecia que era de concordar, sussurrava uma interjeição reprovadora se detectava tom de reprovação.

É para que veja, senhor José Cordato, ao que isto chegou. Porque estava ali? Mesmo depois de a história acabar, continuou especado, sem resposta para essa questão. O carteiro começou a revolver o fundo da mala.

Lembrou-se. Ganhando excitação repentina, perguntou: Traz algum correio para mim?

Recebeu um envelope com a sua caligrafia no destinatário e no remetente. Era o mesmo que tinha enviado com um cheque havia duas semanas. Não entendeu.

Joaquim Janeiro explicou-lhe:

Esse endereço já não deve existir, parece antigo. Onde é que vossemecê achou esse endereço?

O senhor José Cordato gaguejou três ou quatro sons sem sentido, pois, pois e, de repente, já se estava a despedir às pressas e, debaixo do olhar intrigado do outro, já estava a fechar a porta, empenada, a raspá-la no chão, a ter de batê-la para que fechasse.

No corredor, a segurar o envelope, sentiu-se tão envergonhado. Sem reparar na idade da revista, tinha copiado o endereço de um anúncio.

Numa cisma de semanas, imaginou que a Júlia pudesse querer aquilo que já não lhe conseguia dar. Afinal, era uma rapariga de quarenta e quatro anos. Seria normal que, quando vivessem juntos, a partir de certa altura, não quisesse ficar apenas por cheirá-lo. Quando encomendou aquele tónico masculino, que encontrou descrito no canto de uma página, ainda nem sequer tinha dormido ao seu lado, mas abrigava toda essa esperança.

Entre o indicador e o polegar, rasgou o envelope até ao último quadrado de papel. Em momentos como aquele, sentia medo de ter perdido o discernimento. Era como se a sua própria voz o chamasse do interior da consciência.

Ainda não tinha estacionado o automóvel na garagem.

Destravou-o pela barreira abaixo até pegar.

Tudo rápido: as ruas cinzentas, uma após a outra; a chegar ao Queimado e o travão de mão; o som de bater à porta da casa da sobrinha.

Maria Luííísa.

Teve de chamá-la em voz alta, ao mesmo tempo que batia palmas.

Maria Luííísa.

Ao abrir, ficou muito admirada. Ele apenas sorriu e, direto, perguntou-lhe pela filha, a sobrinha-neta, a Ana Raquel. Incrédula, ela ainda se admirou mais.

A rapariga estava em casa por grande acaso. Havia dois anos que estudava na universidade. Já instalado no sofá da sala, foi a vez de o senhor José Cordato se admirar. Como podia uma menina de totós estudar na universidade?

Lembrou-se da última vez que a tinha visto: ela a correr de encontro aos seus joelhos, orgulhosa de dentes que tinha a abanar.

Deixa o senhor José Cordato, Ana Raquel.

Gostava que alguma vez lhe tivessem chamado avô.

A rapariga entrou na sala e, por respeito, a mãe saiu. O senhor José Cordato quis levantar-se, mas estava enterrado no sofá, não foi capaz.

Era uma mulher. Como se fosse costume, falaram durante

mais de meia hora. Ninguém contou os minutos, exceto o ponteiro grande do relógio da cozinha, onde a mãe esperava, ainda espantada, querem lá ver. Na sala, alheio a outras divisões, o senhor José Cordato estava embevecido. Quando a sua sobrinha-neta falava, não havia mais mundo.

Lembrou-se. Segurou-a pelo braço, olhou-a nos olhos e entregou-lhe o cordão. Era isso que lá tinha ido fazer.

Periquito bonito, periquito bonito. E assobiava, sorrindo.

Nunca lhe tinha dado nome porque nunca encontrara um nome que lhe assentasse. Um nome tem muita importância, muda a maneira como se olha para o nomeado e, por fim, acaba mesmo por mudar o próprio nomeado. Um Frederico seria muito diferente se lhe chamassem António, um António teria outra voz e outro andar se lhe chamassem Sebastião.

Os meus dias impregnados pelos teus modos.

Pensou nessa frase completa antes de avaliar-lhe o sentido. Sussurrou-a para ouvi-la. Ainda começou a contar-lhe as sílabas, mas interrompeu-se noutra hipótese.

Os meus medos impregnados pelos teus modos.

À procura de atenção, os cães empurravam-lhe as pernas, obrigando-o a pequenos passos para se equilibrar.

Não podia ser. Por muito que a fonética o seduzisse, os seus medos não estavam impregnados pelos modos dela. Quando muito, os seus medos estavam impregnados pela morte ou nem isso. O consolo de envelhecer tinha sido a perda gradual desse medo. A morte não o amedrontava, entristecia-o.

Os modos dela impregnavam-lhe alguma coisa. Essa parte estava certa, mas não tinha bem a certeza do que seria. Aquele não era o momento para perseguir essa ideia. O caderno estava demasiado longe.

Caminhou até às casotas dos cães. A palmeira precisava de ser podada. Desde que a filha do Filete o tinha levado para viver com ela no Montijo, que a palmeira crescia selvagem.

O senhor José Cordato puxou uma das enormes folhas secas, esforçou a musculatura, ficou aflito do fôlego, mas não foi capaz de arrancá-la. Pousou as mãos na cinta até se recompor.

Coitado do Filete. Imaginava-o numa marquise do Montijo, mais engaiolado do que o periquito, a mirrar de dia para dia, desejoso de uma palmeira capaz de ser podada.

Ou de uma piscina a precisar de esfrega.

A piscina estava meia de água. O verão tinha-a feito descer até ao último degrau da escada, o outono não terminou de enchê-la.

A escada: lembrou-se. O ferreiro transpirava à bruta. Quando viu a revista com a fotografia da escada, não se espantou. Estava habituado a invenções. Por deferência, tirava um lenço enrodilhado do bolso e passava-o pelo rosto.

A escada e respectivo corrimão ficaram mais bem acabados do que os da revista, trabalho de muito esmero. Essa peça agradou sobremaneira à mulher do senhor Cordato, não porque tivesse a expectativa de alguma vez a utilizar.

Nessa época, a Rosa Cabeça trabalhava lá em casa. Era uma rapariga de quinze anos, sorriso assustado, cabelos e olhos muito pretos. Foi ela que estreou a piscina. Numa tarde de maio, já tinha chegado o calor, descuidou-se com uns chinelos e caiu lá para dentro. O senhor José Cordato viu-a subir a escada, muito desconsolada, com os cabelos à frente da cara, com a roupa toda a escorrer.

Não chores, disse-lhe.

Mas ela não era capaz de obedecer. Encharcada, chorava lágrimas que não se distinguiam da água da piscina, chorava com uma expressão magoada do rosto e com um vagido baixinho de bezerro recém-nascido.

O mestre que fez a obra propôs azulejos. O senhor José Cordato aceitou logo e nunca se arrependeu. Passados tantos anos, apesar de terem perdido cor, lá continuavam, sujos pelas oscilações de água infecta, verde, pontuada por milhares de pequenos animais pretos, só cabeça e corpo em agitação permanente, vírgulas loucas.

O ferreiro tinha garantido que os tubos da escada nunca enferrujariam. Enganara-se, estavam oxidados nas linhas de solda e em vários outros pontos.

O tempo é o material mais forte de todos, pensou.

Os cães continuavam a tentar perceber o que podia ele querer dali. Olhavam-no, abanando os rabos cortados e, às vezes, farejando a terra, mas não chegavam a qualquer conclusão. Esqueceram essa perplexidade à primeira festa que receberam.

Antes de entrar em casa, olhou para o periquito: estava sério, dir-se-ia preocupado. Porque continuava Júlia a embirrar com uma criatura de tanta inocência? Era uma defesa. O senhor José Cordato achava que era uma defesa. Não podia dar parte fraca, escondia-se.

Mas a bruteza da Júlia comovia-o. Quanto mais áspera, mais ele sentia vontade de amaciá-la.

Quero que fiques com este serviço de chá.

E ela logo a deixar cair o rosto fechado, a permitir um brilho, menina de repente.

E sob o barulho do frigorífico, Júlia a embrulhar cada chávena de porcelana em papel de jornal, muito cuidadosa, a embrulhar cada pires. Depois, com as duas mãos, a pousar cada peça na alcofa, e à entrada do serão, antes de ir embora, muito branda, com bons modos, a perguntar-lhe se precisava de alguma coisa.

Coitada, pensava ele, enquanto a via afastar-se ao longo da rua, com a alcofa carregada de loiça a tilintar. Coitada, dizia para si próprio, em voz baixa. Não era pena, era carinho.

Nunca tinha entrado em casa dela mas imaginava que, se algum dia lá fosse, haveria de reconhecer muita decoração.

Ai, o que eu gosto dessa terrina. É uma maravilha de terrina. Podes levá-la.

Na maior parte das vezes, o senhor Cordato enternecia-se com a cegueira de cacos velhos que a Júlia mantinha. Mas, em dias de nuvens pesadas, deixava-se esmorecer: se ela fizesse tenção de ficar com ele, porque aproveitaria até o mais pequeno tareco para equipar a casa? Enchia as bochechas de ar, soprava e afastava esse pensamento. Normalmente conseguia, adormecia com esperança.

Os cães a ladrarem no quintal. No escritório, sozinho, como se falasse para dois cães imaginários que estivessem ali à sua frente:

Estejam quietos, cães de um raio. Então? Vou ter de me chatear? Estou mesmo a ver que vou ter de me chatear.

E atravessou a casa, dirigiu-se cansado à cozinha, onde chegou ao mesmo tempo que a Júlia, vinda do quintal, revoltada. Encantou-se com os seus movimentos de mulher prática, certeiros, tesos de personalidade.

O que está vossemecê a olhar?

O senhor José Cordato sorriu, bobo, sem resposta. Muito gosta vossemecê de se especar.

Lembrou-se. Contou-lhe do encontro com o doutor Matta Figueira.

O clarão do rosto de Júlia foi suficiente para iluminar o rosto do senhor José Cordato, foi como noutros tempos, quando se deixava ficar diante da lareira acesa até altas horas.

Mais novos, jantaram juntos, não da mesma idade, a manterem a diferença, mas cada um mais novo. E não foi preciso pedir. Quando chegou ao quarto, ela já lá estava a tratar de qualquer assunto. Depois, quando se deitou, ela fechou a luz. E o sangue palpitou-lhe nas veias do pescoço enquanto ela se despiu. Muito leve e delicada, levantando o peso bruto da roupa da cama, deitou-se a seu lado. A pouco e pouco, a pouco e pouco, a pouco e pouco, as respirações abrandaram.

De repente, um susto assassino explodiu-lhes dentro dos corpos e, quando abriram os olhos, viram que esse susto existia em tudo. Despertaram de um sono profundo para o caos sem fronteiras. Saíram da cama na penumbra, atravessando um grito em toda a parte, algo que nunca poderiam ter imaginado, não fazia parte do que conheciam. O senhor José Cordato quis agarrar-se a Júlia, para a proteger e para se proteger a si próprio, mas ela não deixou, seguiu disparada na direção da rua. Só teve a opção de segui-la.

Depois do terror, o cheiro a enxofre, o frio. Quando o mundo regressou, estavam descalços na rua, em roupas de dormir, entre vizinhos que, à medida que o abalo se desvanecia, começavam a aperceber-se de que o senhor José Cordato e a Funesta vinham de estar juntos na cama.

Os meus medos impregnados pelos teus modos.

Por fim, a frase fazia sentido: o medo de que ela não voltasse. No escritório, perante o caderno aberto, o senhor Cordato olhava para essa frase, finalmente escrita, e parecia-lhe que aquelas poucas palavras diziam tudo.

Depois do estrondo, adormeceram a muito custo: ele preocupado com ela, ela preocupada com o mundo. De manhã cedo, Júlia saiu calada e branca. Embora ele sentisse uma certa vaidade ao imaginar os pensamentos das pessoas, com todos os exageros que haviam de acrescentar, pesava-lhe a sombra que ela levara nos olhos.

Nessa primeira manhã, deu com o periquito morto. A explosão acabara com ele, pequeno ser.

Levou-o na palma da mão, tão leve, e enterrou-o debaixo da palmeira. Passada meia hora, já os cães o tinham desenterrado e comido.

O pátio cheirava a enxofre, como a casa. Depois do susto, na solidão, pareceu-lhe que alguns objetos cheiravam a enxofre: os castiçais, o pêndulo do relógio. Depois, apercebeu-se de que era a casa inteira que cheirava a enxofre, o mundo inteiro.

Essa foi a primeira tarde em que ela não apareceu.

Na segunda manhã, os cães cansados a darem sinal, pensou que fosse ela. Abriu a porta com um sorriso. Era o filho da Rosa Cabeça, que lhe estendeu a oferta de um coelho morto. O sorriso esmoreceu-lhe no rosto. O rapaz de certeza que reparou.

Nos dias seguintes, foi limpando o que encontrou no frigorífico e nos armários. Comia mal, mas tinha cada vez menos fome.

Começou a chuva.

Os meus medos impregnados pelos teus modos.

Como uma obsessão dos céus, passaram três dias de chuva sem descanso.

E, nesse tempo, quando já não esperava nada, os cães a ladrarem no quintal. De novo, a sentir-lhes um cansaço sem explicação. Era a sua única oportunidade. Tinha de ser ela. E deixou de existir caderno, deixou de existir escritório, deixou de existir corredor. Puxou a porta da rua com toda a força, como se não existisse também, indiferente à resistência empenada, indiferente à buzina de arrastá-la pelo chão.

E, silêncio, ficou por um instante sem entender.

O seu irmão Justino, barbudo, velho, a olhá-lo como uma estátua de cinza, fumo ou enxofre, debaixo de chuva gelada que lhe escorria pelo rosto e pelo corpo inteiro.

Havia mais de cinquenta anos que não se viam.

A cadela estava morta em cima da secretária. As tripas brilhavam ainda, formavam um monte muito composto diante da barriga aberta. Com os dentes arreganhados, estava como se tivesse perdido o movimento num instante de dor profunda, obrigada a suportar essa dor em silêncio, sem outra alternativa. Tinha os olhos fechados com força, pestanas e ramelas secas.

Os mapas de Portugal estavam rasgados à navalhada e espalhados em cima de carteiras viradas de patas ao ar. O globo terrestre estava no chão, com o oceano Atlântico amolgado, como se o tivessem atirado à parede. A cana de apontar estava vincada ao meio, sem uso, mas não foram capazes de parti-la, era cana-da-índia, atravessada por veios mais rijos do que cornos. No soalho, havia lápis de cera misturados com cacos de vidro, restos dos boiões de iogurte onde as crianças tinham deixado feijões a germinar em bolas de algodão. O cesto dos papéis estava entornado, claro. O crucifixo tinha sido arrancado da parede e utilizado como martelo para abrir os armários do fundo da sala, era gente que não respeitava nada.

No meio do quadro, estava escrito a giz carregado: PuTa. Na parede, entre o cartaz do ciclo da água, misteriosamente intocado, e a roda dos alimentos, que se agarrava em esforço à última tira de fita-cola, estava escrito a sangue de cadela: vai Te emBora PuTa.

Maria Teresa teve vontade de chorar, mas não chorou. Isaura, que vinha logo atrás, perdeu a compostura. Babou-se e fez cara feia, torceu o rosto sobre o seu próprio centro, amarfanhando o nariz contra os lábios até ficar vermelha, roxa e irreconhecível.

Antes daquela cena, Maria Teresa, com pouco mais de quatro meses de convivência, chegada a Galveias em setembro, não teria sido capaz de imaginá-la nesse pranto. Isaura era uma figura séria e silenciosa. Mas aquela mágoa tinha justa justificação, Isaura levava muitos anos de escola e havia de custar-lhe a chapada daquela imagem que, só por si, ofendia qualquer pessoa. Além disso, era ela que costumava trazer uma caixinha com restos, vertidos com cautela no lado de fora do muro. Já a lamber-se, a cadelinha chegava sem pressa, era velha, sempre com uma simpatia especial, pelo branco, olhos doces. Não fazia mal a ninguém aquela cadelinha sem nome.

Que cheirete insuportável. O fim de uma semana inteira de chuva, água e água sem descanso, não conseguira lavar o fedor de enxofre sobre Galveias, cheiro nauseabundo. Ali, a sala parecia condensar toda aquela podridão insalubre.

Ai, professora.

Foi Isaura que falou, ninguém teria sido capaz de prever esse lance. Talvez por compreender o tamanho da coragem perante a timidez, Maria Teresa abraçou-a. E afundou-lhe o rosto no ombro, no xaile de lã, precisava de defesa contra aquele fedor. Isaura continuou a lamentar:

Ai, professora. O que haviam de fazer à gente.

Esses cretinos hão-de ter boa paga, disse Maria Teresa. Cretinos? Disse mesmo cretinos?

A irmã Luzia fez esta pergunta já com os olhos a sorrir. Tinha a tarde refletida nesse brilho.

Disse cabrões. Pronto, está contente? Disse cabrões. E também devo ter dito filhos da puta. Às vezes, parece que gosta de me apanhar em falta.

Tem calma, Maria Teresa.

Ao dizer essas palavras, a freira arrastou a voz. Sabia como Maria Teresa se descontrolava, mas também sabia como ganhava consciência de repente.

Ai, desculpe, irmã. Desculpe, por favor.

Ficava sinceramente envergonhada, mas não conseguia evitar. Apercebeu-se desse problema na primeira semana em que chegou a Évora, quando ainda andava à procura de quarto. Na aula de apresentação de Língua Portuguesa, não gostou do tom de uma chamada de atenção da professora e respondeu-lhe logo com duas caralhadas. A turma inteira ficou em silêncio escandalizado.

À beira do Douro, na Afurada, nunca tinha dado por esse transtorno.

Isaura limpou os olhos, assoou-se e foi logo buscar baldes, vassoura, esfregões e rodilhas de vários géneros. Não se mexia com demasiada ligeireza, mas mantinha aquele ritmo intransigente. Depois de uma desorientação breve, Maria Teresa tirou os anéis e começou a ajudar.

Custou-lhes pôr a cadela dentro da saca, não eram capazes de olhar para ela. Esventrada, coitadinha, permanecia indiferente aos gritos agudos da professora. Isaura segurou a secretária com as duas mãos e inclinou-a. Na outra borda da mesa, Maria Teresa segurava a saca aberta. Isaura inclinou a mesa até poder e só depois se apercebeu de que a cadela não escorregava, estava colada por sangue coalhado, o pelo subitamente baço.

Só pode ter sido por malvadez. A cadela é um animal, mas

animal maior são as bestas que lhe abriram a barriga com uma navalha e lhe tiraram as tripas. Posso dizer bestas?

Com gravidade, a freira concordou. Também conhecia a cadela. Era um bicho mansinho que, às sextas, quando ia dar aula de Religião e Moral, a acompanhava na chegada ao portão da escola, respeitadora, derretida, a alisar o pelo nas bainhas do seu hábito.

Qualquer palavra, por mais pequena, ecoava nas paredes amplas e nuas do salão paroquial. O aquecedor a gás não era suficiente para levantar o inverno de tanta área. Com um janeiro daqueles, os mosaicos eram gelo. Disciplinada, como os gestos e os modos da freira, a formação das cadeiras apontava para a parede. As crianças iam gostar da catequese, era dia de slides.

Corriam lá fora, no adro. As suas vozes, avulsas, miúdas, atravessavam as vidraças da porta do centro paroquial. Talvez brincassem aos mesmos jogos dessa manhã, no pátio da escola, entre poças de água.

Eram as mesmas crianças e, nessa manhã, como nos outros dias, foram chegando. Esperavam a sineta.

Isaura descolou a cadela da mesa com a ponta da vassoura. Esse barulho, meio rasgado, fez impressão a Maria Teresa, que se encolheu. Mas, depois, quando Isaura inclinou a secretária e a cadela deslizou até cair no fundo da saca, de encontro ao chão, a professora não aguentou as mãos, ficou branca, pálida, lívida, e quase desmaiou. Foi a Isaura, sem ajuda, que empurrou as tripas para dentro da saca, para cima da cadela, e que saiu, acartando esse peso.

Entre os sete e os dezoito anos, a professora Maria Teresa destripara milhares de carapaus. Se a vizinha Amélia, varina estridente da Afurada, a visse com aquele ar de enjoo, havia de gargalhar o suficiente para se ouvir no cimo da ponte da Arrábida. Mas não eram só as tripas, não era só a violação daquela sala, ilusão de crianças, eram também as palavras escritas: vai Te emBora. Não se incomodava que um bando de cabrões lhe chamasse puta, mas doía muito que, depois daqueles meses, houvesse tanta violência empregue em enxotá-la.

Tens de te pôr no lugar desta gente, disse a irmã Luzia.

Compreendia bem o amor à terra, compreendia bem a gratidão sagrada, o milagre do espaço, aquele torrão de vida que, multiplicado por si próprio, se abria neste mundo, esperto e diverso, frágil e constante, futuro atento ao passado, fio invisível e perpétuo. Conhecia bem o amor ao ponto de onde tinha partido, início de todas as idades, promessas e sonhos. Mas não conseguia pôr-se no lugar de quem mata. Apenas conhecia e compreendia amor feito de vida. Era nova.

Maria Teresa, professora de óculos e diploma, tinha vinte e três anos, era uma menina. Em Galveias, havia quem a achasse velha para passar pelas ruas de mala e sem marido, mas mesmo esses sabiam que, no coração, era uma menina.

E então eu disse-lhe: vá pentear macacos, seu ordinário. Foi mesmo isso que disse? Usou mesmo essas palavras?

Arrependeu-se de ter pedido ajuda à irmã Luzia. Não lhe desculpava um lapso. Havia um toque materno na atenção daquela freira maviosa de sessenta e três anos.

Nascera no concelho de Cinfães, numa terra que visitava ano sim, ano não, com o intuito de reencontrar as raparigas da sua idade, já todas avós, e de acompanhar a Nossa Senhora da Conceição, enfeitada de rosas e com a mesma idade de antes, na procissão que a levava até à capela, mesmo à beira da estrada nacional.

Os seus olhos falavam com gentileza. A professora sentira-se atraída por esse namoro.

A chegada de Maria Teresa a Galveias fora simples, toda a gente estava à espera de uma professora nova. Maria Teresa não se incomodava com o olhar fixo das pessoas na rua. Encarava esse cerco com ligeireza juvenil, sorrisos e bons dias. Mas depois, quando chegou o outono deserto, quando chegaram os grandes ventos às telhas da casa que arrendara ao ti Manuel Camilo, ficou vulnerável a uma coleção de ruindades que não tinha previsto. Nesse fim de outubro, começou a ter conversas cada vez mais úteis com a freira que, todas as sextas, ia dar aula de Religião e Moral.

Tinha tendência fiscalizadora, apanhava-lhe todo o palavreado e, mais, ajudou-a a perceber que não era só uma questão de vocabulário. Se alcançasse a consciência de uma pausa, era capaz de mudar as palavras a meio e, assim, torná-las decentes: cara, pausa, pau; cara, pausa, bina; cara, pausa, vana; fo, pausa, go; fo, pausa, ca; fo, pausa, tografia; porr, pausa, ta; porr, pausa, tanto; porr, pausa, tugal. Era sobretudo uma questão de nervos, de descontrolo. Esse era o real defeito: a voz subitamente a arder-lhe na garganta. A irmã Luzia, com paciência caridosa, com trinta e dois anos de Galveias, gostava de se ocupar daquela moça.

A professora tinha ido em busca dessa compreensão. Precisava de falar, mas também precisava de ficar só ali, naquela suspensão do inverno, com o restolhar das crianças e dos pássaros lá fora. Faltava pouco para a hora marcada da catequese, mas as crianças não tinham pressa e a tarde também não.

O padre Daniel entrara no salão paroquial pela porta da sacristia, mas percebera que havia assuntos a serem tratados e, como se fosse possível carregar cadeiras sem existir, continuou o seu trabalho, cego e transparente.

Foi mesmo isso que disse? Usou mesmo essas palavras? Maria Teresa estava sem vontade de responder.

De manhã, no centro da sala revirada, encostou-se a uma

carteira e ficou sozinha, exaurida, sem ideias, enquanto Isaura fez as poucas centenas de metros até ao posto, debaixo de amoreiras.

O cabo chegou acompanhado pelo carteiro, o Joaquim Janeiro. Isaura e o guarda Sousa, mais pesados, chegaram depois. A essa hora da manhã, as crianças ainda esperavam no pátio do recreio. Notava-se pela surdina desse coro embaraçado que desconfiavam de alguma coisa, a demora no toque da sineta, a guarda, mas não conseguiam descobrir o que poderia ser.

O carteiro veio sem convite, acompanhante penetra. Depois, à tarde, quando Maria Teresa contava à freira, pareceu-lhe que ele se chocou menos do que os outros, mesmo considerando que estavam avisados do que iam ver, sendo também certo que a sala estava bastante mais arrumada do que à primeira chegada da manhã. Por educação feminina, elas não seriam capazes de permitir tal desalinho. Com a bonificação macabra de uma cadela esquartejada.

Mas mesmo aplicando esse gosto de asseio, não seriam capazes de se livrar daquele mau cheiro fatal. Era um aroma áspero, fazia pressão nos ouvidos, como se empurrasse os tímpanos com algodão; enfiava-se por detrás dos olhos e fazia-os arder por dentro. Era possível criar-se algum hábito, mas custava, mudava-se de cor.

Para surpresa geral, Isaura não se calava. O Sousa apoiava essa conversa com interjeições nasais e olhos pequenos, muito arregalados, aflitos, como se estivessem no fundo de um funil. Pensativo, o cabo caminhava devagar entre as carteiras, pousando as botas engraxadas com cuidado, coçando a ponta das suíças, detetive sério. Sobrava Joaquim Janeiro, que tinha deixado o carrego das cartas à porta. Naquele momento, só ele tinha disponibilidade e descaramento para dizer:

Houve muita gente que não gostou da atitude da senhora professora.

Foi esta afirmação, meio sumida, que ateou a briga.

102

* * *

Na semana anterior, chovia sobre Galveias como se o mundo estivesse a gritar. Na sala de professores, fora do horário, Maria Teresa tinha arregaçado as mangas. A máquina estava bem firme, corpo de ferro assente no tampo da mesa. Com caligrafia bem desenhada, letras maiúsculas a terminarem em detalhes como trepadeiras, emes e enes com todas as perninhas, a professora já tinha terminado de escrever o anúncio na folha da matriz. Acertou-a na máquina e humedeceu o feltro com a garrafinha de álcool. Deu à manivela: a primeira cópia saiu esborratada, as palavras a dissolverem-se no papel. A segunda também saiu ilegível, o cheiro a álcool a evaporar-se-lhe para o interior das narinas. A quarta cópia saiu bem, colocou-a de lado, a secar. E deu início a essa ordem de ações, pontuada por algumas gotas de álcool que voltava a deixar cair sobre o feltro. Fez doze exemplares do cartaz.

A humidade era de tal classe que, na manhã seguinte, as folhas ainda não estavam bem secas. Espalhadas com minúcia pela mesa, anunciavam as aulas de alfabetização para adultos, as inscrições estavam abertas.

Num momento de suave dúvida, tinha pedido a opinião do ti Manuel Camilo. Satisfeito por receber a renda tão bem contada, o senhorio brilhou de cortesia, gabou-lhe a ideia generosa, pegou-lhe na mão e olhou-a nos olhos para garantir que, se não fosse a súbita surdez da mulher, ele próprio frequentaria essas aulas. Seria um aluno exemplar, sempre com os trabalhos de casa feitos, sempre com o lápis afiado. Maria Teresa aceitava essa garantia.

Com idealismo e com um bom guarda-chuva, a professora correu mercearias, cafés e tabernas distribuindo os seus cartazes de letra azul. Mesmo debaixo de tempestade, com fios grossos de água a escorrerem pelas varetas, era ainda capaz de sentir o cheiro do álcool etílico, misturava-se com a peste de enxofre que tingia o ar da vila. Quando entrou no café do Chico Francisco, os homens ficaram em silêncio de pedra. A sacudir o guarda-chuva, a arranjar o cabelo com os dedos e a queixar-se do tempo, a voz da professora existia sozinha no interior desse silêncio. O Barrete deixou cair o cigarro da boca aberta. Maria Teresa aproximou-se do balcão, todos os homens aflitos, e entregou um cartaz ao próprio ti Chico Francisco, pediu-lhe para o afixar onde fosse visto. Recebeu a folha, calado, com olhos grandes. A vitrina ainda estava coberta por um tapume de contraplacado. Quando ela saiu, os homens olharam uns para os outros e, se não fosse a folha nas mãos do ti Chico Francisco, seriam capazes de acreditar que aqueles momentos não tinham acontecido.

Quando entrou na taberna do Acúrcio, a luz da tarde a esmorecer no brilho do vinho tinto, recebeu o mesmo silêncio, mas mais bruto, mais tosco. Já tinha começado a sua palestra quando foi interrompida pela mulher do Acúrcio, que a distinguiu ao longe, do telheiro do quintal. Atravessou a chuvada ininterrupta e entrou na taberna pela porta atrás do balcão, a tempo de aceitar o cartaz, está bem, pode ficar descansada, e despachar a professora o mais depressa possível dali para fora.

Ao longo da semana, em pensamentos à chuva, Maria Teresa considerou a lógica enviesada de ter escrito um cartaz para os analfabetos. Mas nunca desceu dos seus sonhos, rasgados de manuais de pedagogia e didática. Só naquela manhã, de repente, caiu desse poleiro. O tombo aleijou-a.

Houve muita gente que não gostou da sobranceria da senhora professora.

Joaquim Janeiro falava como se encontrasse razões para o que tinha acontecido, como se tentasse justificar aquela indignidade e, por dentro, Maria Teresa era como um fogo de palha. Muita gente? Quem era essa gente que não se apresentava?

Contendo uma parte da raiva, mas subindo o volume, acusou-o

de lucrar com a leitura das cartas dos analfabetos. Esse foi um passo sem regresso. Avançando na discórdia, ele respondeu, ela respondeu, ele respondeu, ela respondeu e ele respondeu:

Mas pensa que estavam todos aí à espera que chegasse, desejosos da sua esperteza? Deixe lá as pessoas como estão. Tome tento aos cachopos, que já não é pouco. Esses sim, é que estão em idade.

E ela respondeu:

Vá pentear macacos, seu ordinário.

Na sala de aulas, entre desordem malcheirosa, o cabo, o guarda Sousa e a Isaura olhavam para a professora, sem saberem como sair daquele momento.

Foi mesmo isso que disse? Usou mesmo essas palavras? No salão paroquial, muito devagar ou imóvel, o padre tinha-se reduzido ao silêncio absoluto. A irmã Luzia esperava uma resposta, o seu olhar exigia-a.

Não, não foi mesmo isso que disse, não usei mesmo essas palavras. Disse: que trinta mil caralhos o fodam e refodam, seu monte de merda podre.

A ladeira obrigou-a a tomar atenção aos pés, assentes em pedras íngremes, pretas e escorregadias. A ladeira mostrou-lhe que ainda existia. Nesse regresso, recebeu todo o frio acumulado nas superfícies de cal, nas esquinas das paredes, nos telhados que se podiam ver daquele topo. Descia devagar, pé ante pé. A aragem pairava sobre Galveias e, ali, atacava Maria Teresa com o perfume amargo do enxofre. Atravessava-lhe o casaco de malha, a fazenda da blusa, procurava-lhe a pele e enterrava-se na carne como agulhas, como uma forma sofisticada de loucura.

Antes, no adro, as crianças espreitaram-na à distância. As que tinham vozes mais estridentes cumprimentaram-na, boa tarde, minha senhora. Ainda com o rosto da irmã Luzia a cobrir-lhe a memória, desorientada pela vergonha do descontrolo, com as faces a arder, custava-lhe distingui-las. Estava tão habituada aos bibes listrados que, assim, as crianças pareciam-lhe diferentes, como se mostrassem detalhes que as distorciam.

Demasiado perto, com olhar demasiado inquiridor, o Rodrigo foi o único menino que se interessou por segui-la durante alguns passos. Já na ponta do adro, quase no início da ladeira, perguntou-lhe se precisava de alguma coisa. Essa não era conversa de costume para cachopos daquela idade, o Rodrigo andava na terceira classe, tinha nove anos, mas era um rapaz adiantado, de saídas apuradas. Sem reparar nele, a fugir-lhe, a professora respondeu que não. Com perplexidade adulta, de mãos ao longo do corpo, ficou parado, a vê-la afastar-se.

A meio da manhã, logo depois do desacato entre a professora e o carteiro, com a sala ainda longe de limpa, as paredes ainda riscadas, foi o cabo da guarda, assumindo autoridade varonil, que decidiu mandar os alunos para casa. Discursando do alto das escadas para um arquipélago de olhos sobressaltados, explicou aos meninos que a chuva da semana anterior tinha-se infiltrado na sala e destruído materiais imprescindíveis à prática escolar. Em sentido, ciente do seu dever de paz social, assistiu à forma ordeira como as crianças, de malas às costas, atravessaram a estrada e, lá ao fundo, subiram as escadinhas.

Equilibrando-se nas últimas pedras da ladeira, Maria Teresa queria esquecer essa manhã e queria pousar a cabeça, que lhe pesava como se transportasse um cérebro de chumbo. Mas antes, precisava de comprar pão. Não tinha almoçado e, mesmo indisposta, não podia dar confiança à fraqueza. Nesse momento, já teria sido capaz de distinguir o zumbido da motorizada a aproximar-se, com as mudanças a serem metidas em soluços esganiçados do motor, mas acabou por se aperceber já depois do portão do ferreiro, quase a chegar à porta da boîte. Só teve tempo de se encolher ao rés da parede. O Catarino passou como um pesadelo. Propositadamente fora de mão, acelerou ao máximo e encheu a rua com o rugido da Famélia. Ele sabia que assustar as raparigas era uma forma de impressioná-las.

Como se o cheiro a gasolina queimada lhe servisse de amparo, Maria Teresa recompôs-se. Continuou pelo passeio, passou a porta da boîte e, logo a seguir, empurrou o portão, sempre aberto, avançou por esse pátio até às traseiras da boîte. Bateu devagar. Os pássaros de janeiro cantavam naquele fresco. No chão, entre as ervas, havia alguns que saltavam com patinhas de arame. Bateu com mais força. Esfregou os olhos e esperou, ainda esse silêncio chilreado, cerrou os dentes, apertou os punhos e voltou a bater, desta vez a murro. Após segundos, começou a ouvir-se um chinelar compassado. A porta foi aberta pela brasileira, vinha azamboada, custava-lhe encarar a claridade, trazia a pele da cara atravessada por vincos. Mais pelo que acreditava que tinha precisão de comer do que pela fundura do estômago, pediu um pão de quilo e três papos-secos.

Tem sacola?

A professora estava tão abatida que se limitou a contrair o rosto. A brasileira afastou-se: os chinelos a darem estaladas no chão de farinha. Voltou depois de um instante sem pensamentos. Maria Teresa tinha a conta certa de moedas de cinco escudos e de vinte e cinco tostões. A brasileira não esperou por despedidas e fechou a porta.

Sem vontade ou sem força, Maria Teresa começou a subir a rua da Fonte Nova com passos desnivelados. Quando estava quase a chegar a casa, tirou um papo-seco, olhou-o como se quisesse conhecê-lo e lançou-lhe uma dentada. A expectativa habitual desse gesto foi ferida pelo sabor azedo a enxofre, químico e venenoso. Mastigou devagar, com o pão a enrolar-se na boca, a parecer que não era feito de farinha, que não tinha a textura habitual do pão, a parecer uma esponja velha, suja de pó de cimento. Obrigou-se a engoli-lo. Não tinha vontade de voltar a morder o papo-seco. Segurava-o com uma mão e, na outra, segurava o saco de plástico. Foi só nesse momento que viu o Miau. Estava sentado num poial, atarracado, inchado. Olhava para ela, a língua dobrada a sair-lhe da boca, as pálpebras meio descaídas sobre os olhinhos, o penteado acertado pela cabeça pequena. Tinha as mãos nos bolsos e estava a coçar-se. Por pudor, Maria Teresa desviou o rosto, mas apercebeu-se do vulto castanho que ele desenhou no ar com a camisola de lã, apercebeu-se dos três passos rápidos com que saltou para junto dela e a empurrou de encontro à parede.

E a respiração dos dois, e uns gemidos finos dele, amordaçados pela língua. O barulho dos corpos em tensão, a luta. O Miau levantou-lhe a saia, assentou-lhe a palma da mão no meio das pernas e apertou. O saco do pão estava caído na calçada, os papos-secos rebolavam ainda pela rua abaixo. Maria Teresa não conseguiu gritar, os seus olhos guardavam o pânico da surpresa. O Miau apertava com toda a força da sua mão sapuda. Quando foi capaz de olhá-la de frente, ainda ela não tinha sido capaz de gritar, com a boca aberta pela dor e pela incredulidade horrorizada.

Passaram segundos longos até o Miau ser puxado pelas costas.

O carteiro tinha-se largado a correr pela inclinação da rua da Palha. Arrancou o Miau e conseguiu enfiar-lhe um par de pontapés antes de o ver escapar-se a ganir, primeiro em corrida e, depois, lá ao fundo, a espreitar em bicos de pés, curioso. Os homens que estavam no café do Chico Francisco e no terreiro ocupavam toda a parte de cima da rua, ao lado da igreja da Misericórdia. Um pouco mais abaixo, havia também todos os rapazes que tinham saído da sociedade. Além desses, havia o olhar abismado das mulheres que tinham vindo à porta ou que estavam penduradas nos parapeitos, a dar fé.

Se eu te apanho, vais ver.

A voz do Joaquim Janeiro, potente soprano, encheu a rua. Exaltado, a sentir-se o coração no ritmo com que respirava, Joaquim Janeiro perguntou a Maria Teresa: Está bem, senhora professora?

A partir dessa hora, ficou assente que tinha sido o Miau a entrar na escola, a matar a cadela e a escrever nas paredes com sangue e vísceras.

Ninguém se lembrou que o Miau era analfabeto, não sabia escrever.

Descascava uma laranja com os tornozelos submersos por patos. Os campos absorviam ainda sete dias inteiros de chuva. Não se queixava. As batatas haviam de engrossar debaixo da terra. O terreno tinha inclinação para se mostrar à luz e dar vazão à água. O ti Manuel Camilo aventava o olhar aos regos das batatas, já era capaz de lhes imaginar o viçoso da rama. Ainda bem que tinha feito a sementeira antes da chuva e antes de rebentar a explosão noturna, com todas as arrelias e todos os proveitos que trouxe.

A cadela estava deitada, naquele quadrado de terra que tinha alisado com o lombo, onde costumava passar manhãs, tardes inteiras, todo o tempo em que não lhe apetecia sair pelos campos a farejar. E mesmo nessas horas, quando o dono a chamava, anda cá, Ladina, ela aparecia sempre, vinda do invisível. Descansava sobre essa certeza, mesureira, indiferente aos patos, que considerava seus inferiores e que podia pôr na ordem a qualquer instante. Ladina conhecia tudo o que eles descobriam, aquela agitação trazia-lhe maçada.

Antes de enfiar o primeiro gomo na boca, lembrou-se da

Tina Palmada e guardou um momento para sorrir. Era laranja ácida, baía, mas o ti Manuel Camilo gostava de engelhar o rosto. Tinha escolhido essa peça de fruta para depois de almoço, mas deu-lhe vontade logo à chegada e não estava em idade de contrariar-se. Aliviou o burro da carroça, prendeu-o a uma pernada rija da azinheira, destorceu os arames da porta da cabana e os patos atropelaram-se num alvoroço de fugir e grasnar. Só então foi buscar a laranja ao farnel e começou a descascá-la.

Antes, a cabana servia para guardar as ferramentas e para se esconder em dias de borrasca mas, devagar, ano a ano, foi tomada pelos patos. Não eram bichos que pudessem passar a noite de porta aberta: às meias dúzias, seguiam a mãe mesmo quando ela não fazia a mínima ideia para onde se dirigia, como era sempre o caso. Além disso, a extrema da horta só era marcada pelo risco imaginário entre quatro oliveiras, acolhendo a visita de diversos animais apreciadores de pato. A cabana, de madeira e canas, com remendos de lata, construída por ele, aguentava-se havia mais de quinze anos. Depois da morte do sogro, passou dois invernos sem aquela cabana. Todos os dias carregava na carroça o que fazia falta. No pico do frio, gelou-lhe o céu-da-boca. A cabana pronta trouxe leveza e agasalho. Nesse tempo, claro, tinha outra desenvoltura. Faz muita diferença tirar dezoito anos a setenta e dois. Faz muita diferença tirar dezoito anos a qualquer idade. O sogro também se chamava Manuel, mas toda a gente lhe chamava Ricardo, ti Ricardo Solvente, longa história. Era homem de matéria dura e custou a despegar do campo. Assim que a filha conseguiu convencê-lo a deixar a horta, morreu. Na volta do funeral, estava a paisagem em tempo de espigar e, logo ali, sem contar à mulher chorosa, o ti Manuel Camilo percebeu que não ia voltar ao trabalho. Não estava mal, era feitor e estimado mas, depois das contas, o doutor Matta Figueira ficava sempre com o lucro e ele ficava sempre com as dores nas costas.

Com essa cisma, após alguns meses, encontrou tempo para dispor couves na horta do falecido, e também ervilhas, favas, cebolas. Passado um ano, quase certo com o primeiro aniversário da morte do sogro, deixou de trabalhar para o doutor. Tinha cinquenta e quatro anos. No último dia, até achou que havia de sentir falta daquelas herdades sem fim mas logo se apercebeu de que não.

Os patos estavam sôfregos de largueza, engoliam ar com avidez, abriam os bicos e tremiam a língua. Havia três dias que o ti Manuel Camilo não vinha à horta. Debaixo de tanta chuva, tinha passado uma semana para nunca mais esquecer. A arrotar a laranja, entrou na cabana. As botas de borracha patinaram na lama dos patos, estrume meloso. Trocou-lhes a água, haviam de lavar a tripa, e despejou-lhes um pouco de milho partido que tinha comprado na mercearia da ti Lucrécia, medido em litros por caixas de madeira cheias, alisando o que sobrava com uma ripa.

Nesse princípio de manhã, quando vinha a chegar da mercearia, dobrado pelo carrego de milho, cruzou-se com Tina Palmada.

Eram talvez umas sete e meia, foi dos primeiros fregueses que a ti Lucrécia teve nesse dia: milho partido. Ia a subir a rua, quando viu Tina Palmada descer os degraus. Levantou o rosto para vê-la bem. Ela olhou-o da mesma maneira, não se envergonhou.

A mulher do ti Manuel Camilo, filha única, herdou a casa onde nasceu, onde o pai morou casado e onde continuou depois, viúvo durante trinta e tal anos. Uma casa é uma casa mas, mesmo assim, o ti Manuel Camilo não entendeu logo a real conveniência que esse imóvel pobre lhe poderia trazer. Quando apurou a horta e cavou o primeiro batatal, usou essas divisões, ainda com mobílias e objetos do defunto, para estender as batatas, curadas com uma mistura de cinza e cal viva de modo a não ganharem bicho.

Aproveitou a oportunidade quando a professora nova chegou e anunciou que procurava uma casa para arrendar. A mulher aceitou logo, tontinha por ganhar dinheiro. Galveense instantânea, a professora encantou-se e começou a chamar-lhe senhorio. O preço era de razoável vantagem. Havia, no entanto, uma compensação clandestina.

A casa de banho ficava no quintal. Por enxerto de um pedreiro de Avis, as loiças tinham sido instaladas numa antiga arrumação para guardar lenha. Ainda era lá que se mantinha uma pilha alta de lenha de azinho, a professora tinha ordem para gastá-la à vontade. A um canto estava a sanita, com lavatório e bidé. Banhos mais apurados, tinham de ser feitos no alguidar.

Em certas horas, o ti Manuel Camilo fazia os metros até à rua da Fonte Nova. Entrava pela casa da vizinha do sogro, a velha Maria Segreda, que morrera havia mais de vinte anos e deixara a porta ao trinco. Bastava empurrar o postigo, enfiar o braço e abri-la por dentro. Seguia para o quintal, onde havia uma cancela de madeira acinzentada pelo tempo, empurrava-a com pouca força até passar. Então, subia ao terceiro degrau do escadote que tinha camuflado entre urtigas, por detrás da casa de banho, acertava o olho com a falha do início do telhado e esperava. Ficava com uma perspectiva lateral da professora Maria Teresa a fazer as necessidades ou, em dias de sorte, a lavar-se por baixo.

Os banhos completos eram tomados na cozinha, era lá que a água se aquecia, era lá que tinha espaço. O ti Manuel Camilo chegou a torcer-se todo na porta do quintal, à procura de uma frincha. Passou tempo a imaginar como poderia aceder a esse espetáculo, mas teve de se contentar com a casa de banho.

❊ ❊ ❊

Antes de subir até aos cortiços das abelhas, decidiu deixar os patos à solta. Queria partilhar com o mundo a calma que o preenchia. De facto, os patos perderam uma parte da inquietação. A cadela levantou a cabeça quando o viu afastar-se, mas voltou logo a deitá-la, certa de nenhum movimento inabitual. E lá foi, escolhendo caminho no risco incerto da vereda. A poucos metros dos cortiços, com a mão firmada no tronco de uma azinheira, olhou na direção das retas que traçara a enxada, batatas por nascer, olhou na direção da cabana, dos patos, e percebeu que andavam de roda do milho. Mais habituados a farelos com couve migada, mereciam aquele agrado. Fechados na cabana, tinham penado durante três dias e três noites, sem água nova, sem comida, sem certeza de voltarem a ter o céu sobre a cabeça.

Conseguia entender esse assombro com total empatia. Não passara tempo suficiente para esquecer as sensações da pele. Naquele momento, parecia-lhe que nunca passaria tempo suficiente para um esquecimento desse tamanho. Como um pesadelo a que podia sempre regressar, mundo contíguo, levava consigo as impressões físicas daquela noite: antes, a dormir em ignorância e, logo a seguir, o desespero.

No primeiro instante, não houve ocasião para a dúvida, para imaginar de onde vinha ou o que era, houve apenas a constatação daquele rugido. Na penumbra do quarto, não se percebia se eram as paredes, a casa, o mundo, os objetos exteriores que rebentavam naquela explosão constante, ou se era um apocalipse interior, o coração, a alma ou o nome que se estilhaçava sem apelo. Dentro dessa loucura destrutiva, o ti Manuel Camilo deu a mão à mulher, ajudou-a a descer da cama. Ele de meias, ela descalça, caminharam no sentido da porta da rua. Quando a abriu, ainda durante aquela explosão invisível, custou-lhes a caminhar contra uma força que os empurrava, que lhes resistia como um muro de ar, como uma ventania antiga.

E parou de repente. Ficou o silêncio, a noite e o corpo. Ao longo da rua, as portas começaram a abrir-se. Antes de entrar em desespero, a mulher do ti Manuel Camilo agarrou-se à cabeça, bateu com as palmas das mãos abertas nas orelhas, enfiou as pontas dos indicadores nos ouvidos e rodou, quis desentupi-los de algo que não estava lá. O marido não deu conta dessa atividade. Apontava o olhar na direção da casa dos Palmadas, trinta ou quarenta metros abaixo, reparava na Tina Palmada que tinha saído à rua, com as pernas de fora, em cuecas e camisola de algodão.

A Cremilde do Tarrancho, esganiçada entre o coro que rodeava a mulher do ti Manuel Camilo, repetia-lhe o nome, Zefa, como se insistisse numa nota falsa num pífaro. Os outros vizinhos acercavam-se para assistir ao chilique, mas só eram capazes de falar do estouro e do susto que eles próprios tinham sentido. Quando a mulher se deixou tombar, o marido só teve tempo de agarrá-la. Sem poder com ela, ficou a segurar-lhe a nuca. A Zefa do Camilo estava de olhos escancarados para o céu, mártir em camisa de noite, canelas manchadas pelo lume, bruxa traumatizada de cabelos soltos.

As pessoas foram-se desinteressando. Alguns davam sugestões: uma caneca de leite, um banho a escaldar, uma noite de sono. Com um joelho assente sobre os paralelos, a muito custo, o ti Manuel Camilo amparou-a até se erguer, mas esqueceu-a durante os instantes em que a Tina Palmada se aproximou, curiosa, calada e pensativa.

Não precisava de luvas ou de proteções porque ia só espreitar os cortiços. O fumigador continuava pendurado por um baraço a uma trave da cabana. Naquela hora, não tinha açúcar e não estava com ideia de dar nenhum avanço às colmeias, só queria ver como é que as abelhas estavam a aguentar a invernia. No ponto onde estavam os cortiços, o mesmo onde o sogro os tinha deixado, batia uma aragem que era capaz de bastante estrago num janeiro com aquele feitio.

Era uma indústria pequena de apenas nove colmeias. O ti Manuel Camilo não tinha paciência para mais. Gostava de sentir as abelhas. Quando o sol abria, os enxames eram estilhaços do seu olhar largados sobre o campo, a aprofundarem o aroma das flores. Durante o inverno, inimigas do céu pesado, contra a asfixia do frio, contra o medo do frio, eram um coração, concentradas no seu mecanismo.

As tampas dos cortiços estavam seguras debaixo de calhaus. Com as duas mãos, retirou-os um a um. Ao levantar a rodela de cortiça que as tapava, lá estavam as abelhas: agarradas à parede, agarradas umas às outras, indiferentes à luz, a conhecerem o dono. E, sem querer interromper, voltou a tapá-las. Ali ficariam, à espera de mês mais soalheiro.

Com muito cuidado, encetou a descida dos cortiços até à cabana. Não queria que lhe escorregasse um pé. Sentia-se ligeiro, rejuvenescido, mas estava bem ciente de que não tinha ossos próprios para se jogar ao chão.

Com a melhor roupa, o ti Manuel Camilo e a mulher sentaram-se num banco corrido da sala de espera. Sozinhos, sem pio, não souberam se aquele mau cheiro nascia do enxofre que flutuava sobre Galveias, e que se infiltrava em toda a fazenda, ou se passava por baixo da porta do consultório, chão de pó, deserto, abandonado. Tinham deixado passar um dia antes de irem ao consultório do doutor. Sem mudarem de posição, esperaram uma hora. Ao fim desse tempo, o ti Manuel Camilo levantou-se para esticar as pernas. A mulher, surda e desanimada, continuou imóvel.

Depois da noite fatal, na manhã seguinte, tiraram a limpo que a Zefa do Camilo estava surda. Essa avaliação foi conduzida por vizinhas que não a souberam consolar. O marido, sisudo, recebeu a informação com desprazer. Tinha uma mulher surda. Entre os rostos que se assomaram à entrada da porta, apareceu Tina Palmada. Ignorou-a com desinteresse escancarado, estavam demasiados olhos e narizes na sala.

Esperaram a segunda hora. Da rua distante, chegava o toque de finados pelo ti Ramiro Chapa, coitado, esse estava pior do que eles. E todos os barulhos de uma sexta-feira: vozes, rapazes de motorizada, velhos de motorizada, campainhas de bicicleta, pássaros, cães a ladrar. Escondido, com pudor, o ti Manuel Camilo levantava o olhar para a mulher e, a medo, tentava imaginar os sons que ela estaria a escutar desde o seu próprio interior, o silêncio ou a algazarra que lhe enchia a cabeça e que filtrava através daquele rosto turvo. Esperaram a terceira hora. Passaram ainda quinze minutos sobre esse ponto e, lançado, chegou o doutor Matta Figueira. Entrou no consultório e fechou a porta. O seu vulto distinguia-se através do vidro fosco. Após mais alguns minutos, quando voltou a abrir a porta, estava de bata branca. Só então disse bom dia.

O ti Manuel Camilo não contou ao doutor que tinha trabalhado para ele durante quarenta anos, sabia que o doutor não guardava qualquer lembrança disso. Quase sem respirar, simulou entendimento pelas atividades melindrosas do médico. De ombros caídos, braços sem força, disponível e expectante, a mulher estava sentada numa marquesa. O doutor Matta Figueira olhava por um funil que lhe tinha enfiado no ouvido, como se esse método permitisse analisar-lhe os pensamentos ao pormenor. Eram pensamentos que levantavam perplexidade e lhe arqueavam a sobrancelha.

A mulher ficou a olhar com a mesma esperança, menina,

enquanto o doutor Matta Figueira informava o marido que não valia a pena irem a Ponte de Sor ou gastarem tempo com especialistas otorrinos. O tímpano tinha lesões permanentes e irreversíveis. O ti Manuel Camilo não tinha percebido tudo, culpava a falta de escola, mas tinha percebido que não valia a pena irem a Ponte de Sor, não havia solução.

Nesse dia, depois de contemplarem a tarde inteira, tarde quieta como um lago, quando já começava a escurecer, às cinco horas, puxou a mulher pelo braço, sentou-a no sofá novo e, a pouca distância do seu rosto, articulando muito os lábios, explicou-lhe que não voltaria a ouvir, estava surda para sempre. Ela entendeu com lágrimas e resignação, essa era uma mágoa profunda, que não precisava de gritarias. O ti Manuel Camilo também foi tocado por essa dor, trouxe-lhe horizonte suficiente para vê-la desde a infância: os dois criados juntos desde cachopos, os risinhos de rapariga antes de ser pedida em namoro e os cinquenta e um anos de casamento, inverno após inverno, sem filhos, com sopa de nabiças na época delas.

Houve uma sombra que desceu pelos seus corpos até os escurecer completamente. O ti Manuel Camilo deu um pequeno pulo quando sentiu bater à porta. A mulher ficou a olhá-lo sem entender. Era Tina Palmada, os candeeiros da rua alumiavam-na por detrás. A mulher levantou-se do sofá e limpou a cara a um trapo.

Ao meio-dia, ainda os patos estavam soltos, em regalo. Como se a azinheira o pudesse proteger do céu, deitado, o burro dava descanso à cabeça. Diante do ti Manuel Camilo, a cadela estava sentada, a olhá-lo muito séria, sem perder um detalhe de cada gesto com que ele comia pedaços de entrecosto frito com pão. O pingo do entrecosto, frio e saboroso, não tirava a impressão desgostosa ao pão, espécie de bolor azedo. A Ladina estava em dia de sucesso. Quando o dono terminava de limpar um osso, atirava--lho; ela partia-o com os dentes e moía-o. Quando acabava, volta-va à atenção absoluta. Se o ti Manuel Camilo mexia o entrecosto, o olhar da cadela seguia exatamente a forma desse gesto.

Tina Palmada tinha quinze anos. Só reparou nela quando começou a ter formas de mulher. Antes disso, era uma cachopa que passava a correr e que o ti Manuel Camilo não distinguia de uma nuvem de pó.

Os Palmadas moravam três casas abaixo. O pai demorava-se grandes temporadas a guardar rebanhos que não lhe pertenciam em terras que já tocavam Alter do Chão. A mãe era uma mulher simples, com um defeito na fala que passara à filha Tina e ao mais velho, o João Miguel. A língua enrolava-se-lhes na boca, amaciavam demasiado as consoantes, exceto o erre que raspava sempre no céu-da-boca, duro e seco. Quando os irmãos briga-vam, ela esforçava-se em gritos que não o comoviam e em insul-tos que não o afetavam. No entanto, quando lhe chamava baboso, o irmão ficava cego. Então, em casa ou na rua, ele dobrava-a e dava-lhe murros de punho fechado no centro das costas, como num tambor.

Aos poucos, o ti Manuel Camilo arranjou ocasiões para lhe sussurrar conversas. Quando estava a tratar da carroça, por exem-plo, ao fim do dia, a pôr as pedras que travavam os pneus ou, noutras vezes, a olear as molas com uma almotolia, sussurrava--lhe palavras misturadas com a respiração, a arfar. Ela ria-se, não se desmanchava, não o denunciava em nada. No verão, com a quentura, apertou-a pela primeira vez de encontro a uma parede. Foi no quintal dele. Ela usava um vestido fino, de pregas, e não esperneou tanto como podia, se quisesse. Gostava de vê-la com esse vestido. O corpo dele encurralou-a e, durante minutos, esfregaram-se um no outro: ela a fingir que tentava escapar, ele a roçar-se sem fingimentos. Após vários avanços e meses, atordoado, já sem conseguir pensar noutra coisa, a renda da professora foi uma conveniência inesperada. Em novembro, enquanto passava a mão pelas pernas de Tina Palmada, um pouco acima do joelho, perguntou-lhe se havia alguma coisa que ela gostasse de ter. Estava a armar-se, tinha preparado algumas promessas vazias, ilusões, mas ela, convicta, como se tivesse a resposta pronta, disse-lhe que gostava de ter uma televisão. O ti Manuel Camilo espantou-se e, logo a seguir, lembrou-se do dinheiro da renda, dobrado e guardado no fundo de uma gaveta.

Os Palmadas eram das poucas famílias de Galveias sem eletricidade em casa. Muitas vezes, ao fim da tarde, deixavam a porta da rua aberta para aproveitar a última luz. Depois, ao longo da noite, o candeeiro de petróleo emanava uma tristeza silenciosa. Em certos serões, quando havia pilhas, muito raramente, escutavam a música de uma telefonia mal sintonizada.

Passaram três dias sobre essa conversa, passou uma viagem do ti Manuel Camilo na carreira para Ponte de Sor e formou-se um pequeno alarido na rua quando os homens vieram descarregar uma enorme caixa de cartão. Nesse mesmo dia, o técnico instalou a antena no telhado e ligou os fios. O primeiro programa que o ti Manuel Camilo viu na sua televisão foi um jogo de rugby. Nessa altura, já havia algumas televisões a cores na vila, mas ele era económico e mais depressa o mundo amanheceria a preto e branco do que ele desembolsava a diferença para comprar uma televisão a cores. E tinha boas razões. Duas semanas depois, estava outra camioneta a estacionar à sua porta. Dessa vez para descarregar um sofá de napa: novo alarido na rua.

Tina Palmada chegava todos os dias depois de jantar, cedo, e sentava-se no meio deles. Durante a telenovela, não se brincava. Em silêncio reverencial, hibernavam até às cenas dos próximos capítulos. E mesmo quando caía a música sobre as imagens, continuavam a olhar, tentando ler os lábios das cenas do dia seguinte. Só com os anúncios abriam a boca. E viam o que estivesse a dar no primeiro canal: espetáculos de variedades, debates de política ou exibições militares: sete fuzileiros em cima de uma mota, cães a saltarem através de arcos de fogo, fanfarras. Se fosse dia de filme estrangeiro, ficavam os três a olhar sem perceber. Tina Palmada andou sete anos na escola, mas não acabou a terceira classe. As letras não ficavam no ecrã durante tempo suficiente.

A Zefa do Camilo, sem filhos, gostava de ter a cachopa por perto. Era tímida, parecia-lhe. Às vezes, espevitava-a com graças. Antes da surdez, nunca faltava boa disposição à Zefa do Camilo. Quem também gostava de ter a cachopa por perto era o marido, quando a mulher ia à casa de banho ou quando adormecia com a braseira encostada às canelas, tapada com o xaile, ele aproveitava logo para pôr a mão.

Na última semana, com a chuva a escorrer pelas regadeiras, a Zefa do Camilo, surda, enfadava-se a olhar para a televisão, lembrava-lhe a tristeza do silêncio. Nesse desânimo, começou a deitar-se cedo. Com a exceção da hora santa da telenovela, o ti Manuel Camilo passou esses serões a forçar beijos a Tina Palmada e a mexer-lhe, rija, viçosa. Quando ela ia para casa, quase sempre depois de passar o hino nacional, ele ficava sentado no sofá, sozinho, a cheirar os dedos.

A chuva tinha puxado pelo verde. O ti Manuel Camilo sentia-se aconchegado pela limpeza dessa cor. Chupou os dedos besuntados de entrecosto e deu-os à cadela para lamber. Tinha a língua afiada, lavava-lhe a mão até nos recantos mais sensíveis. Mas parou de repente. Levantou as orelhas como quando andava à caça. Olhou para onde não se via nada.

Na véspera, quando Tina bateu à porta, a chuva parecia raiva, volume maciço de água que estalava de encontro ao chão. Mal apanhou uma nesga, saltou para dentro de casa: os cabelos molhados como beirais, a desenharem um círculo de água à sua volta. Ia para fechar a porta e procurar um pano para secá-la, mas ela apontou para a rua e disse qualquer coisa com a sua pronúncia redonda, espanholada. O ti Manuel Camilo não entendeu. Então, assomou-se e viu a Ladina, debaixo de chuva inclemente, sem poder fugir. Tinha acabado de ser coberta por um cão e sofria as consequências: estavam pegados, presos pela tripa, cada um virado para seu lado, com a língua de fora. Assim ficaram: ela olhou para o dono, mas desviou logo o olhar, pudica, culpada, refém da sua própria bestialidade.

Contrariado, perguntou que cão era aquele. Tina Palmada conhecia-o. Era um bicho que andava aos caídos, sempre à procura de alguém que lhe atirasse algum resto, sempre pronto para sondar lixo ou caçar algum rato bebé. Pertencia à Joana Barreta, mas pouco comer devia achar nesse lado. O ti Manuel Camilo era capaz de imaginar, rafeiro reles. Através da chuva, certificou-se de que a cadela lhe identificava o asco que sentia e bateu com a porta. Quando os cachorros nascessem, havia de levá-los em visita ao fundo de um bidão cheio de água.

Nesse serão, mesmo que quisesse, Tina Palmada não conseguiria fazer nada para dissuadir o ti Manuel Camilo. As forças que ela pudesse juntar não chegariam mesmo para abrandá-lo: ele era o vento, ela era uma pilha de folhas soltas sobre a mesa.

O telejornal, o boletim meteorológico, a telenovela e começou o Dallas. Tina Palmada esforçava-se por entender aquele mundo de gente com olhos muito claros, tantas mulheres louras e homens de chapéu. Prestando atenção a esse enredo, foi empurrando o ti Manuel Camilo. A mulher dele, amargurada com a surdez, dormia no quarto, entretida com sonhos. O Bobby, o J. R., a Sue Ellen e a Pam: já tinha percebido o nome de alguns, mas continuou cheia de dúvidas. Eles andavam sempre de copo no bico, uísque, mas só a Sue Ellen é que ficava bêbada. Apanhava com cada uma, mas não tinha emenda. Devia ter pouca resistência à bebida, coitada. Lá na América, era tudo moderno. Tina Palmada gostava de imaginar-se num lugar assim, com grandes prédios de espelho. E, de repente, quando o ti Manuel Camilo se alargava, ela zangava-se com artifícios de telenovela, mas não se convencia sequer a si própria.

A mãe daquela família da televisão era uma mulher bem-posta, era rica. Os filhos tinham-lhe muito respeito para certas coisas, mas desconsideravam-na noutras. Tina achava que um moço como o Bobby era o que lhe convinha. O ti Manuel Camilo já não lhe tirava a mão de dentro das cuecas, era escusado contestá-lo. O J. R. também poderia servir, mas era encorpado, metia-lhe medo. Tinha a saia levantada até à cintura. O ti Manuel Camilo pôs-se em cima dela. Nunca tinha visto uns dentes mais brancos do que os do Bobby. Gostava mais de vê-lo de camisa aberta, um tufo de pelo para passar as costas da mão, do que de fato, embora também apreciasse essa formalidade. O ti Manuel Camilo não a aleijou, fez tudo com jeito, sem bruteza, afastou-lhe a cueca para o lado e não demorou muito tempo. O Bobby assistiu a tudo, conversava com a Pam e sorriu várias vezes, a tranquilizá-la, a mostrar que estava tudo bem.

Os patos sabiam menos do que a cadela. A Ladina continuava alerta, a olhar fixamente para um ponto. Os patos ignoravam tudo o que não existisse ao seu nível, grasnavam com moleza, calões. A aragem trazia o cheiro a enxofre, lançava-o sobre o campo. Era como se o céu carregasse o cinzento dessa peste. Despreocupado, o ti Manuel Camilo, de barriga cheia, levantou-se. Os quatro homens apareceram no ponto preciso onde a cadela tinha o olhar. Aproximavam-se. Um deles ficou debaixo da azinheira, ao pé do burro deitado. Os outros continuaram a caminhar. O ti Manuel

Camilo esperou que chegassem mais perto para reconhecê-los. Esses passos demoraram dentro da sua curiosidade.

Eram os Cabeças: pai e filhos. O ti Manuel Camilo disse um bom-dia arrastado, cantado no fresco. Não lhe deram resposta, fizeram aquela meia dúzia de passos como se quisessem espetar os calcanhares na terra. Quando o Cabeça estava à distância de lhe distinguir os olhos, levou o braço atrás e, sem aviso, acertou-lhe com uma lambada que fez o barulho de carne crua atirada à parede. O ti Manuel Camilo deu dois ou três passos para se equilibrar. Nesse instante, um dos cachopos acertou com um pontapé na barriga da cadela, que ganiu e levantou o rebuliço dos patos. O Cabeça agarrou-o pelo braço.

Diz lá agora aquilo que disseste ao meu Ângelo.

Espantado, sem boina, com três ou quatro madeixas de cabelos fracos na careca, olhava-o sem saber o que responder. O Cabeça acertou-lhe com outra lambada, no mesmo lado da cara, com a mesma força.

Diz lá agora. Não dizes?

Os patos estavam loucos perante aquele arraial inédito. A cadela, arrumada à cabana, assistia magoada. O Cabeça respirava com lume nos olhos. Atrás dos ombros do pai, os rapazes assistiram ao murro com que partiu a cana do nariz ao ti Manuel Camilo. Foi esse toque que o fez cair no meio dos patos. Sentiu o rosto dormente. O sabor do sangue chegou-lhe à boca. Os rapazes deram-lhe pontapés por onde o apanharam.

Quando o pai os mandou parar, o ti Manuel Camilo tinha o corpo todo moído. Não foi sequer capaz de mexer-se para levantar o rosto, para o desenterrar da lama onde estava espetado. E o vozeirão do Cabeça a vibrar na nota mais grave. Chamou o filho que tinha ficado ao longe, debaixo da azinheira. Enquanto esperavam que chegasse, o ti Manuel Camilo ganhou coragem para abrir os olhos.

Quero que sejas tu a dar-lhe a última.

Contrariado, o rapaz aproximou-se. Rodou o corpo com a ponta da bota, ajeitou-o. E quando o ti Manuel Camilo já estava preparado para levar mais:

Não é este.

Essas palavras feriram aquela hora. O Cabeça não queria acreditar.

Como assim?

Não é este, pai. Não foi este velho.

Tinham confundido os velhos. Alguém, pai ou filho, se baralhou. Galveias estava cheia de velhos e não tinha sido aquele, não tinha sido o ti Manuel Camilo.

Tens a certeza?

Tinha a certeza absoluta. Dava uma garantia séria, onde não cabia a mínima desconfiança. O pai custou a anuir, que grande chatice.

Os rapazes mais velhos carregaram o ti Manuel Camilo. Um segurou por baixo dos braços, o outro segurou pelos artelhos. Sem interromper um longo resmungo, o Cabeça armou a carroça. E, por castigo, foi o mais novo dos quatro, esse tal Ângelo, que partiu estrada fora, segurando as arreatas, com o mandado de deixar o ti Manuel Camilo em casa.

SETEMBRO DE 1984

Era como se ele próprio fosse uma carta ou uma encomenda. Passou a noite inteira acordado. Nunca tinha conseguido dormir em Lisboa. A pensão era limpa, com razoável sossego. Deitou-se na cama, em cuecas, e fechou os olhos, mas não conseguiu adormecer. Tinha um mundo dentro da cabeça. Para ele, Lisboa era a cidade da insónia. Entre todos os pensamentos que moldou na escuridão, concluiu que, em novo, perdeu a oportunidade de adormecer em Lisboa. Nessa época, costumava dormir em qualquer beliche, tinha a consciência livre, tinha a inconsciência. Recruta maçarico em Coimbra ou depois, soldado entre os quartéis de Santa Margarida e Amadora, passou alguns dias por Lisboa, nunca mais de duas noites seguidas, mas trocou sempre o sono pela farra, pela paródia, pelos camaradas que o provocavam para mulheres, bebedeiras e choro. Já nesse tempo, após meia dúzia de copos de vinho, o coração de Joaquim Janeiro derretia, como os gelados de groselha que a mulher do Acúrcio fazia em cuvetes no congelador, com um palito, e que vendia aos cachopos a vinte e cinco tostões cada um.

Vinte e cinco tostões por um cubo de gelo. Moeda a moeda, deve ter amealhado bom dinheiro. Em Galveias, o tempo abrasava desde março, e aqueles gelados pobres tinham ganhado tanta fama em toda a vila que os cachopos não pensavam noutra coisa: faziam recados, pediam às avós, roubavam dos porta-moedas das mães. A mulher do Acúrcio era a foz desse rio de níquel, desses afluentes. Recebia a moeda e voltava segurando um palito com gelo, espécie de flor, que entregava sobre o balcão, entre ponta dos dedos e ponta dos dedos.

Pensamentos como estes enchiam-lhe a cabeça.

Na cama da pensão, com cada vez mais impaciência, Joaquim Janeiro esticava o braço, procurava o relógio de pulso e olhava para os ponteiros luminosos, duas palhinhas fluorescentes a segurarem aquela noite infinita. Com a passagem dos anos, continuou sem conseguir adormecer em Lisboa, já não era a ramboia, já não era a tentação do Cais do Sodré, era a ansiedade que lhe escancarava os olhos. Mesmo quando se forçava a fechá-los, a ansiedade ardia debaixo das pálpebras. A ansiedade era cal viva.

Passavam dez minutos das cinco da madrugada quando se levantou, não conseguiu esperar mais. O quarto possuía um lavatório com bacia, espelho e um jarro cheio de água calcária. Molhou a cara só para ganhar novo ânimo. Fez a barba sem precisar. Saiu do quarto com as malas, evitava barulho, mas cada passo fazia ranger as tábuas do soalho que, por transmissão, faziam ranger os móveis, as portas, as paredes e os barrotes de madeira, todo aquele segundo andar rangia, o prédio inteiro rangia.

A madame da entrada levantou a cabeça do balcão, penteado desfeito e rabugento, mirou-o com um olho e voltou a desinteressar-se: aquele já tinha pago. As malas pareciam carregadas de tijoleira, estavam empenhadas em desconjuntar-lhe as omoplatas. Não foi fácil descê-las por aquelas escadas íngremes e apertadas. O taxista com quem tinha combinado na véspera já estava à espera, apesar de ainda faltar bastante para a hora marcada. Talvez não quisesse perder a corrida. Joaquim Janeiro sabia que naquela zona, em Santa Apolónia, de noite e de dia, havia sempre carros de praça.

Contaram até três e levantaram as malas para o porta-bagagens como se puxassem um porco para a banca em dia de matança. Sentado na frente, Joaquim Janeiro suportava a cor dos semáforos e as tentativas de conversa do taxista. Em Galveias, a fazer a ronda do correio ou em dias de folga, nunca se negava a palrar mas, naquela madrugada, levava muito sentimento. Sempre que se lançava naquela viagem era um homem diferente.

O aeroporto estava conforme uma casa de luz. A madrugada já começava a clarear, mas o céu ainda só tinha uma cor. Vinha aí mais um dia de castigo, calor com fartura. Naquela hora, já se conseguia imaginar. Havia um embaraço de trânsito na chegada ao aeroporto. Entre apitadelas e motores, o taxista baixou o vidro e insultou uma família que se despedia com abraços. Mesmo depois de encontrar uma berma para encostar o carro, enquanto revolvia trocos, continuou a remoer essa embirração.

Abriu o farnel sobre a mesinha que se desprendia das costas do banco da frente. Joaquim Janeiro estava muito habituado a andar de avião e sabia que aquele comer dos tabuleiros de plástico não lhe passava pela goela. Nem na tropa, nem nos piores dias, se amanhou com papas daquela ordem. Olhou de lado para o parceiro: atacava uma carne à jardineira que parecia já ter sido comida, cagada, comida outra vez e cagada outra vez.

Com toda a delicadeza, Joaquim Janeiro estendeu um guardanapo de pano, onde arrumou um resto de chouriço, escolhido no balcão de mármore da mercearia da ti Lucrécia; pão, comprado nas gajas da boîte, cozido em lenha de azinho; e uma garrafa de tinto, enchida pela pipa da taberna do Almeida, que ia buscar essa pinga ao Redondo. Puxou a rolha e só esse perfume chegaria para alimentar mais do que aquele aborrecimento que as senhoras de salto alto tinham tirado dos carrinhos. Limpou a lâmina da navalha na fazenda das calças e cortou uma fatia de pão. A seguir, cortou um coto de chouriço.

É servido?

Notou que o vizinho de cadeira desviou o olhar para o seu farnel. Ofereceu-lhe, mas não recebeu resposta. Era um branco sisudo, barriga de lata. Antes de pensar em falta de educação, Joaquim Janeiro acreditou que o homem não o conseguiu ouvir: o avião puxava por um motor desgraçado, em luta com o céu da manhã.

Não estranhava esse esforço da máquina. Antes de embarcar, na fila para despachar a bagagem, entreteve-se a observar: caixotes que chegavam à cintura, candeeiros, bicicletas, sofás individuais. Um homem, baixo e muito preto, trocava argumentos com o pessoal da companhia aérea, queria levar um pequeno frigorífico como bagagem de mão.

Foi também nessa espera que, com método, recolheu todos os documentos, fotografias, cartas e pequenas encomendas que lhe pediram para entregar. Era gente que corria a fila, pedindo favores aos viajantes. Joaquim Janeiro já não sabia deixar de ser carteiro.

Era o mais novo de oito irmãos, com uma diferença de vinte e dois anos do mais velho. No que respeita a Joaquins, era a terceira tentativa. O primeiro Joaquim nascera morto, já com nome, quando a mãe ainda era nova; o segundo Joaquim, chegou aos dezoito meses e esvaiu-se em difteria, seguiu num caixão branco de anjinho.

Quando Joaquim Janeiro nasceu, o pai já passava dos sessenta anos. Pedro Janeiro casou-se aos trinta e quatro. Antes de escolher uma rapariguinha nascida quando ele já fazia a barba, quis viver em Évora. Fez lá o que quis e, quando se cansou, voltou com o ofício da fotografia e a arte de seduzir raparigas que nunca tivessem saído de Galveias. Nesse tempo, a mãe do Joaquim Janeiro era uma figura perfeita, marfim, ambição de uns quantos. Depois, quando Joaquim Janeiro nasceu finalmente, era uma mulher de quarenta e três anos, varada pelas vozes de uma casa de rapazes, cansada de Joaquins perdidos, desinteressada pelo espelho. Foi o pai que insistiu, pela terceira vez, que a criança se chamasse Joaquim. Tinha a certeza de que havia de vingar.

E vingou. Joaquim Janeiro foi a criança mais fotografada de Galveias. O pai, com o corpo a pedir-lhe sossego, espécie de avô, deu-lhe toda a atenção dos seus últimos anos.

Apertado de encontro à janela, cortava cubos de pão que sabiam a enxofre. Mesmo assim, valiam muito mais do que a bola esponjosa que davam no avião, farinha de plástico.

Com a garrafa bebida, com o pão quase no fim, embuchado, Joaquim Janeiro pediu lume e acendeu um cigarro. Não tinha costume de fumar mas, em viagem, ajudava a passar o tempo. No aeroporto, comprava sempre dois pacotes, com dez maços cada um. Quando aterrasse, se fosse preciso presentear alguém, e era sempre preciso, tinha maços suficientes para alegrar polícias de alfândega, militares ou qualquer autoridade inesperada.

Soprava longas baforadas de fumo e olhava pela janela. Lá em baixo, a terra seca, arenosa, traçada por estradas frágeis, quase a apagarem-se e a diluírem-se na cor dos campos desertos, na erosão. E grupos sarapintados de casas brancas, quadrados ignorantes do céu, aglomerados, agarrados uns aos outros, com medo de romperem amarras e vogarem à deriva pelos campos imensos.

Seria possível enviar uma carta de Galveias até ali. O correio possuía essa transcendência. Joaquim Janeiro conseguia sempre admirar-se com o tamanho da tarefa que cumpria. Com orgulho, era um dos que contribuíam para que o mundo inteiro estivesse contactável pelo mundo inteiro. Em teoria, nada impedia qualquer pessoa do mundo de se dirigir a qualquer outra pessoa do mundo. Galveias e aquela povoação marroquina ignoravam-se. Com o detalhe de outra língua, outros sons para dizer as mesmas palavras, aquelas pessoas também se imaginavam únicas. Nas suas manhãs, todos os dias, aceitavam as fronteiras daquela realidade. E, no entanto, ali estava ele, saído de Galveias e a sobrevoar casas que o desconheciam. Se aquele instante era possível, então também era possível que um homem nascido nas ruas daquela aldeia de pó sobrevoasse Galveias e pensasse exatamente a mesma coisa. Seria possível trocar correspondência com esse homem, só lhe faltava o seu código postal.

O Esteves jogou uma bisca de paus sem noção. Naquele momento, ninguém tinha noção mas o Esteves enchia os copos com especial gosto, contava anedotas sem tirar o cigarro da boca e soltava aquelas gargalhadas que eram só dele. Porra, o Esteves fazia anos, tinha o direito de naquela noite, pelo menos naquela noite, acreditar num intervalo.

O destacamento aguentava-se com pouco. Os abrigos tinham capacidade para trinta homens. As paredes eram feitas de bidões de areia e troncos de palmeira, havia algum cimento a remendar frestas e o telhado era coberto por folhas tortas de zinco e pela música que assobiavam quando bulia alguma aragem. Naquela noite, nem se imaginava essa misericórdia.

A noite era um caldo. Ou ficavam fora do abrigo, com melgas que atravessavam fazenda para injetar borbulhas de cabeça preta; ou dentro do abrigo, com um calor de forno que fazia escorrer suor pelo rego do cu.

Estavam de barriga cheia, em regalo, e a digestão pedia

fresco. Tinham roído os ossos de uma cabra assada com batatas, trabalho com o luxo do Marques, que era o mestre dos assados. E então foi assim, sem história: o Esteves bateu com a bisca de paus. Como se essa fosse razão suficiente, os tiros de *kalashnikov*, estampidos que todos ali reconheciam, acertaram-lhe de rajada no tronco nu. Chegavam de dois ou três pontos diferentes, rasgaram-lhe o tronco, peito e costas, mas também o pescoço e a cabeça. Sem saber onde cair, o Esteves acabou por tombar para a frente, sobre o jogo de sueca inacabado, sobre a bisca de paus.

Quando os tiros procuraram outros alvos, só já acertaram na perna do furriel Lima. Havia de penar porque o destacamento não tinha médico. As G3 dispararam sem pontaria até a noite se calar.

Joaquim Janeiro não se punha ativamente a puxar essas lembranças, seria demasiado doloroso. As memórias entravam-lhe pelos pensamentos, ocupavam-nos, tomavam conta deles e, quando dava por isso, já estavam lá: os sons do destacamento ou, a pouca distância, os sons da tabanca fula; o cheiro da terra calcinada, os rios secos ou, noutros meses, noutras horas, o cheiro da cacimba que pingava do verde.

A morte do Esteves foi, finalmente, uma alvorada de nitidez. Já tinha assistido à morte de outros camaradas. Já tinha recolhido corpos apanhados em emboscadas à catanada. Fez parte daqueles que vigiaram a lenta agonia do capitão Freitas, deitado no mato, esperando por apoio paramédico, que chegou a tempo de lhe assinar o óbito. Mas foi o desaparecimento do Esteves que lhe afinou os olhos.

Muito mais novo do que o Joaquim Janeiro, celebrava vinte e três anos naquela noite. Todos sabiam que ele gostava do tinto e, nessa noite, tinha autorização expressa de largueza, tal era a simpatia que os oficiais lhe guardavam, tal era a simpatia que distribuía. E não se inibia de virar o garrafão sobre o copo. O Esteves morreu contente. Joaquim Janeiro tentava afirmar esta ilusão perante si próprio, essa era uma maneira de tentar justificar o fim de um rapaz daqueles, a negação do futuro, tão contra a natureza, a negação da vida. Ao lembrá-lo, era como se as recordações do seu rosto estivessem sobrepostas e as visse ao mesmo tempo, como se fossem folheadas: o Esteves, o Esteves, o Esteves. Quando o nomeava, repetia-o na memória porque era capaz de ver-lhe o rosto com que caiu naquela noite, a jogar sueca ao seu lado, contra ele, ficou com sangue do camarada a escorrer-lhe pelo peito; mas também era capaz de ver-lhe o rosto em pequeno, quando chegava ao terreiro e se encostava aos mais velhos para ouvir as conversas; mas também era capaz de vê-lo a dançar nas matinés da sociedade, muito compenetrado; mas também era capaz de vê-lo na barbearia do Ernesto à espera de vez; mas também era capaz de vê-lo com roupa de trabalho a ir ou a vir da azeitona; mas também era capaz de vê-lo penteado com brilhantina no casamento da irmã mais velha.

O Esteves era galveense, morava ao fundo da rua do Outeiro. À chegada, trazia a pronúncia intacta e, durante semanas, Joaquim Janeiro pediu para lhe contar todos os detalhes de que se lembrasse. O Esteves transbordava. Os homens apreciavam a sua inocência. Muitas vezes, Joaquim Janeiro duvidava da autoridade que conseguiu ter sobre ele. Sabedor e preocupado, tentou avisá-lo de inúmeras inconveniências, o Esteves ouvia, agradecia o conselho e batia com os dedos na testa, a sugerir que não ia esquecer. Depois, quando as situações aconteciam, fazia exatamente o contrário mas, por mistério, os outros encantavam-se com ele, riam-se, davam-lhe palmadas nas costas, diziam que não fazia mal.

Durante esses meses, Joaquim Janeiro protegeu-o como um irmão mais novo. Só não conseguiu protegê-lo de morrer.

Foi capaz de imaginar todos os detalhes da chegada do caixão chumbado a Galveias. Nos últimos dois meses da comissão, caiu-lhe em cima a nitidez, o peso das mortes, o estrondo acumulado dos tiros. Só nesses meses, interrogações, confusões e indefinições, se questionou acerca do enorme acaso de dois galveenses atravessarem o mundo para se encontrarem ali. Talvez a sua história militar tivesse acontecido segundo uma lógica secreta, que ainda não entendia, mas cujo propósito fosse ter chegado precisamente ali, àquele ermo da Guiné, e não deixar que o Esteves morresse desacompanhado daquilo a que pertencia. Quando voltou, foi o relato dessa companhia que mais consolou a mãe do Esteves, a querer saber tudo sobre esse tempo do filho, como se revelasse fotografias de um rolo antigo, como se pudesse ter mais um pedacinho da vida dele.

No avião, Joaquim Janeiro voltou a pedir lume e acendeu outro cigarro.

No topo das escadas, inspirou Bissau, inspirou a Guiné inteira. De uma vez, chegou-lhe aos sentidos a memória das percepções mais elementares, as regras do ambiente: a espessura aquecida do ar, ar grosso, papa morna de milho, caldo de mancarra, peixe seco ao sol, ostras de concha queimada e regadas com lima, o cheiro de cada direção, o cheiro do sul, o cheiro da zona leste, a humidade da terra, espécie de bolo meio cozido, espécie de pão. Como se mudasse de pele, Joaquim Janeiro chegou.

Seguindo as ancas coloridas de uma mulher, a explodirem fazenda, avançou pela pista do aeroporto. De costas para o avião, seguiu o carreiro daqueles que tinha à frente, demasiado vestidos, a transportarem sacos maiores do que eles. Havia pressa naquela fila de formigas. Tinham sobrevivido ao céu: era enorme aquele céu, raiado de preto e de vermelho, fogo ou sangue, inferno latente, e era ridículo aquele avião de lata, chapa batida, ferrugem. Nessa caminhada, Joaquim Janeiro reconheceu a tarde, conhecia-

-a desde a guerra, reencontrara-a em várias visitas: tinha chovido e ia chover. Aquele tempo trazia-lhe nervos, um tremor, dava-lhe vontade que chovesse de vez. A água estava presa lá em cima, à beira de se entornar, água doce, melosa, suco de calabaceira.

Eram bem pretos os braços dos homens que descarregavam as malas do avião. Atravessavam a pista com esses volumes ao colo ou à cabeça e atiravam-nos para um monte. Os donos das malas enfeixavam-se num rebuliço, gritavam em crioulo como se estivessem zangados. Nesse tumulto, havia aqueles que estavam queixosos, ululantes, confundidos pela transcendência da situação; e havia aqueles que estavam serenos, imperturbáveis, donos de sentido prático, a levantarem a voz para impor uma ordem que só eles conseguiam entender. Uns e outros sem real solução para aquele nó que o tempo, minutos ou horas, haveria de desembaraçar.

Entre corpos, entre gritos, muita transpiração, Joaquim Janeiro agarrou as pegas das suas malas e arrastou-as. Os polícias da alfândega, graduados e desbarrigados, assinalaram-no à distância. Nunca sabia quanto tempo demoraria naquele serviço. Estava preparado com todos os papéis portugueses e guineenses, declarações, certificados, passaporte limpinho só com carimbos de Bissau. Tinha as notas divididas por bolsos. Assim, depois de uma licitação, só precisava de enfiar a mão no bolso da direita ou da esquerda. O dinheiro certo dava jeito, não era situação em que pudesse pedir troco. Mesmo assim, esses polícias eram capazes de olhar para o passaporte durante horas. Joaquim Janeiro tinha de tratá-los com grande sensibilidade, como se estivesse a desativar uma mina antipessoal.

O que estava a seu favor também poderia ser o que estava a seu desfavor. No momento certo, teria de encontrar palavras para falar de dinheiro como se estivesse a falar de outra coisa. Com humildade de branco arrependido, teria de oferecer um valor que não fosse demasiado baixo e ou demasiado alto.

A experiência das chegadas anteriores era inútil. O processo era sempre distinto porque os homens que tinha à sua frente, donos de um carimbo, nunca eram os mesmos. Joaquim Janeiro desconfiava que, se achasse um repetido, isso não lhe traria proveito porque eles escolhiam as exigências na hora.

Nesse impasse, chegou-lhe à lembrança a primeira vez que viu Bissau. Depois de um mar maior do que supunha, o impacto daquele monte ensolarado de coisas. Joaquim Janeiro conhecia barracas, casas parecidas com coelheiras. Em Lisboa, admirava-se com esses acampamentos de lama e crianças ranhosas.

Quando estava em Santa Margarida, ia a Lisboa de três em três meses, mais ou menos. Ou ia tratar de algum assunto do regimento, ou ia às putas. Se fosse aos armazéns de fardamento e de mantimentos, chegava de manhã, almoçava e regressava ao quartel. Se fosse à putas, chegava em noite de licença e não dormia.

Depois, no quartel da Amadora, travou amizade com camaradas que vinham desses bairros de barracas. Convidavam-no para bailes aos domingos, pouco dançava, mas aproveitava a pândega.

Joaquim Janeiro conhecia barracas, mas não conhecia terra daquela cor, não conhecia gente com aquele olhar dorido.

Tu chamas-te Joaquim Janeiro?

Entediado e com azia, o polícia perguntou como se duvidasse da existência daquele nome, desconfiando do passaporte. Janeiro? Se o nome não fosse da lei, teria problemas; se fosse, também.

Na primeira vez que pisou aquela terra, não recebeu esse aperto. Aportou num barco cheio. A Guiné era um estilhaço de Portugal e foram recebidos como heróis longamente aguardados.

Com as botas impecáveis, engraxadas com cuspo, Joaquim Janeiro passeou-se por aquelas ruas, desarmado. Nesses dias, cintilava-lhe uma certeza no canto da expressão. Quando foi fazer a recruta para Coimbra, ainda não havia desacatos nas colónias, ainda não se imaginava um padecimento daqueles. Chegou à inspeção com três anos de atraso. Tinha-se confundido com a vida que levava em Galveias, já a ganhar dinheiro para a mãe, viúva sozinha, com os filhos espalhados pelo mapa, à exceção daquele serôdio. Valeu-lhe o irmão, primeiro-cabo no quartel da Ajuda, a safá-lo do tribunal militar com uma palavra aqui, um agrado ali, um favor lá além.

Começou muito temente ao Mondego e aos estudantes. Lá do alto de Santa Clara, sozinho, chorava a falta que lhe fazia o terreiro, a Deveza, as sopas e os confortos da velha mãe. Mas não era burro, tinha couro rijo e foi-se acostumando. O pessoal gostava dele: o Janeiro, o maçarico Janeiro.

No fim da recruta, tempo sem fim, cada dia a parecer uma semana, cada semana a parecer um mês, soube-lhe bem ser enviado para Santa Margarida. Naquele ar, já conseguia distinguir o sabor da sua terra. Nas licenças, tinha o saco de lona preparado e, por vontade, não perdia um instante. O comboio ia cheio de militares mais novos do que ele.

Foi então que começou a ouvir falar de guerra, apesar de ainda não se usar essa palavra. Em Galveias, os dias continuavam paralelos às estações e às sacudidelas que as pessoas eram capazes de dar nas suas vidas. Joaquim Janeiro aparecia com o cabelo rapado à máquina, encontrava a mãe cada vez mais lenta e, no terreiro, em meia hora, punha-se a par das novidades.

Ao fim de algum tempo, já sabia o suficiente para não lhe faltar certas regalias de estômago e de folga. Acompanhava os mais novos e, dentro das tropelias que armava, começava a sentir alguma sugestão de maturidade. Aparecia à mãe com presentes de comer, bom menino, e nunca se esquecia de Galveias. Não estava lá mas estava lá: contraditório e natural.

A partir de certa altura, a formatura matinal tornou-se como as rifas que se vendiam nos cafés, que se furavam com a ponta de um lápis: aleatórios, salteados, os camaradas do Joaquim Janeiro eram chamados para o Ultramar. Foi o Sarmento, com quem costumava falar durante horas; foi o Cardoso, com quem dividiu um castigo de latrinas depois de uma valente bebedeira; foi o Macedo, de Alcobaça, que dormia no beliche em cima do dele e que ressonava como um trator. As escolhas passavam-lhe de raspão.

Em sussurros na cantina, escondidos pelo retinir das tigelas de alumínio, vazias de caldo-verde, falava-se de mortos arrumados em caixões. Joaquim Janeiro não se deixava afetar por esses rumores, não estavam escritos, não identificava nenhum dos nomes repetidos. Por fim, uma variação branda dessas palavras chegou ao jornal enxovalhado, lido e relido na messe dos sargentos, e soube o que aconteceu em Moçambique ao rapaz que jogava muito bem à baliza, soube o que aconteceu também em Moçambique ao cabo Gonçalves. Mesmo assim, convenceu-se de que, se fosse chamado, não teria semelhante azar. A guerra ocupava bastante terreno, havia muito por onde se esconder.

Temerário e ignorante, chegou à Amadora ainda soldado. O irmão já ia em segundo-furriel. Almoçaram juntos numa quinta-feira. O irmão queria despedir-se: ia para Angola, tinha de ir. Comeram joaquinzinhos fritos com arroz de tomate. Foi um almoço de longos silêncios, havia pouco a dizer. Joaquim Janeiro sentiu um ardor de inveja.

Começou a ir menos a Galveias, o caminho dava-lhe preguiça. Desapareceram dois anos assim. A ver os camaradas a ir para a guerra, e ele sempre na mesma, soldado sem ambição e sem passar fome. Tinha a carta tirada, sabia cortar cabelos, ajudava na cozinha quando calhava, especializado em limpeza a fundo e, em dias de cãibras fatais, ficava de sentinela durante horas. Assim, fez vinte e oito anos. Nesse fim de semana, foi a Galveias, passou grande parte do tempo sentado ao lume, a conversar com a mãe. Dois dias depois, ao início do serão, estava a coser um botão sentado no beliche, quando o informaram da morte da mãe. Encontrou os irmãos todos no enterro, menos o que estava em Angola.

Não tinham passado duas semanas, estava a comer uma maçã, quando o chamaram com ar de caso. O irmão tinha morrido. Com tanta possibilidade de guerra, tinha sido atropelado no quartel por um jipe.

O destino não tem consciência, só ingratidão.

Nessa hora, sem ouvir nada, com os tímpanos a apitar, decidiu que haveria de ir para a guerra também. Era muito luto a latejar-lhe na cabeça, era muito silêncio.

O irmão tinha mulher, uma cunhada que Joaquim Janeiro mal conhecia, com quem não se sentia à vontade, e tinha um filho, sobrinho que fazia parte de uma lista de muitos com aquela pinta dos Janeiros, mistura dissolvida de pais e mães. Joaquim Janeiro tinha sobrinhos quase da sua idade, mas de criação muito distante. No entanto, com aquele rapaz, partilhou o entendimento da orfandade, segredo íntimo. Acabara de perder a mãe e sabia bem o que era ficar sem pai aos doze anos. Foi visitá-los ao Montijo. O corpo do irmão ainda vinha em viagem. Era um apartamento triste e varrido, chão de tacos. Era um apartamento de pouca luz, não porque as janelas estivessem fechadas, mas porque a luz parecia não querer entrar pelas janelas.

Mal teve ocasião, foi oferecer-se para o Ultramar. Esperou dois meses por uma resposta que não chegou. Voltou a oferecer-se. Tratou dos papéis: jurados, selados, assinados e carimbados por cima. Sim, queria ir para o Ultramar, rapidamente e em força. O homem que recebeu os documentos olhou-o com a cabeça rente ao balcão, entrincheirado, como se tivesse medo.

Esperou mais dois meses e nada. Voltou disposto a partir tudo. Chegou a levantar a voz, fora de si. Os polícias militares demoraram trinta e cinco segundos, contados pelo relógio de pulso do alferes Mota, a porem-lhe as mãos atrás das costas e a empurrarem-lhe a cara de encontro aos mosaicos.

Passou uma semana fechado à espera de julgamento. Nessa apatia, um polícia militar, com dó, pedindo-lhe por tudo para ser discreto, não se conteve. Ao recolher o tabuleiro intocado do almoço, em sussurro, explicou-lhe que o irmão, antes de partir para Angola, vivo, tinha apresentado diligências ao mais alto nível para que nunca tivesse de ir à guerra.

As diligências eram dinheiro.

Esse gesto foi um contributo para a mágoa. Se o luto do Joaquim Janeiro fosse um monte de lenha, esse gesto seria uma acha, assente com delicadeza, encaixada com detalhe, mas a pesar um pouco mais. Naquele momento, a única saída que imaginava era a guerra. Precisava do Ultramar para se livrar daquele peso.

Não houve julgamento. Ao fim da semana, abriram-lhe a porta da cela.

Então, bastou procurar o coronel certo. Encontrou-o meio atarantado, atrás de uma secretária. Respondeu que era muito amigo do segundo-furriel Janeiro, só por isso o tinha ajudado. Transpirou metaforicamente. Acalmou-se quando percebeu que Joaquim Janeiro não tinha intenções de ameaçá-lo. Pelo contrário, queria desmanchar o acordo do irmão. De repente, o oficial colocou a voz e invocou o dever de honra, a palavra dada ao defunto. Joaquim Janeiro apresentou-lhe as suas diligências, todas as que tinha, e ainda prometeu mais dois contos de diligências, que ficou a dever a um camarada abonado, o Lopes.

Na memória, a luz da primeira vez que viu Bissau parecia-lhe divina. Era luz saída diretamente do hálito de Deus.

* * *

Na alfândega, depois de meia hora, chegaram ao ponto em que bastava um sopro: é ou não é. Sem parar de fitar o polícia nos olhos, Joaquim Janeiro tirou um volume de notas dobradas do bolso direito e apertou-lhe a mão. Como se conferisse o passaporte pela última vez, o polícia contou as notas. Sem sorrir, devolveu o passaporte e fez sinal para passar.

Com as malas de rojo, Joaquim Janeiro avançou. No bolso esquerdo, levava o dobro do que tirara do direito.

Assim que chegou à rua, foi rodeado por homens a oferecerem transporte, rapazes ansiosos por carregarem malas às costas e crianças a puxarem-lhe os braços ou a fazenda das calças.

Mal o carro entrou na rua, viu logo a Conceição. Estava de cócoras no alpendre, tinha uma vizinha a agarrar-lhe a cabeça, a fazer-lhe tranças.

Diante de casa, uma enorme poça, água vermelha na terra vermelha, refletia o céu de nuvens e as folhas mais miúdas das árvores, verde-vivo que transbordava sobre os muros da vizinhança como se fosse engoli-los. Esses muros e algumas paredes tinham palavras desenhadas a trincha por alguém que, julgando pela caligrafia, estava em pleno processo de alfabetização.

Assim que Conceição distinguiu o pai sentado no banco da frente, lançou um grito, mi ou fá sustentado, como quando era novo e, logo depois do solfejo, a pegar no clarinete pela primeira vez, o mestre da banda lhe dizia: aguenta, aguenta. E ele aguentava até à última réstia de fôlego. A mãe veio à porta e tapou a boca. Dois pequenos saíram-lhe por detrás das pernas, o Fernando e o Paulo Manuel.

A correr, com tranças em metade do cabelo, com um pente

agarrado à cabeça, Conceição estava ao pé do carro parado. Ela a puxar e ele a empurrar, conseguiram abrir a porta. Precisavam de abraçar-se.

Os leitões que por ali andavam, irmãos admirados, perderam o medo. Pretos e magros, equilibrando-se na ligeira inclinação do terreno, aproximaram-se das pernas deles. Assim que Joaquim Janeiro e a filha se separaram, de olhos cheios, os leitões espantaram-se e deram uma pequena corrida de patas inteiriçadas, meia dúzia de metros, até tocarem a fronteira onde começava o desconhecido.

A seguir, foi a vez do Fernando e do Paulo Manuel. Agarraram-se à cintura do pai e pousaram a cabeça como se, por fim, pudessem descansar. Joaquim Janeiro assentou-lhes a palma das mãos no cocuruto.

O motorista, meio coxo, meio corcunda e meio estrábico, descarregou as malas. O Fernando e o Paulo Manuel foram para levantá-las, mas não conseguiram. Esse fracasso acrescentou graça aos sorrisos. Joaquim Janeiro aproximou-se do homem, pagou o combinado e, como estava rico no coração, acrescentou algumas moedas. O motorista afastou-se, recuando e agradecendo, bolas de suor a romperem-lhe a pele sobre cada poro.

Alice continuava no alpendre, emoldurada pela porta. Joaquim Janeiro olhou-a e aqueles metros de distância não existiram.

Nas suas costas, as tentativas do motorista na ignição: o motor a entusiasmar-se e a desistir, motor com tosse bronquítica.

Não foi preciso dizer nada. O Joaquim Janeiro, o Fernando, o Paulo Manuel, a Conceição e a vizinha empurraram ao mesmo tempo. O carro fez muita força, gritou como se precisasse de desentupir alguma coisa, deixou-os a respirar fumo preto, que lhes forrou o céu-da-boca com fuligem. Alice, pesada e descalça, aproximou-se quando o carro já seguia nos altos e baixos dos buracos que preenchiam toda a rua, como se navegasse em mar alto, através de uma tempestade.

Cumprimentaram-se com um toque de mão, pontas dos dedos.

Caminharam juntos até casa. Joaquim Janeiro entre eles, a sentir o conforto dessa companhia. Finalmente, tinha chegado. A rua estava cheia de pessoas que os vigiavam de todas as direções, paradas a olhar. Conheciam-no bem ou, melhor dizendo, sabiam bem quem era. Chamavam-lhe o português da Alice.

Pouco convencido da necessidade desse último esforço, o português da Alice, Joaquim Janeiro, carregou as malas até casa.

Onde está o Mamadú?

Chegaria um pouco antes da noite. Levava dois meses como aprendiz de latoeiro.

Porque não me contaste?

Desentendida, Alice respondeu que as cartas não chegavam para contar tudo.

Joaquim Janeiro duvidou. Há alguma novidade que não caiba em papel? Retomaria esse assunto mais tarde. Calou-se num copo de água, cheio, que também lhe acertou o fôlego. E foi como se todos bebessem essa água com o olhar. Paulo Manuel recebeu o copo vazio com as duas mãos, à altura do peito, filho bem-comportado.

Conceição já tinha desistido de terminar o penteado, mas a vizinha ainda não sabia e seguia-a, como se lhe segurasse a sombra. Havia uma espécie de nervos bons, um novelo de gritaria. Alice, claro, estava calada, só falava à custa de insistência. O Fernando e o Paulo Manuel observavam cada movimento do pai, com a mesma atenção das crianças embasbacadas que espreitavam pela porta aberta da rua.

As malas, tombadas no chão, estavam sovadas. Como havia

de estar ele? Os músculos guardavam a sensação de torcidos como uma rodilha, os dentes tinham inchado nas gengivas.

Houve um momento. Pareceu uma pausa propositada, como se fizesse parte de uma composição da terra, do céu, de tudo. E desabou uma chuva feroz, ímpeto do mundo, dilúvio. Joaquim Janeiro abriu a navalha e cortou os cordéis que amarravam as malas. Possuía também umas chavinhas que testava nos cadeados até acertar, como um alívio. O público estava preso. A descarga de chuva preenchia todo o silêncio, o trabalho meticuloso de Joaquim Janeiro preenchia toda a atenção. Depois do momento das fivelas, os fechos rugiram como crias de animais selvagens. Então, Joaquim Janeiro enfiou um braço no interior da mala ainda fechada, olhou para o Fernando e para o Paulo Manuel, a expectativa, e tirou dois guarda-chuvas.

Os rapazes ficaram eufóricos. Saíram porta fora e, na rua, debaixo de água que já abrandava, a caminharem entre lado nenhum e lado nenhum, brincaram, palhaços ou cavalheiros.

No alpendre, todos assistiram a essa alegria até os rapazes se cansarem e até se prever a noite, muito depois do fim da chuva, quando a água repousava nas poças da rua, já seca nos muros, nos telhados de ferrugem, latas seguras por pedras e arames. Então, no fim da rua, chegou Mamadú: caminhava à velocidade dos seus pensamentos, alto, magro, desengonçado. Quando distinguiu o pai no alpendre, pai branco fluorescente, apressou o passo. Como uma locomotiva a acelerar, cada vez mais, começou a correr.

Joaquim Janeiro não gostava do nome do filho, mas foi-se habituando.

Alice era uma rapariga de olhar vivo. Mais tarde, em muitos serões de Galveias, Joaquim Janeiro tentava imaginar a possibilidade de se terem cruzado logo após o desembarque em Bissau. Esse era um exercício sem solução, no entanto, mostrava a força daquele encontro, o seu sentido profundo e duradouro.

Viram-se pela primeira vez, após três meses de Guiné, numa ocasião em que Joaquim Janeiro, exaurido pela vida no destacamento, entre a morte e a pasmaceira, foi autorizado a conduzir um grupo que se deslocou a Bissau, com a missão solene de reabastecer as provisões de vinho e de bolacha.

Reparou nela quando estava de costas, varria o armazém. Usava um pano à volta da cintura que não lhe escondia a firmeza, braços grossos, boa cor. Ao virar-se, a esperteza do olhar fê-lo perceber o privilégio daquela atenção. Ela sorriu com uma disponibilidade que o fiel do armazém garantiu ser inédita, mesmo perante altas patentes, mesmo perante insistências chatas. O próprio fiel do armazém era um desses pretendentes desiludidos.

Com serviços, sacrifícios e humilhações, conseguiu voltar a Bissau passadas duas semanas: soldado Janeiro, condutor de camião. Foi nessa vez que lhe ouviu a voz, ficou a saber que se chamava Alice e tocou-lhe no ombro.

Passou um mês de espera e de discretas massagens noturnas, vulgares nas fileiras de beliches onde Joaquim Janeiro e os camaradas pernoitavam: palmas da mão viscosas a secarem durante a noite. Nos caminhos de terra e buracos até Bissau, não sendo imprevidente, pensou menos nos riscos da viagem, bermas com altura de mato, do que na pressa. E, uma hora depois da chegada, quando os outros andavam entretidos com latas de leite condensado, ele e ela, de pé, atrás de sacas de farinha, cientes da urgência e da oportunidade, aperceberam-se do desembaraço com que conseguiam abrir o pano que Alice trazia à cintura.

Nos próximos meses, enquanto aperfeiçoavam esse desporto foram assistindo ao aumento da barriga e das ancas de Alice. Tinha dezanove anos, exatamente a idade da filha naquele momento de alpendre e família, pós-chuva, pré-noite, esperança. Foi nesse tempo que começou o segredo.

Nunca foi oferecida a menor suspeita aos camaradas ou, sequer, ao fiel do armazém. Houve um dia em que esse, ressentido e rancoroso, se achou com espaço para estender o seu desdém:

O pai deve scr algum desses esfarrapados que andam por aí, nem ela deve saber quem é. Este pessoal é como os bichos. Até me admiro que só agora esteja de barriga armada, esta guardou-se.

Mas a maior admiração do fiel do armazém havia de acontecer no instante em que viu a criança pela primeira vez, uma menina clarinha, ligeira morenice, cor que a sombra não escurecia suficientemente, acabada de nascer, cordão umbilical, nos braços da mãe, no chão do armazém, no corredor das grades de Laranjina C, recém-nascida e parturiente em silêncio.

Joaquim Janeiro já tinha decidido que se chamaria Conceição, o nome da sua mãe. De certeza que nunca tinha entrado nos pensamentos da mãe, já velha, a lavar duas ou três peças de roupa no tanque do quintal, a possibilidade de uma neta na Guiné, com o seu nome. Ainda assim, rodeado de guerra e loucura, estava certo de que teria havido apego num encontro entre aquela neta inocente e aquela avó falecida.

Nos papéis, Conceição não tinha pai. Desse lado, apenas recebia algum colo não periódico, quase sempre com simulação de pouca intimidade para que os outros militares, a escolherem latas de salsichas no armazém, não estranhassem. Por isso, mais de um ano depois, já a menina corria por cima de toda a peça, quando Joaquim Janeiro se despediu, ia voltar para a sua terra distante, Alice andou chorosa e hormonal durante três meses. Sozinha e ressentida, pariu o segundo bebé da mesma cor e chamou-lhe Mamadú. Sabia que o pai do rapaz preferia outros nomes, mas não esperava voltar a vê-lo.

No dia em que Joaquim Janeiro apareceu sem aviso, depois

das independências e das revoluções, mas ainda durante desarranjo sem fim à vista, Alice expulsou às pressas o homem que tinha encostado à mesinha-de-cabeceira, exemplar de conveniência afetiva, sexual, económica, familiar e social.

Nesse instante de proscrição, garantiu-lhe que o readmitia após a partida do português, mas isso nunca aconteceu. Entre Alice e Joaquim Janeiro, havia força, sentido e cumprimento.

Começaram as correspondências semanais e as visitas anuais. Mesmo quando a Guiné repelia visitantes com aquele nível de palidez, ele arranjava maneira de entrar. Nasceu o Fernando. Nasceu o Paulo Manuel.

Abraço longo. Mamadú encontrava a paz. O pai era a parte que os rapazes mais escuros desprezavam, era a parte que o fazia não responder àquilo que lhe costumavam gritar do outro lado da estrada, mas essa parte também era ele, também era dele, e precisava dessa paz, ansiava por ela muitas vezes.

Com dezassete anos, Mamadú estava mais alto do que o pai. Em casa, o candeeiro de petróleo, inapto perante escuridão tão opaca, moldava uma forma luminosa de contornos precisos, como um objeto. Ajoelhado por detrás da mala, perante a assembleia familiar e os olhares de crianças e adultos descalços, olhos muito acesos, pendurados na porta aberta, Joaquim Janeiro tirou o presente para Mamadú: um quadro de bicicleta.

E tirou uma roda de bicicleta do interior da mala, e tirou a outra. Partiram-se alguns raios na viagem, detalhes. A seguir, tirou o selim e um saco com o resto das peças: travões, cabos, dínamo, farolim. Haviam de montá-la juntos. O rapaz segurava a cabeça em descrença e felicidade. Procurando, encontrou ainda a campainha. Ao tocá-la, todos se espevitaram. Fernando foi o primeiro a estender a mão. Tocou até o irmão lha tirar, demasiado preciosa.

Nas Galveias, quando encomendou a bicicleta, o João Paulo apanhou-o sem desculpas preparadas. De improviso, respondeu que seria um presente para o sobrinho. Mais tarde, em casa, recriminou-se pela hesitação, receoso que o João Paulo fosse capaz de desconfiar. Os sobrinhos e os irmãos eram o disfarce mais habitual. Quando se ausentava, quase sempre no início de setembro, toda a gente sabia que tinha ido visitar os irmãos, o que fazia sentido porque eles nunca vinham a Galveias.

Era fácil saber os dias em que ele não estava. A correspondência deixava de ser distribuída. Quem estava à espera de carta tinha de se deslocar à estação dos correios e perguntar. Além disso, a cadela procurava-o em todos os lugares onde costumava ir. Chamava-se Jerusa, nome roubado de uma telenovela. Quando a viam sozinha, de orelha murcha, já sabiam. À hora certa, levantava-se e fazia a volta inteira da entrega do correio, na esperança de o encontrar. Essa seria uma probabilidade de milagre. Na manhã em que ele partia com as malas, a cadela tinha de ser enxotada a pontapé e, depois, corria atrás da carreira quase até à Ribeira das Vinhas, até se cansar, no alcatrão, desesperada. Nessas semanas, a cadela emagrecia, deprimida, sem vontade de comer as sopas que a ti Albina, vizinha instruída, lhe deixava.

Conceição não dizia nada, nenhum dizia, mas estava à espera. O pai tirou uma camisa da mala, desenrolou-a com muito cuidado e, lá do meio, tirou uma forma brilhante. Então, disse o nome da filha. Conceição levantou-se num pulo elétrico e espantou-se. Parecia uma pulseira.

É uma pulseira?

O pai respondeu que não, e mostrou-lhe. Com o bico de uma esferográfica, começou a acertar o relógio de pulso. Esse trabalho era acompanhado por apitos que impressionavam, pi piii, pi piii. Joaquim Janeiro regalava-se com esse papel de arauto do progresso. O presente da filha era um relógio digital, comprado em Badajoz. O bracelete era todo de metal. Dava as horas inequívocas, mas tinha um botão que fazia aparecer a data e, se carregasse duas vezes, ficavam os segundos a passar. Havia ainda outro botão que, incrivelmente, dava luz. Essa era a função preferida da filha. Era à prova de água, mas não convinha experimentar. O pai ajustou-lho ao pulso, toda a gente quis vê-lo de perto. Até os vizinhos, que estavam pendurados na ombreira da porta, deram dois ou três passos no interior da casa para se espantarem com esse produto. Conceição, vaidosa, exibiu-o com generosidade, mas só até certo ponto, jurou estimá-lo para sempre.

O Fernando e o Paulo Manuel esperavam, olhos enormes. Foi o Rodrigo, apanhado no jardim de São Pedro, que lhe explicou quais os brinquedos que os rapazes daquelas idades gostavam. Joaquim Janeiro anotou essa cultura nas costas de um envelope e, passado algum tempo, foi de propósito a Ponte de Sor para aviar esse recado.

O sorriso que expôs na entrega dos presentes ao Fernando e ao Paulo Manuel esmoreceu, contrastou com a perplexidade frouxa com que estes os receberam. A mãe teve de incentivá-los à festa. Aproximaram-se dos braços esticados do pai e ficaram a olhar para aquilo: uns bonecos de plástico muito diferentes de algo que já tivessem visto. O Paulo Manuel, inocente, perguntou:

São mágicos?

O pai tentou mudar de assunto, perguntou se gostaram. Responderam um som de lábios apertados. Joaquim Janeiro, leu-lhe as caixas: He-Man e os defensores do universo. Com essa explicação, os rapazes ficaram na mesma ignorância.

Mas Joaquim Janeiro tirou uma bola de futebol da mala e atirou-lha para a frente. Estava vazia, havia de enchê-la no dia seguinte. Perderam o juízo, abandonaram os bonecos no colo da mãe e começaram logo a fintar-se um ao outro. Ao fim de minutos, teve de tirar-lhes a bola, mas já não conseguiu recuperar-lhes o sossego.

Também trazia fartura de roupa e sapatos comprados na feira. Tinha curiosidade em saber se lhes serviam, mas aguardaria pelos dias seguintes. Essa paciência poderia ter sido aproveitada, poderia ter adiado o presente de Alice para um instante mais calmo, mas não foi capaz. Apanhando a surpresa de toda a gente, tirou a máquina de costura, carrinhos de linhas, tudo, tudo. Alice não queria acreditar. Havia olhos arregalados e gritos de celebração eufórica. Na rua, a assistência comentava. Alice engasgada com gargalhadas e com emoção, as crianças felizes. Não fazia falta mais luz.

A máquina de costura era uma mudança de vida. Quando o armazém se esvaziou, Alice continuou a trabalhar sem lamentações. Nesse aspecto, não houve diferenças entre os anos em que acreditou que ele se tinha perdido no mundo grande e, depois, com cartas todas as semanas e uma visita garantida a cada setembro. Vendeu ovos e mangas no mercado, lavou roupa para quem lhe pudesse pagar dez tostões e, debaixo do inferno, esmarriu as forças dos ossos no porto de Bissau. As ajudas do Joaquim Janeiro eram magras. Houve uma carta em que ele propôs enviar o dinheiro da passagem e não os visitar nesse ano. Alice respondeu que nem pensar, os filhos precisavam do pai. Joaquim Janeiro ficou aliviado. Em Galveias, sentado ao lume, sozinho, quase chorou.

Nunca podia faltar dinheiro para selos. A correspondência era uma necessidade. Quando lhe chegava às mãos um envelope de Bissau, antes de o abrir, cheirava-o, observava-lhe as discretas manchas de terra, pó, sentia-lhe a superfície com a ponta do dedo. Joaquim Janeiro possuía um abre-cartas exclusivo para essa correspondência. Voltava a cheirá-la depois de aberta: o aroma exterior era muito diferente do interior, mas os dois eram da Guiné.

Conhecia a cadência da escrita e do correio, fazia previsões, mas surpreendia-se. Por isso, prestava atenção ao correio como se pudesse sempre trazer carta de Bissau. Já tinha chegado a receber duas cartas no mesmo dia, escritas com mais de uma semana de diferença. Joaquim Janeiro culpava os correios da Guiné e não disfarçava a sua revolta. Enlouquecia quando as cartas não chegavam ao destino. Em que limbo impossível estavam essas cartas? Analisando o sistema com detalhe, Joaquim Janeiro não entendia.

Em Galveias, chegava pouco correio estrangeiro. Com regularidade, o pai do Catarino, filho da ti Amélia, escrevia de França, cartas que acompanhavam vales postais; a filha da ti Silvina enviava à mãe envelopes que cheiravam a perfume doce, com selos marcados pela silhueta da rainha de Inglaterra; e, uma vez por mês, mais ou menos, a família da Isabella mandava-lhe cartas brasileiras atulhadas de papel, era gente com muito para dizer. Essa rara animação de selos diferentes, carimbos diferentes, coloria os sonhos de Joaquim Janeiro.

Em casa, tinha aquela gaveta onde guardava a Guiné. Era uma gaveta grande, fechada por uma chave que escondia num sítio secreto.

Em Bissau, as cartas dele também tinham um lugar, estavam dentro de uma caixa, no fundo de um armário sempre desarrumado.

Ao fim de alguns dias, ia procurá-las. Rodeadas de sol, de cheiro, de sons de Bissau, aquelas cartas com a sua caligrafia, escritas em dias de outono, inverno, primavera, meses de Galveias, o som de um rebanho de ovelhas a passar na rua, as andorinhas a voarem rasantes ao chão calcetado; aquelas cartas como se as tivesse mandado a si próprio quando era outro e que, ali, finalmente, chegavam ao destinatário.

* * *

O alpendre estava coberto com cimento muito liso, rachado por longos relâmpagos, ramos de árvores sem folhas, desconhecidas ali. Não seria fácil saber ao certo quantas pessoas escutavam Joaquim Janeiro. À volta, à distância do seu braço, os filhos e Alice; logo a seguir, dezenas de olhos, crianças, homens, mulheres, rapazes em tronco nu. Muitos eram vizinhos, outros estavam de passagem e decidiram ficar.

Galveias, nas suas palavras, era um lugar imenso. Joaquim Janeiro narrava como se falasse apenas para os filhos e Alice, mas colocava a voz de maneira a que chegasse ao último rosto da multidão. Depois de jantar arroz e peixe com bastante malagueta, comido à colher por toda a família de um único alguidar de esmalte, tocou algumas marchas no clarinete. Foi então que as pessoas se começaram a juntar. Eram muitas as que já o tinham escutado em anos anteriores, algumas queriam saber como acabavam histórias que estavam a meio.

Aquela noite era enorme. O céu, polvilhado de galáxias, estendia-se sobre tudo. Joaquim Janeiro apontou várias vezes para esse céu quando contou a história da coisa sem nome. Ao descrever a noite em que a terra pareceu explodir por dentro, houve homens crescidos a taparem a cabeça com os braços, como se esse gesto os pudesse proteger de um semelhante azar. Os olhos da plateia cresceram com o susto. Mas não se pode temer o céu, é demasiado medo. O céu está sempre lá em cima. Quando se perde confiança na sua flutuação, também o medo passa a ser permanente. Então, ainda que o céu se mantenha, vive-se diariamente o pior da sua queda, até se desejar que caia mesmo para, por fim, acabar com essa dor. Joaquim Janeiro mudou de assunto. Os filhos conheciam bem os nomes das ruas de Galveias. Entre Alice e ele, ficou célebre a pergunta de Mamadú com onze anos: Mas a rua do Outeiro não fica na Deveza?

Às vezes, a despropósito, na galhofa, repetiam essa pergunta. Mamadú não achava piada.

Contou então a história de dois irmãos que não se encontravam havia mais de cinquenta anos e que, no meio de uma tempestade de sete dias, quando todos achavam que se iam matar a tiro, fizeram as pazes. Joaquim Janeiro exagerou em certos detalhes, como as barbas do velho Justino; aligeirou outros, como o seu mau génio; omitiu outros, como a vida de conforto do senhor José Cordato. E estendeu cenas com enredo minucioso, ao passo que segurou algumas, desvendando-as no momento certo, apanhando os corações desprevenidos.

Naquela noite de Bissau, a imagem do velho Justino, debaixo de chuva de Galveias, viúvo da companheira de toda a vida, indefeso, foi uma brisa imaginária. Nos rostos dos mais velhos, donos de mágoas soterradas ou submersas, desceram lágrimas quentes, silenciosas, que não conseguiram limpar.

Joaquim Janeiro levantou-se, molhou a palheta com a língua e começou a tocar o hino da restauração, precisava de uma melodia para acabar.

Enquanto atacava a solenidade daquelas notas, olhou para todos os rostos que o seguiam, em espanto. Não conseguia saber o que entendiam das suas palavras. As oliveiras imaginadas a partir dos cajueiros. Qual seria o rosto do velho Justino no interior daqueles olhos? O hino da restauração aproximava-se do fim, decidiu dar-lhe mais uma volta, prolongá-lo. Como soaria aquela melodia sobreposta à batucada interior que adivinhava naqueles corpos? Como seriam as ruas de Galveias na imaginação daqueles que nunca teriam a oportunidade de ir a Galveias?

Desmontou o clarinete. As pessoas deixaram os seus postos. Apenas ficaram os leitões, baralhados.

À vez, os filhos despediram-se do pai com um beijo na face. Joaquim Janeiro e Alice abraçaram-se, só a sentirem a presença um do outro. Ela suspirou longamente, era um suspiro guardado havia muito; e quando ia para beijá-lo, lábios a escaldar, apercebeu-se de que ele estava a dormir em pé.

Na esquina, a parede tinha uma saliência. Fez pontaria a esse ponto e acertou-lhe com um jacto grosso de urina quente, não demasiado longo. Era uma hora quieta de setembro. Galveias estava sem novidades até no terreiro. Enquanto gozava essa mijadela, passou uma mulher indiferente no outro lado da rua, era a Paula Santa, carregada com couves, talvez sopa de almoço para o menino Pedro ou para o doutor Matta Figueira. Não parou de mijar por causa dela, parou porque já estava satisfeito.

Cheirava a chilrear de pássaros, aquelas voltas no ar, mistura de morno debaixo das penas e gorgolejos de água choca no lago do jardim de São Pedro. Cheirava ao verde das laranjas a crescer, bolas que as crianças arrancavam das árvores para brincar, bugalhos improvisados. Deitou-se à sombra, no degrau da casa da ti Silvina, que andava lá dentro, depois da porta, a recolher meia dúzia de roupas frias, com aroma velho de mulher sozinha, ligeira diabética de coração acelerado. Ia lavá-las no tanque de cimento do quintal, havia de passar-lhes sabão azul e estendê-las no arame.

Estava bom sol, contava com elas enxutas logo a seguir ao almoço.

Mas o cão da Barreta, deitado, com o focinho assente na pedra, com as narinas abertas, não tinha esses pensamentos. De olhos fechados, sentia o interior fresco da cal, as formigas que seguiam por um caminho quase reto, preocupadas, e que desapareciam num buraco de terra entre dois paralelos de granito; sentia as pequenas ervas mortas, sem uma brisa que as fizesse tremer; sentia o sol sobre as telhas lá em cima, barro antigo, manchas secas de musgo, superfície, tempo; sentia o seu próprio corpo, a sua própria presença, lugar e peso, órgãos internos e pelo, respiração, idade; e, claro, sentia a doença podre sobre Galveias, instalada, a fazer parte do cheiro, da forma e da cor de todas as coisas.

Levantou as orelhas, levantou a cabeça, abriu os olhos e fixou o cimo da rua. Passou um instante e chegou Jerusa, a cadela do Joaquim Janeiro. Sem ameaça, o cão da Barreta levantou-se aos poucos, contendo os seus gestos. A Jerusa passou por ele sem olhar, a trote, com o focinho apontado para a frente, como se seguisse um segredo invisível. Fazia a volta do correio, um pouco mais rápida do que seria feita pelo Joaquim Janeiro se estivesse em Galveias, mas a parar também. Farejou a saliência da esquina de três ou quatro ângulos e mijou exatamente em cima da nódoa ainda molhada, escorrida, que o cão da Barreta tinha deixado.

De repente, um susto a descer a rua, a gritar do fundo riscado da garganta: era a motorizada do João Paulo, era uma opressão. Jerusa e o cão da Barreta encolheram-se: ela sem sair do lugar, ele a dar dois ou três passos incertos, com o rabo entre as pernas, à beira de ganir. Quando se afastou, foi como se esse berro entrasse num tubo, noutras ruas, como se fosse engolido por Galveias. Jerusa continuou o seu caminho, as patas a arranharem o chão, o focinho levantado em elegante altivez. O cão da Barreta aproximou-se demasiado rápido, demasiado sedento, de nariz apontado, e ela rosnou-lhe. De orelha baixa, retrocedeu, sem apelo, apanhado em falso, culpado; mas paciente porque, depois da repreensão, continuou a segui-la, à espera de uma oportunidade remota, qualquer oportunidade.

Calor: atravessaram metade de Galveias com a língua de fora. Aproximava-se a hora de almoço e, por isso, todas as ruas cheiravam a comida. Entrecosto a sair da frigideira, migas com miúdos, a rolha puxada do garrafão de vinho tinto, por exemplo. Os cães do senhor José Fortunato tinham voz grossa, primos direitos de lobos, cheiravam a fera, mas havia um muro de tijolos antigos, maciços, mais cimento do que areia, debaixo de cal acumulada em camadas, anos e anos de cal. Jerusa não se perturbou e o cão da Barreta continuou a sua tarefa, valete subordinado.

Na indiferença absoluta, Jerusa estava quase a acabar a sua volta, quase conformada com a falta do dono ou, mais certo, quase conformada com essa dor. Levava os olhos grandes, lagos de castanho, e as tetas penduradas, pele de barriga parida, anos de filhos espalhados por Galveias ou, a maior parte, desaparecidos na morte negra.

Misturado com essa dor, indistinto dela, o cheiro a enxofre era um segredo que a preenchia, irritava-lhe os sentidos. Tudo existia apenas por baixo desse segredo e, no entanto, Jerusa, como todos os outros cães, não conseguia encontrar maneira de exprimi-lo. Como Cassandra. Não era capaz de sequer de o exprimir a si própria. Era um segredo que a preenchia, que partilhava no olhar, mas que só os outros cães identificavam. Cassandra.

De repente, os seus olhos encheram a rua: a dona chamava-lhe Cassandra mas para o cão da Barreta chamava-se uma euforia, uma dor de comichão na ponta da pila, um corrimento fresco que apetecia lamber. Também para ela, o cão da Barreta tinha um nome, correspondia a essa mesma fome voraz. Ia deixá-lo pousar-lhe as patas dianteiras nas costelas, haviam de encontrar posição e oportunidade mas, antes, queria cumprir todos os seus caprichos, tinha tempo, era paciente dentro do desejo, era soberana desse tempo.

Rasgando a esfera sólida do cheiro de Jerusa, Cassandra entrou a ladrar e pronta para se rebolarem de caninos espetados até ao sangue. Mas Jerusa abrigava uma fragilidade melindrosa, a ausência de Joaquim Janeiro, e afastou-se sem briga. O cão da Barreta não assistiu a essa retirada, manteve o pescoço virado e, quando Cassandra deu o primeiro passo, seguiu-a.

Avançaram por várias ruas sem história, setembro a parecer agosto na quentura. De rabo alçado, Cassandra descobriu um canto escondido. Por detrás de um caixote do lixo, arrumada, estava uma lata de sardinhas de conserva em molho de tomate. As sardinhas eram só lombo, pele macia. Estavam tocadas pelo cheiro da doença, enxofre, mas tudo estava tocado pelo cheiro da doença e, por isso, a cadela lambeu-se. O cão da Barreta quis aproximar o focinho, mas foi expulso. A levantar a lata com a boca, a entornar para o chão, a cadela comeu quase tudo, engoliu sôfrega. Mas parou de repente. Ficou assim. Depois, afastou-se agoniada ou triste.

Quando o cão da Barreta lá foi, pronto a limpar os restos, farejou com precisão aquelas bolinhas brancas de pó, granuladas, dissolvidas no molho de tomate, e não conseguiu. Hesitou, hesitou e não conseguiu. Cheiravam a ratazana morta, intoxicada, de veias petrificadas e cinzentas. Então, deu uma corrida de meia dúzia de passos até alcançar Cassandra. Já não era a mesma, caminhava devagar, em tortura.

Aproveitou para lhe saltar em cima, fez ainda os movimentos, como um pêndulo depravado, chegou a mostrar a cabecinha, afiada e vermelha, carne viva, mas nunca acertou e, quando a cadela continuou a caminhar, ignorando-o e ignorando a vida, ele ficou parado a vê-la afastar-se, levando aquele cheiro de morte a instalar-se.

A ti Amélia do Catarino tinha posto o veneno com olho nos gatos. Dera-se ao gasto de uma lata de sardinhas porque já não aguentava aquele atrevimento: entravam-lhe pela cozinha e, se a apanhavam de costas, roubavam-lhe a comida da mesa. Tomou essa decisão assassina depois de ver um gato preto, de olhos frios, a puxar uma posta de cação de dentro da terrina, com os bigodes a escorrerem caldo.

Cassandra, moribunda, lá ao fundo, a dobrar a esquina e a desaparecer.

O cão da Barreta, com os paralelos a queimarem-lhe as patas, resignado, iniciou o caminho de casa. A sua falta de pressa parecia vontade de pensar na vida, mas não era.

Nas paredes, aquele sol encandeava e feria a sensibilidade. O cão da Barreta passava por rua deserta atrás de rua deserta. Cheirava a forma dos cachopos dentro de casa, cheirava a zanga passageira das mães, cheirava as cismas fechadas, as sombras das casas das viúvas, cheirava retratos de famílias separadas pela morte ou pela distância entre Galveias e Lisboa, cheirava jarros de água nas casas das velhas, tapados por *napperons*, ao lado de um copo virado sobre um pratinho, essa era a água mais fresca e mais granítica.

O cão da Barreta sabia que não era sábado e não era domingo.

Àquela hora da tarde, ainda não tinha começado a televisão. Algumas casas estavam cheias pela voz redonda de um locutor de telefonia, cheias como aquários, música a pilhas, abafada ou a chegar à rua pela mesma nesga de postigo usada para entrar alguma luz do dia.

Tinha os olhos pesados quando, finalmente, se deitou à porta de casa, coberto pela sombra quente, de espinha em arco, todos os nós marcados no pelo. Teve esse descanso, tocou-lhe a respiração e a velocidade do sangue, mas não chegou a saciar-se. Ainda durante esse calor de asfixia, Rosa Cabeça apareceu na rua vazia, a arfar de segredo. Num repente, puxou o cordel que abria a porta e entrou. O cão da Barreta, que a esperava de pescoço levantado, aproveitou para entrar no curto instante entre as pernas dela e a porta fechada.

Conhecia-lhe bem o cheiro, comida estragada. Debaixo das vozes quase sussurradas com que Rosa Cabeça e Joana Barreta se cumprimentaram, seguiu-as até ao quarto, sem novidade. Nessa divisão interior, instalou-se no canto mais fresco.

Estava habituado àquela sequência, sempre igual durante meses: a roupa pousada na cadeira ou atirada para o chão, a desvendar um odor a transpiração velha, seca na pele, rançosa como manteiga nas pregas de gordura; e as cuecas, dobradas sobre a roupa da cadeira, ou enrodilhadas no chão, de elásticos lassos, manchadas, a darem vez a um cheiro maciço de mulher, cheiro forte, mulher forte.

Nas primeiras três ou quatro vezes, o cão ficava atento, de orelhas levantadas, sem perceber se a dona precisava de ajuda. Depois, teve a garantia de que não, não havia dor naqueles suspiros longos, entremeados por aquela ânsia. Às vezes, pegavam-se pela boca, enchiam o ar de cuspo, como se escorresse pelas paredes. Noutras vezes, era um líquido que vinha de dentro, espesso, que lhes alagava as pernas.

Havia também o cheiro de se esfregarem uma na outra e, depois, quando se largavam de costas, com as respirações a abrandar, com os dedos melosos, com as bocas dormentes, o vermelho dos lábios a desbotar para a pele em redor. E o tempo voltava a alongar-se, a urgência desfazia-se toda no ar, as ideias suspendiam-se num sorriso. Por fim, os entre-tetas arejados.

O cão não estranhava. Da mesma maneira, não haveria de estranhar quando, mais tarde, o Barrete chegasse e, como tantas vezes, baixasse as calças, enchesse o quarto com o verdete das suas pernas brancas, desconhecidas do sol, com a existência levedada dos seus pés, camadas de surro a acastanharem-lhe os artelhos, botas com interior macio, puré morno e castanho, meias a fumegarem. E baixava as cuecas de algodão grosso, o cheiro das nalgas e, com a humidade das coisas esquecidas, o cu. Ao mesmo tempo, o martelo, cabeça gorda e torta, arregaçada, coberta de mijo estagnado e de uma pasta branca, coalhada, que catava com as unhas. E aproveitava esse gesto para coçar os pelos, pretos, grossos como arame. Assim, nu da cintura para baixo, vestido de camisa, suor, toucinho frito e vinho tinto, quase sempre de boina, chamava a mulher, que voltava a tirar a saia, as cuecas e se sentava com muito jeito no seu colo.

Mas o cão da Barreta não tinha esses pensamentos longínquos. Desfrutava do sossego, como se descesse umas escadas no interior de si próprio, aliviando-se do calor, do cansaço, quase esquecendo a fome, e aliviando-se do cheiro da doença, obsidiante, insistente, a preocupá-lo desde uma noite perdida entre noites, morte espalhada em tudo, à espera de solução.

Antes, costumava gostar de setembro. Na sua lembrança, era um mês afável, que tratava os dias com uma cortesia fina, ligeiramente arcaica. Começava mais quente, a tocar em agosto, e acabava mais fresco, pronto a dar a vez a outubro, sem escândalo, com a natureza preparada, sempre em respeito e lisura.

A manhã chegava filtrada por aquelas cortinas novas, ainda a cheirarem a loja ou a arca de enxoval. Deitado na cama, João Paulo sentia já que era a mesma brasa da véspera, luz disposta a calcinar. Em Galveias, tanto os velhos dos bancos do jardim de São Pedro, como os velhos do terreiro, como os velhos que se sentavam na Deveza a reparar nos carros que passavam na estrada nacional, todos concordavam que o tempo estava maluco.

De outra maneira, com outras palavras ou sem palavras, João Paulo aprovava esse juízo. E acrescentava uma inquietação, um mal-estar de chumbo.

Pendurada na parede sobre a cabeceira da cama, estava a fotografia do casamento que Cecília tinha mandado revelar em tamanho de póster: entre a cerimónia da igreja e o copo d'água, dois noivos perfeitos, de braço dado no jardim de São Pedro, ela muito convicta com o ramo de flores, ele muito orgulhoso da sua posição, marido.

João Paulo via a fotografia refletida no espelho da porta aberta do roupeiro. Cecília não a fechou, tinha saído à pressa, ansiosa por chegar cedo ao salão, como se estivesse a prever uma fila de freguesas à espera de permanente.

Reparava com muito rigor no seu próprio rosto, tentava calcular os pensamentos do instante em que a fotografia foi tirada. João Paulo achava ingenuidade naquele sorriso meio espantado mas, ali, mal coberto pelo lençol, tudo lhe parecia ingénuo: o fato, a gravata, o penteado, os sapatos engraxados. Para que aquele fato? Para que aquela gravata? Para que aquele penteado? Para que aqueles sapatos e aquela graxa? Havia uma fronteira traçada, um ferro cravado no asfalto: a ilusão de um lado, a total ausência de sentido do outro.

Ainda não tinham passado dois meses e, no entanto, aquela fotografia fazia parte de outro tempo. A Cecília do rosto derretido num sorriso exagerado, revelada, emoldurada e pendurada na parede do quarto, era muito diferente da Cecília que tinha acabado de sair, afogueada de pressa, a bater a porta, a descer a rua, os saltos dos sapatos a martelarem o chão. Aquela fotografia pertencia a outra idade, era impossível regressar lá, essa garantia tinha sido dada pelos médicos do Hospital de Santa Maria, em folhas de papel timbrado.

A mãe e as tias do João Paulo passaram três dias a cozinhar e a fazer bolos. O pai responsabilizou-se pelo vinho e pelas gasosas. Encheram a mesa da sala de jantar com fartura. Os convidados do noivo foram chegando aos poucos.

João Paulo aceitou os cigarros que lhe quiseram oferecer e riu-se das graças mal-amanhadas que lhe apresentaram. A aguardente de medronho escorria bem pela gorja. O vinho do Porto era servido às senhoras e aos cachopos em cálices de vidro fino que, imagine-se, tinham pertencido ao enxoval da mãe do João Paulo.

Por carta, a filha mais velha convenceu-a a usar laca. Depois dessa cedência, não conseguiu recusar uma bola de rouge em cada face. Nesse sábado de julho, apesar do calor seco, árido, a mãe do João Paulo abotoou a blusa até ao pescoço e, contando com o colar de pérolas de fantasia, parecia uma boneca com buço, andar de pato e colar de pérolas.

O pai do João Paulo estava de fato novo, colete, corrente do relógio, camisa branca, gravata, a estrear uma boina. Escondendo esse pensamento, várias pessoas calcularam que, quando morresse, iria a enterrar com aquela roupa. Corado e eufórico, ignorante dessa ideia, casava o seu filho serôdio.

Havia fotografias dos noivos com os pais do João Paulo no altar da igreja e, também, debaixo de sol branco, no jardim de São Pedro. O pai de um lado, a Cecília, o João Paulo, a mãe do outro: pareciam duas pessoas antigas, disfarçadas, a sorrirem de boca fechada, lábios apertados pela falta de dentes, rostos humilhados pelo sol de muitos anos e pela crueza das fotografias a cores.

Na sala de jantar e no corredor, a mãe do João Paulo procurava as pessoas uma a uma, insistia que comessem pastéis de bacalhau. Além dos que estavam na mesa, havia travessas cheias deles na cozinha, moldados durante horas com duas colheres de sopa a fazerem barulho de espadachim, reforços fritos de uma guerra contra as mãos vazias.

Mas, por muitos pastéis de bacalhau, por muita aguardente de medronho, por muitos cigarros de boa marca, por muitos risos ralos e piadas sobre a noite de núpcias, João Paulo não conseguia evitar o controlo constante do relógio: os minutos, um a um. Sabendo que o Chico Francisco tinha convidado mais de trezentas pessoas, louco pela filha única, imaginava a confusão em que estaria a casa da Cecília e duvidava. Em segredo, perguntava outra vez se tudo aquilo não seria precipitado.

Às vezes, culpava o casamento pelo que aconteceu.

O namoro estava a correr tão bem. Às segundas, quartas e sábados, saía da oficina, banho, champô, sabonete, fazia a barba e chegava à casa do Chico Francisco. O cão conhecia o barulho da mota. Mal abria o portão, vinha enrolar-se-lhe nas pernas, a abanar o rabo, prisioneiro do quintal, sôfrego de mimo. João Paulo entrava pela cozinha, cumprimentava a dona Domingas, mãe da Cecília, avançava pela casa adentro, não estranhando nada e não sendo estranho a nada. A Cecília estava já pronta. Na sala, em sofás de veludo, entre miniaturas em cobre, pratos e pratinhos em exposição, com o móvel espelhado do bar a fazer de canto, o fim do dia rebolava no parapeito da janela. A porta ficava só encostada, mas estavam à vontade, faziam o que queriam.

Quem precipitou os planos foi o Chico Francisco. Assim que a Cecília, chorosa, lhe contou que o pai o tinha acusado de não se decidir, afirmando que oito anos de namoro chegavam e sobravam, João Paulo pediu-a logo em casamento e quis logo marcar uma data. Só reconsiderou quando lhe passou a irritação do orgulho, já demasiado tarde.

Sabia que ia sentir falta dos ventos de solteiro. De aliança, a liberdade iria requerer um pouco mais de ginástica, mas não havia de perder os bailes e os petiscos a que estava habituado. Tentava acalmar-se: no torneio da Páscoa que a sociedade organizava no campo da Assomada, ia mudar de equipa no jogo entre solteiros e casados, só isso.

O Chico Francisco não o intimidava, por mais que lhe fizesse cara de goraz. João Paulo estava ciente das serventias e das complicações de namorar com aquela princesa. Quando começaram o namoro, novos, toda a gente se admirou que a filha do Chico Francisco lhe estivesse destinada. Por detrás do balcão, quando o pai da menina soube, não acreditou. A seguir, quis bater em toda a gente. Não se conhecem as esperanças que tinha, talvez estivesse convencido de que os litros e litros de vinho vendidos lhe garantiam um genro doutor.

Também no altar e também no jardim de São Pedro, foram tiradas fotografias com os pais da noiva: o Chico Francisco de um lado, a Cecília, o João Paulo, a dona Domingas do outro. Digno de dó e de um fato à medida, o Chico Francisco parecia convencer-se por fim, indefeso, subjugado, fora do seu ambiente.

Fez questão irredutível de pagar a boda. Tudo bem, não era preciso zangar-se. João Paulo e o pai, que tirava sempre a boina para falar com o Chico Francisco, só tinham hesitado em aceitar por lhes parecer bruteza alarve, abuso e ganância. Não queriam aproveitar-se. Mas, se insistia com aquelas trombas rancorosas, tudo bem, que pagasse, obrigadinho. No mesmo gesto, Chico Francisco iniciou logo a construção da casa.

Abdicou de uma parte da horta de seis hectares, onde plantava couves e batatas por desporto e bom governo, e mandou abrir os alicerces. João Paulo protestou por ficarem a morar no terreno dos sogros, vigiados, marcados à linha, a partilharem portão de entrada e de saída. Exprimiu esse protesto na hora do namoro, a sussurrar muito baixo, quase só a mexer os lábios. Cecília concordou com essa preocupação, esfregou os olhos e bocejou.

Chico Francisco escolheu cimento e tijolos dos mais caros, telhas da melhor categoria, mármores do Alandroal e azulejos nunca vistos, brilhantes, a darem jeitos de madrepérola. João Paulo e o pai ofereceram-se para contribuir na medida das suas possibilidades. Passaram fins de semana a dar serventia ao mestre Avoa, que deixou uma obra a meio para satisfazer o pedido do Chico Francisco.

Nessa casa de reboco bem acabado, ainda longe daquele uso que salva as casas do frio impessoal dos materiais, João Paulo estava deitado na cama, a olhar para a fotografia do seu casamento refletida na porta do armário. Incapaz de levantar-se, sentia-se deprimido, coitado e paraplégico.

Antes do casamento, na casa dos pais do noivo, Catarino e o resto dos amigos, a falarem alto, a prepararem-se para a bebedeira, roubaram os gladíolos e enfiaram-nos na botoeira da lapela ou por detrás da orelha, conforme calhou.

Uma irmã do João Paulo, mulher de opulência nas nalgas, perna grossa e artelhos inchados, lembrou-se de ver as horas. Espavorida, começou a apressar toda a gente e a empurrar o irmão pelas costas.

Mal convencidos, lá se alinharam à porta e avançaram pelas ruas. Contendo o passo, seguiam apenas um pouco mais rápidos do que na procissão das velas. Espectadoras, as mulheres encostavam-se à parede ou fincavam os cotovelos no parapeito para verem o noivo e os seus convidados, perfumados e artificiais, a fingirem não acusar o peso desses olhares. Ainda assim, faltava gente para assistir à passagem do noivo. Esse era o tamanho do desfalque feito pela lista de convidados do Chico Francisco.

À distância, os cães encolhiam-se ao vê-los aproximarem-se. A porta da igreja Matriz estava aberta, à espera. As mulheres agradeceram o fresco das paredes grossas, do chão de pedra, da sombra e dos ecos no silêncio. A maior parte dos homens ficou na rua: falavam sobre miudezas, agarrados a cigarros ou a lenços com que limpavam o suor. O noivo e o padrinho entraram, claro. Mal pôs um pé na sacristia para dar aviso de chegada, João Paulo sentiu o bafo do padre: vinho tinto fermentado e halitose. O Catarino entrou logo depois e, juntos, assistiram à forma como o padre se emaranhou em si próprio, tentando enfiar a batina, mas sem acertar no buraco da cabeça.

Os convidados do noivo ocupavam três ou quatro filas de sussurros dentro da igreja. Enervado, João Paulo tentava dizer alguma coisa a Catarino, padrinho mouco pela euforia, quando se começou a escutar um rugido distante, que se aproximava, mais, cada vez mais. De repente, a porta da igreja abriu-se e, atravessando um clarão, deu entrada uma torrente de pessoas. Não davam mostras de parar. Falavam quase alto, lançavam-se aos melhores lugares, sabendo que os podiam perder. Era a invasão dos convidados da noiva, convidados do Chico Francisco, sobretudo gente de Galveias, mulheres com cintas por baixo de vestidos, homens que tiravam a boina e ficavam de careca branca, pele tenrinha, mas também fornecedores desconhecidos de tremoços e amendoins, estrangeiros de terras raras como Proença--a-Nova ou o Cartaxo. Não houve lugar sentado para todos, conforme se esperava. Então, afastaram-se os que estavam de pé lá ao fundo e, desse meio, saiu a noiva, de braço dado com o pai. O tamanho muito estudado dos passos: ela com um sorriso que se notava por baixo do véu, ele austero, pesado.

O padre arrastou a voz durante toda a cerimónia, não vincava bem as consoantes nas palavras, hesitava, sem saber o que fazer com a língua. Perdeu-se na homilia, engasgou-se no cálice do vinho, o sacristão teve de dar-lhe palmadas nas costas.

Canja de galinha, arroz à valenciana, bacalhau à brás, jardineira de vaca. O Chico Francisco não poupou na ementa. Fez questão de contratar um restaurante que veio de propósito de Santarém, com os seus próprios pratos e talheres, com as suas próprias cozinheiras e panelões de alumínio.

Os empregados de laço eram despachados, começavam a

servir a mesa dos noivos e, em pouco tempo, davam conta do resto das mesas. Havia um barulho de vozes que só era interrompido quando alguém se lembrava de bater com um talher no copo ou no prato. Então, dependendo da convicção, esse barulho pegava e toda a gente contribuía, martelando em loiça até se levantar uma sirene que ocupava todo o salão e todos os pensamentos. Malabaristas de travessas, os empregados continuavam a oferecer comida, como se contornassem esse barulho estridente, que só parava quando algum casal se levantava e dava um beijo na boca. Então, a multidão explodia num clamor de sucesso, como um golo antigo no campo da bola. Nas primeiras três ou quatro vezes, os noivos cumpriram o seu papel. Depois, por ordem, chegou a vez de toda a mesa dos noivos: os padrinhos da noiva, um casal de Ponte de Sor, que tinha emprestado dinheiro havia muitos anos a Chico Francisco; os padrinhos do noivo, o Catarino e a Madalena, ele a dar espectáculo e a exagerar no beijo, para aflição da avó que não quis olhar; os pais do noivo, que chocaram frontalmente de beiços duros, sem experiência de beijoquice, a afastarem-se agarrados à boca, doridos; e os pais da noiva, o Chico Francisco a recusar-se, as pessoas a insistirem, a estridência insuportável de centenas de pratos e copos a retinirem, a dona Domingas a ir para se levantar, mas o Chico Francisco a puxá-la pelo braço, o barulho a afrouxar por um instante, algumas pessoas a desistirem, mas a renascer logo em seguida, incentivado por entusiastas teimosos, e a permanecer como uma tempestade torrencial, mas o Chico Francisco irredutível, e o barulho a diminuir, a diminuir e a desaparecer.

O conjunto começou a tocar durante o copo-d'água. Pouca gente deu logo por ele. À volta da mesa, procurando um lugar, as pessoas preocupavam-se em encher os pratos de camarões e de pudim molotov. Sim, o casamento da Cecília e do João Paulo teve uma torre de camarões, centenas de pontos de interrogação cor-de-

-rosa, saídos diretamente da mala térmica e empilhados com todo o cuidado numa estrutura de madeira. O fotógrafo foi chamado a tirar um retrato da mesa antes de entrarem os convidados.

Havia leitões assados, que desapareciam costela a costela, havia todo o feitio de bolos de pastelaria, bolos de cortar à fatia, de creme, pastéis salgados, havia travessas de frango assado, com e sem piripiri, havia travessas cheias de metades de papos-secos com fiambre ou queijo.

Foram as crianças que descobriram o pão.

Desinteressadas de pastéis de nata ou de mil-folhas, as crianças tiravam o conduto e comiam só o pão. Encheram a barriga até os adultos descobrirem e esgotarem essas travessas. O pão do almoço tinha sido feito e comprado em Galveias, mas as sandes tinham vindo feitas de Santarém. Era pão que não sabia a enxofre. As sandes acabaram de repente.

Já passavam das seis da tarde quando o sol acalmou e, aos poucos, foi amaciando a sua cor. Nessa hora, havia já alguns pares a dançarem cada uma das canções que o conjunto tocava: mulher com mulher ou homem com mulher, em caso de homem dançarino. Apesar desses, uma clara maioria dos homens estava na rua. Corados de vermelho-vivo, sustinham-se em copos cheios. Num desses grupos, quem falava mais alto era o padre Daniel. Não precisava que o provocassem, dispensava ajuda para se alargar; ainda assim, os seus companheiros de garrafão e de uísque com gelo, finos por um dia, não perdiam uma oportunidade de espicaçá-lo. De tempos a tempos, o padre ia atrás de uma olaia e, mal escondido, aliviava a bexiga. Voltava logo a seguir, torto, pronto para mais.

Ao mesmo ritmo de bebida, com as camisas desabotoadas, com os fios de ouro ou de prata assentes sobre o peito, estavam os rapazes das motas, todos convidados do João Paulo. Discutiam carburadores. O Catarino, claro, era o mais empolgado.

Os cachopos passavam a correr, com os sapatos novos cheios de pó, com a camisa fora das calças, manchada por nódoas de comida ou do vinho rosé que bebiam às escondidas. Andavam de roda de um ninho de vespas, que picavam com a ponta de um pau. Nesse trabalho, o Rodrigo foi mordido mesmo por baixo da vista. Não chorou, o olho diminuiu-lhe debaixo de um inchaço. A mãe não parou de ralhar, enquanto lhe fez um curativo com vinagre. Durante o resto da tarde, Rodrigo foi tratado como um herói pelo resto dos rapazes.

A discussão dos carburadores não tinha fim. Às vezes, em choque de teimosias, desafiavam-se uns aos outros para um despique. Por diversas vezes, estiveram quase a alinhar-se em corridas, mas não cumpriram nenhum desses desafios. Afinal, era o dia do casamento do João Paulo.

Com a mota desengatada, aceleravam. Rodavam o punho direito e enchiam a estrada de um berro que havia de escutar-se no alto da reta.

Partiam da capela do Senhor das Almas. A largada era dada com o braço por um cachopo que levavam de boleia até lá. Só muito raramente se lembravam de o ir buscar. Voltava a pé, sozinho. Mas isso era depois, num tempo em que não pensava quando estava de braço levantado, dono do instante, e as motas doidas, como animais esganados, que precisam de ser contidos pelo açaime.

Nesse momento, cada segundo era um tiro no peito. O cachopo baixava o braço e, em alarme, sentia nos nervos o risco que os pneus queimavam no alcatrão, o ar turvo de fumo e o barulho que fazia estalar as têmporas. E ficava a ver esse barulho, esse fumo e essas motas a dissolverem-se na sua própria ausência. Através das motorizadas, leves debaixo do corpo, os rapazes sentiam as rugas da estrada. Entretanto, picados, faziam as curvas até à reta, inclinados, fora de mão às vezes. Quando chegavam ao início da reta da tabuleta, deitavam-se em prancha. Endireitavam a motorizada, levantavam os pés ao mesmo tempo que pousavam o peito sobre o depósito de gasolina, e ficavam deitados, de barriga sobre o assento, esticados como uma seta, com o acelerador a fundo.

No cimo da reta, à entrada do São Pedro, a pequena multidão de rapazes era a meta. Ao longe, não conseguiam muito bem perceber quem vinha à frente. Falavam todos ao mesmo tempo, comentando, especulando. Davam pulos, excitavam-se, mas essa teima ficava esclarecida em segundos. As motorizadas passavam como onomatopeias sibiladas.

Era nesse ponto que atingiam maior velocidade. Abrandavam ao pé do jardim, endireitavam-se e só conseguiam parar depois da junta, diante do portão da esplanada.

Quando regressavam à meta, o ânimo daquele que tinha ganhado era muito mais vivo. Levantava o capacete para que lhe pudessem ver a cara. Aquele que tinha perdido chegava mais devagar e tinha de aceitar que o outro fizesse pouco dele, dentro de certos limites. Essas eram as regras que todos respeitavam. Se havia apostas a pagar, esse era o momento para acertar contas. João Paulo nunca entrava nessas fezadas. Todas aquelas motas lhe passavam pelas mãos, peça a peça, conhecia-as tão bem como os seus donos, pelo menos. Por isso, sabia sempre quem ia ganhar.

Na oficina, pediam-lhe para pôr a máquina o mais rápida possível. Queixavam-se de pormenores. Já sem escape e sem filtro, o Funesto, no seu cúmulo, chegou a pedir-lhe que usasse o berbequim para abrir caminhos novos à gasolina. João Paulo tratava dessas ânsias com um rosto desinteressado, superior.

Ele conhecia a importância das motorizadas. Os bailes de Benavila ou do Alcórrego tinham alto significado. O espírito alargava nos horizontes das estradas de Alter, de Mora ou de Estremoz. Sem aquelas motorizadas como chegariam às garraiadas de verão? Tinham sido ganhas em meses de serventia de pedreiro, cortiça, azeitona. Quando despegavam do trabalho, muitos daqueles rapazes apareciam-lhe na oficina só porque queriam falar de pistões e velas de ignição, que era a sua maneira de falarem de liberdade. João Paulo sabia bem que, nessas conversas, uma cremalheira não era uma cremalheira, era um pedaço de ilusão, diferente para cada um deles, sonhadores de um futuro sem forma.

Era sempre o João Paulo que fechava as discussões de mecânica. Todos os que desafiaram o seu conhecimento de escapes e motores acabaram humilhados. Até nas peças mais minuciosas, ele sabia que havia muita ciência de gente na mecânica de motorizadas. Essa era a principal diferença entre ele e os outros. Às vezes, por exemplo, tentava explicar aos rapazes que duas motorizadas do mesmo modelo, acabadas de sair da fábrica, zero quilómetros, não eram iguais. Uma andaria mais do que a outra, de certeza. Perante essa afirmação, perdiam o sentido no olhar, ficavam com um nó na cabeça. Perguntavam-lhe:

Mas como é que pode ser? E ele respondia:

Como é que pode ser de outra maneira?

Por presunção e vaidade na sua Famélia, Catarino era dos poucos que conseguia perceber a subjetividade das Famel XF-17. Doutor de filosofia da Zundapp, mas incapaz de bom senso elementar.

Na noite de núpcias, João Paulo e Cecília entraram em casa como se pisassem chão armadilhado, desconfiando das sombras. Com a licença da dona Domingas, sabiam que o Catarino tinha entrado na véspera para fazer o que quisesse e, com facilidade, podia achar graça à total falta de tino, podia rir-se à gargalhada de perigo inaceitável. Entraram no quarto com medo da porta. Acharam os lençóis cheios de cristais de açúcar. Enquanto mudavam a roupa da cama, começaram a sentir um cheiro estranho, muito fininho. Abriram a gaveta da banquinha e espalhou-se um fedor castanho, pior do que o enxofre que chegava com o ar da madrugada: dois ovos podres. Mais tarde, na casa de banho, foi a Cecília que encontrou o desenho infantil de uma pila, traçada a batom carregado, no centro do espelho do lavatório.

Ufa. Deitados na cama, fecharam a luz do candeeiro e sentiram o alívio de, afinal, tudo ter corrido bem. Os olhos doíam-lhes com o tamanho daquele dia. Estavam casados de aliança.

Quando o João Paulo fez tenção de pôr uma perna em cima de Cecília, ouviu-se um estalido e, de repente, na escuridão, a cama desmoronou-se num enorme estrondo.

Os postais de Torremolinos chegaram poucos dias depois de terem regressado da lua-de-mel. Enviaram postais à família e, também, a si próprios. Eram postais com fotografias de guarda-sóis, areia, mulheres bronzeadas de biquíni. João Paulo, em chinelos e calções que nunca usaria em Galveias, descobriu que falava espanhol suficiente para pedir cerveja até querer. Nesses dez dias, pareceu-lhes que, a partir daquele momento, a vida poderia ser pequeno-almoço de *café con leche* na esplanada, o cloro da piscina, a areia colada às pernas.

Joaquim Janeiro adorou os postais. Gostou das imagens e achou piada às notícias estivais que, no caso dos pais do João Paulo, teve de ler em voz alta.

Esse foi a primeiro correio que João Paulo e Cecília receberam na sua casa de marido e mulher. Ainda estranhavam os nomes lado a lado, João Paulo e Cecília, como nos convites de casamento: fulano de tal e fulana de tal, outro fulano de tal e outra fulana de tal têm o prazer de convidar V. Exas. para o matrimónio de seus filhos João Paulo e Cecília. E os nomes impressos em caligrafia redonda, cheia de salamaleques, como se tivesse sido desenhada com a ponta de uma pena molhada no tinteiro, cada letra a pressupor um gesto elegante.

Agosto é mês de calor, mas aquele pertencia ao inferno. A terra suplicava por uma pinga de água desde janeiro. Os galveenses queixaram-se dos céus durante toda a primavera. O Cabeça disse aquilo que muitos pensavam:

Não morremos daquela porcaria que caiu lá para o Cortiço, morremos de sede.

O caldo minguava nas malgas de sopa da mesma maneira que a água baixava na barragem da Fonte da Moura. Até a saliva secava nas bocas. Os mais velhos esticavam a língua e limpavam-na com um lenço de assoar.

Mas veio junho, mês sem esperança de chuva, e a apanha da cortiça fez esquecer a seca. Ao fim da tarde, no começo do fresco, homens e mulheres saltavam dos reboques dos tratores: as botas a baterem no chão, os corpos a libertarem nuvens de pó. Desciam pelas ruas, carregando os cestos vazios da comida, os rostos queimados e a roupa demasiado pesada. Chegavam a casa e, depois de minutos, as mercearias enchiam-se de movimento. A ti Lucrécia cortava postas de bacalhau com a guilhotina e retângulos de toucinho sobre o balcão de mármore. Na balança, se passava do peso, as freguesas diziam sempre que não fazia mal, tinham notas novas de quinhentos escudos e estavam dispostas a pagar. Nessas mesmas tardes, o Bartolomeu despachava artigos que esperavam comprador havia anos.

Depois, já com a luz a esmorecer, as pessoas sentavam-se à porta e enchiam as ruas de um lado e de outro. Os homens de chinelos, pernas esticadas, camisolas brancas de alças, camisas abertas ou em tronco nu; as mulheres mais compostas, mas igualmente a aproveitarem o fresco; as crianças com ordem de rua até muito depois do jantar.

Após três anos a apanhar a carreira de Ponte de Sor, Cecília estreou o seu próprio salão de cabeleireiro. Comunicou a vocação a tempo e sempre teve garantido que o pai lhe proporcionaria esse gosto, após três anos a lavar cabeças e a varrer o chão. No último dia, quando arrumou objetos avulsos num caixote, a cabeleireira que lhe deu instrução comoveu-se. Agarraram-se as duas num pranto. Lembraram esse tempo, três anos, que passaram a cheirar champô, gel e tinta do cabelo.

O salão estava instalado não muito longe do terreiro, numa casa recuperada pelo trabalho de dois homens. Cecília tinha escolhido os espelhos, as cadeiras, a bacia, os jogos de toalhas, os secadores, todos os produtos. Nas primeiras semanas, a novidade trouxe muitas freguesas. Até os homens procuravam pretexto para abrirem a porta, enfiarem a cabeça e darem fé a tudo. Cecília estava pronta para se habituar a essa vida, quando João Paulo teve o acidente.

Àquela hora, os tratores da cortiça já tinham descarregado uma remessa de mulheres derreadas das cruzes, homens moídos por terem passado o dia em cima de sobreiros, a descascarem-nos com a ponta do machado, a suspenderem chapas antes de as passarem para baixo ou, depois, a lançarem-nas para o topo de pilhas altas, chapas de peso, a desgraçarem as mãos sem luvas. Ainda com boa luz, João Paulo despegou mais cedo. Não queria atrasar-se porque a mulher contava com ele para verem a telenovela juntos, diante de um entrecosto prometido ao almoço. Queria tomar banho, vestir uma roupa lavada e fazer um risco ao lado.

Não lhe faltava trabalho. Mal chegou da lua-de-mel, encontrou a aflição de rapazes a levarem-lhe motas avariadas pela mão, com o esmorecimento de verem o verão a passar. Uns queriam ir às festas do Cano, outros tinham namoradas em Sousel ou na

Casa Branca, outros andavam atrás de umas irmãs, emigrantes a passarem férias no Almadafe.

E o que tenho eu a ver com isso?

João Paulo queixava-se, mas sabia que só ele lhes podia valer. Os rapazes, de orelha baixa, pediam-lhe que desse um jeitinho. Esse trabalho entrou por agosto adentro e acumulou-se com mais trabalho. João Paulo organizava essa ordem da mesma maneira que tratava da contabilidade: um monte de papéis no canto da bancada, manchados por dedadas de óleo.

Fechou o portão à chave e, depois, ao cadeado. Ninguém se atreveria a tocar em alguma peça da oficina, João Paulo estava seguro dessa certeza, mas tinha-se acostumado ao barulho do molho de chaves. As motas que esperavam arranjo e outras de onde tirava peças ficavam na rua, encostadas à parede, tapavam o passeio inteiro.

Subiu para cima da sua motorizada. Com cinquenta centímetros cúbicos de cilindrada, como as outras, fazia um barulho diferente, mais grosso, mais cheio, a carburar melhor.

Nunca tinha entrado numa única corrida, tanto os rapazes das Galveias como os das terras em volta sabiam que não tinham qualquer hipótese. Esse respeito era de valor para João Paulo. Enfiou o capacete e apertou-o. Era um capacete com autocolantes a dizerem Turbo. Deu ao pedal. As motorizadas dos outros faziam o barulho de um gato assanhado, a dele fazia o rugido de um urso assassino.

João Paulo ia a toda a velocidade, mas não tinha pressa, levava tempo de sobra. Acelerava a fundo porque não era um velho a voltar do campo, não era o Cabeça com a família toda encavalitada, não era uma mulher de lambreta.

Tinha pensamentos tranquilos. Tinha a viseira do capacete levantada para sentir a aragem que começara a arrefecer. De repente, o choque de estar no ar, em voo. E mais nada.

As vozes da Cecília e da mãe, desfiadas em uivos, a falarem dele como se não estivesse ali. Invisível, a sentir a angústia de assistir à ausência de tudo. O pai, pobre velho, a chorar. O coração de João Paulo, baralhado, afundava-se naquela noite sem tempo, naquele medo.

Não estava morto, mas não sabia onde estava.

Acordou com a boca seca. Saiu do interior de um lugar lento, as cores a ganharem realidade aos poucos, uma dor de cabeça a furar-lhe os olhos. Não estava ninguém naquele quarto enorme, branco sujo. Aquele quarto não era a morte, isso sabia, mas talvez fosse um pesadelo. A mastigar em seco como se tentasse habituar-se ao ar fresco, como se tentasse fabricar saliva. E o rosto de uma enfermeira a aproximar-se espantada, cabeça grande, a arregalar os olhos, a dizer sons sem sentido em voz alta. A enfermeira a molhar-lhe os lábios com a ponta dos dedos e outras enfermeiras, também a dizerem sons sem sentido, mas com entoação. O cheiro antisséptico do mundo.

A família, mulher e pais chegaram no dia seguinte, vestidos com as melhores roupas, alarmados, cheios de coisas para dizer. João Paulo pousava as pálpebras sobre os olhos, cansado, e havia muito que não conseguia ouvir, ainda atordoado. Estava em Lisboa, no Hospital de Santa Maria, tinha passado onze dias em coma.

O acidente não era apenas dele, deitado na cama de ferro, tapado por roupa branca, lençóis com o nome do hospital e uma manta fininha. A mulher e os pais tinham sofrido esse mesmo acidente. Cecília, avisada por um susto de murros na porta quando estava a fritar entrecosto, também tinha sofrido esse acidente. Os pais, a tratarem do quintal, a limparem e a regarem com uma mangueira, também tinham sofrido esse acidente. Por isso, estavam ali, à volta da cama, elétricos, olhos raiados de veias, sem posição e sem saberem o que sentir: felicidade exultante por estar vivo, tristeza inconsolável por estar paralisado.

Dias depois, quando o Catarino entrou no quarto, foi como se alguma coisa fundamental tivesse mudado, foi como se houvesse esperança. Era sábado. Cecília tinha esgotado os assuntos, só não tinha esgotado o silêncio. No quarto havia três camas: o João Paulo, um cabo-verdiano sem braço, que nunca recebia visitas e que passava os dias inteiros a fixar o teto e uma cama vazia.

Catarino foi um ciclone de palavras, mas engelhou a cara quando se aproximou. Não conseguiu impedir uma festa rápida na face do amigo mas, embaraço de homem, tirou a mão como se queimasse. Mal Cecília saiu para urinar, aflita, Catarino garantiu que a motorizada ainda estava capaz. Um arranjo rigoroso e algumas peças vindas da fábrica haviam de deixá-la como antes. Entusiasmando-se, prometeu que iam arranjá-la juntos. Com as mãos pretas da cortiça, jurou que largava o trabalho para ficarem os dois a recuperar a motorizada.

Sem poder levantar um braço, João Paulo ficou só a ouvir e, por instantes, quase conseguiu acreditar naquelas palavras, sentiu um peso a levantar-se ligeiramente da garganta.

Então, com pouco jeito, Catarino contou-lhe detalhes que tinham sido evitados pela Cecília. Dessa maneira, imagens vagas ganharam contornos, foram tocadas pela lógica. Mas quando Cecília entrou no quarto, já tinha mudado de assunto. Enlevava-se a discorrer sobre a Famélia. Descrevia o seu comportamento de Galveias a Lisboa, viagem de quase três horas, com paragem na Azervadinha para deixá-la arrefecer, meter gasolina e beber uma média.

Fechou os olhos para deixar de ver a fotografia do casamento. Ficou a respiração misturada com o silêncio, o silêncio misturado com o tempo.

Dentro desse aquário, o cão dos sogros a dar aviso. A voz da mãe e a voz da dona Domingas, como uma dança sobre as plantas do quintal, canteiros de ervas secas, por mais água desperdiçada na rega; a voz da mãe e a voz da dona Domingas, lançadas no ar daquele setembro quente e luminoso, borboletas de asas em chamas incapazes de uma linha reta. No quarto, o rosto de João Paulo não se alterou numa única ruga, faltavam-lhe forças.

O barulho da porta a abrir-se, a parecer que o tocava, a parecer que estava encostado a ele. O corpo da mãe a atravessar as fitas da porta. Os sacos de plástico a serem pousados sobre a mesa da cozinha. E a mãe a chamá-lo, como se não o quisesse interromper, como se fosse possível interromper-lhe gestos ou como se fosse possível não lhe interromper a indiferença, a distância.

Abriu os olhos. Logo a seguir, a mãe entrou no quarto, atravessou a neblina baça dos olhos que voltavam a ver e falou com música artificial, dirigindo-se a uma criança que precisava de ser animada. João Paulo era capaz de imaginar o sofrimento da mãe por detrás daquele sorriso forçado.

Ninguém escutou as badaladas que atravessaram o céu da vila, lançadas do adro, abrasadas pelo sol. João Paulo não seguiu as entradas e saídas da mãe, desenrolando conversa sem armação. E não se surpreendeu quando ela lhe levantou os lençóis e o destapou. As palavras eram um som constante e amorfo, como uma buzina abafada. A mãe molhava o trapo no alguidar, escorria-o e passava-lho húmido pelo tronco. João Paulo não o sentia, apenas distinguia a maneira como o barulho da água se misturava com a voz da mãe. E levantava-lhe os braços sem vontade, inteiriçados ou partidos pelo cotovelo, passava-lhes o trapo húmido como se fossem um objeto, os braços do seu filho.

Sem sentir, percebeu que a mãe lhe levantou a cintura, era ilimitada a sua força, e lhe baixou as cuecas. Entre tudo o que perdera no hospital, João Paulo perdera o pudor. Aquele era um corpo morto, volume sem vontade, cadáver de irmão siamês. A mãe lavava-o com apuro, a não lhe restar outro cuidado.

Inimiga do silêncio, sempre a falar de algum assunto desimportante, secou-o com uma toalha nova. Vestiu-lhe umas cuecas lavadas e tapou-o com a roupa da cama, composto como um boneco. Saiu e entrou. Voltou a sair e voltou a entrar. Com as duas mãos, empurrou-o por baixo dos braços, levantou-lhe a cabeça. Estendeu-lhe um pano de cozinha sobre o peito, a fazer de babete. E começou a dar-lhe colheradas.

João Paulo abria os lábios ligeiramente, sem espírito. Nacos de pão, ensopados em caldo, inundavam-lhe todos os cantos da boca e sabiam à tristeza do enxofre.

Todos os brasileiros são padeiros, podia dizer alguém com pronúncia de Galveias. Isabella irritava-se contra essa ignorância, resmungava palavras que ninguém entendia, felizmente. Esse preconceito desarranjava-lhe o fígado. Acreditar que todos os brasileiros eram padeiros não fazia sentido, seria como se ela, mineira com legitimidade de feijão tropeiro, tivesse achado que todas as portuguesas eram putas apenas porque, em Belo Horizonte, a única portuguesa que conhecia era puta técnica, especialista de carteira assinada.

Dona Fátima dominava raras competências de putaria. Só uma vida inteira dedicada ao estudo e à experimentação permitia sapiência dessa escala. Meninas que atendiam em barracos da periferia ficavam chocadas com as histórias que dona Fátima repetia às gargalhadas, com gosto. Desdentada por vocação, afirmava muito séria que, nos anos vinte, os homens tinham o pau mais grosso.

Portuguesa até ao centro da alma, dona Fátima comovia-se com sentidas saudades das longas vergas que conhecera. Nessas horas, cantava um fado baixinho, como se rezasse, e só se consolava com três copos de vinho da terrinha ou, mais frequentemente, dando uma sentada no colo de algum pauzudo com duas notas no bolso.

Esta era a dona Fátima e nem assim Isabella algum dia se convenceu de que todas as portuguesas eram putas. Um país inteiro de mulheres fáceis era ilógico, não lhe cabia na compreensão. O mesmo pensamento se aplicava à possibilidade de um país de padeiros. Até parecia que não viam telenovelas. Até parecia que as ruas de Galveias não ficavam desertas, como uma vila de mortos, à hora da telenovela. Alguma vez tinham visto a Gabriela a estender massa? Alguma vez tinham visto a escrava Isaura preocupada com medidas de fermento?

Mas as telenovelas são a fingir, disse um bêbado, armando-se em erudito engraçado. Nessa noite, Isabella teria perdido a calma, mas o padre Daniel, que também pertencia a esse grupo e que também estava grosso, deu-lhe apoio:

Espera lá, mas a Amazónia não é no Brasil?

E concluiu que os índios não haviam de ser todos padeiros. Os outros consideraram essa ideia por alguns segundos, quase adormeceram durante o raciocínio, mas acabaram por concordar.

Mais tarde, percebendo-a sentida, o padre escolheu uma ocasião e um canto da boîte. Debaixo de música crua e de luzes intermitentes, falou-lhe ao ouvido. Isabella tinha uma orelhinha. Explicou-lhe que as pessoas achavam que os brasileiros eram todos padeiros porque o pão dela era muito bom.

Isabella olhou para o padre e o barulho que os envolvia pareceu silêncio. Comoveu-se com a sensibilidade terna daquele homem que, apesar de bêbado relaxado, teve o cuidado de a consolar.

Isto, claro, passou-se antes do sabor ácido do pão, antes da coisa sem nome.

Noutros dias, polvilhando a bancada com farinha ou sentindo o calor ardente do forno, Isabella ainda encontrava conforto nessas palavras do padre Daniel. Tinha orgulho no seu pão. Esse era um sentimento que a estruturava, imune a qualquer brincadeira, muito anterior a Galveias, anterior até ao dia em que conheceu dona Fátima; era um sentimento fundo, vinha das primeiras memórias, vinha do colo sujo de farinha do pai, seu Ubiratan de Almeida, nascido e criado em São João del-Rei, fundador da Vila Marçola, favela no Aglomerado da Serra, região centro-sul de Belo Horizonte.

Naquele fim de tarde ainda quente, setembro a arder, Isabella seguia a caminho do cemitério. Tinha passado a bomba de gasolina, avançava à beira da estrada, quase a passar à frente do posto da guarda. Ia de sapatos bons para caminhar, tinha-os comprado em Ponte de Sor, na farmácia ao pé da estação da Rodoviária. Eram sapatos ortopédicos, pretos. Já bastava as horas que tinha de passar de saltos altos. De chapéu de palha, segurava o balde como se o passeasse. Com a cabeça limpa, sem pressa, Isabella refletia na necessidade que todos os países têm de padeiros e de putas. Ninguém vive só da massa sólida e regenerativa do pão, como ninguém vive apenas da beleza vaporosa e lírica do sexo. Os corpos precisam desses dois tempos, as nações também.

Julho, plena hora do calor, quando Tina Palmada bateu à porta, Isabella pensou que vinha comprar pão. Ficaram a olhar uma para a outra: Isabella à espera que lhe entregasse o saco do pão e fizesse o pedido, Tina suspensa na ideia de que bastava apresentar-se. Só ao fim de um longo desentendimento, começaram a falar.

A brasileira era negociante, não mostrou logo o quanto lhe agradava aquela oferta de mão de obra. Na semana anterior, tinha perdido um par de braços e um par de mamas.

Rosário, que respondia pelo nome artístico de Solange, tinha fugido com um empreiteiro de Montargil.

Era mais habilidosa como Solange do que como Rosário. O pouco que prestava na panificação, compensava no talento com que tratava os homens. Como se apanhassem sarampo, contraíam paixões agudas. Esse foi o caso do empreiteiro que, de avanço sobre outros pretendentes, tinha uma boa disponibilidade de capital.

Isabella sabia fazer essas contas mas ficou ressentida pela saída sem adeus.

Começaram uma ronda explicativa, era preciso apresentar-lhe a casa. Desabotoadas, a arejarem os refegos transpirados, Paula e Filó estavam encostadas à amassadeira, fumavam. Analisaram a rapariga, queriam vê-la, queriam absorvê-la com os olhos. Já tinham ouvido falar dela e conheciam várias versões da sua história. Sorriram com simpatia. Identificavam-se com a sua timidez e com o seu aborto adolescente.

No início de abril, quando a barriga da Tina Palmada começou a arredondar, até nos bancos almofadados da boîte se discutiu quem seria o pai da criança. Os clientes, com a verve solta por uísque da Lourinhã, nomearam três ou quatro homens, todos casados.

Esse escândalo entreteve o terreiro até à feira de maio. E só não continuou porque foi substituído por outro maior: a Catarina Palmada, de barriga, fugiu com um dos rapazes do carrossel.

A mãe, coitada, foi lá envergonhar-se, foi perguntar pela filha. A mulher do carrossel, dentro da cabine dos bilhetes, não tinha resposta. Também ela estava desavinda com esse tal Armando, que deixara o carrossel inteiro para ser desmontado por um rapaz raquítico e pelo marido, que penava com uma hérnia discal.

De pouco valeu o que se apurou desse Armando, rapaz do Prior Velho, vinte e tal anos, dentes podres, boné das tintas Robbialac, ténis Sanjo, cinco pontinhos tatuados por baixo do polegar, como as pintinhas dos dados.

Não se conseguiu saber mais quando, um mês e meio depois, Tina Palmada desceu da carreira: barriga lisa, roupa nova e cabelo oxigenado. Esse tempo ficou apenas no segredo dos seus olhos, nunca contou nada a ninguém.

Mas Isabella não queria saber. Não tinha qualquer interesse de garimpar essas histórias.

Naquela tarde de julho, entraram na boîte. Iluminada pela luz crua da tarde, cinzeiros cheios, fumo estagnado, era difícil imaginá-la à noite. As mesas de vidro estavam riscadas e sujas. Os bancos e os sofás acumulavam pó. O balcão do bar era pobre e rude, precisava de escuridão e luzes coloridas, precisava de nalgas gordas em calças de licra, precisava de sucessos populares a jorrarem das colunas e a polirem imperfeições.

Ao explicar o funcionamento da casa, Isabella não estava certa de ser entendida. Tina Palmada mantinha a mesma expressão de assombro perante lições de padaria ou de alterne. O tempo seria melhor professor.

No verão, o trabalho aumentava. Havia mais gente a comer papos-secos, emigrantes esfomeados, e havia o dinheiro da cortiça a fazer cócegas no fundo dos bolsos. Isabella instruía as mulheres no brio profissional de haver pão todas as manhãs, exceto ao domingo, e apalpanço todas as noites, exceto à segunda-feira.

Com Tina Palmada, voltavam a ser quatro mulheres. Era trabalho sério. Mesmo com a casa cheia, arranjavam sempre maneira de entrar e sair, em turnos cronometrados e sincronizados, garantindo a massa e a cozedura segundo altos critérios. Os dez minutos do striptease da Filó eram bem aproveitados. Ela entrava a coxear e, antes de chegar à pista, já as outras tinham saído em direção à massa. No tempo que demorava a sacudir as mamas e, grande final, a destapar as nalgas, as outras preenchiam a superfície do forno com travessas de massa bem pesada e moldada.

Isabella tentou de tudo para tirar o sabor a enxofre. Apoquentou-se bastante, ganhou olheiras, queixou-se por carta à família. Em Minas, uma das irmãs, Jucimara, casada com um baiano, fez amizade com um pai de santo que, a pedido, inflamou o poder do seu terreiro para acabar com aquele azar. Ou seja, numa garagem do bairro de Nova Cintra, Belo Horizonte, Minas Gerais, houve um dia em que um terreiro de umbanda, da nação jêje, de regente xangô, passou um serão inteiro de batuque, cantoria e palmas para afastar o problema do pão de Galveias, no outro lado do oceano. Mais tarde, com a bênção do pai de santo, a irmã de Isabella enviou uma encomenda de sal grosso, cinco quilos que Joaquim Janeiro teve de entregar em carro de mão. Esse sal foi lançado por cima do ombro, espalhado por toda a padaria, utilizado na massa, mas nem assim. O pão continuou a saber à mesma desgraceira.

Seu Ubiratan já não era vivo para tomar conhecimento desse acidente da única filha que lhe seguiu a vocação. Essa lembrança fazia-a segurar uma linha de lágrimas que ficava à beira de transbordar. E escondia-se, nunca deixou que as outras a achassem nessa fragilidade.

Caminhando, à passagem pela tabuleta, chegada oficial a Galveias para quem viesse do lado de Avis, sentiu o cheiro de enxofre com uma intensidade esdrúxula. Isabella não se habituava àquele fedor, trazia-lhe más memórias. O cemitério estava lá ao fundo, como uma pequena cidade imaginária, os ciprestes e os jazigos cingidos pelos muros brancos. O ritmo dos seus passos não se alterou.

No ano anterior, a mãe tinha-lhe enviado uma fotografia da lápide do pai. O nome dele, as datas dele, nasceu, morreu e, ao lado, um quadrado vazio, com o mesmo tamanho: o espaço que esperava a viúva. Era duro saber que o pai já não existia no mundo, a lembrança do seu bigodinho apertava-lhe o coração; era duro imaginar o enterro a acontecer, a família dela sem ela, como se não fosse filha, como se não fosse irmã; mas a fotografia ainda lhe acrescentou aflição: a mãe já tinha posto marcado. O futuro estava à espera. Durante meses, teve pesadelos acordada, temendo notícias da mãe em telegrama, palavras economizadas: mamãe morreu, stop. Queria voltar a vê-la, precisava de saber que ia abraçá-la. Não podia imaginar-se presa em Galveias para sempre.

Se não fosse ele, já tinha partido. Pouco lhe importava o trabalho que tinha empregado a montar a boîte e a padaria. Nove anos sem comer um mamão, nove anos de rebanhos a encherem as ruas, nove anos a aturar pedreiros. Ela sabia que a vida é feita de chega e vai. Estava cansada de beber água na fonte, farta de passarinhos alentejanos, farta das velhas de preto a olharem-na de lado e a tentarem enganá-la no troco do pão. Que se engasgassem nas suas moedas de cinquenta centavos e de dez tostões, malditas.

Se não fosse ele, já tinha partido. Ai, avenida Afonso Pena. Quanta vontade de tomar uma cerveja na Savassi: os fusquinhas espalhando sua fumaça gostosa, os pensamentos misturados com a memória de uma música sertaneja. E o calor mais melado, não essa coisa seca que nem ferro encostado à pele; o calor mais sangue grosso.

Se não fosse ele, já tinha partido. Isabella imaginava o momento em que subiria as escadas do avião. Idealizava esse instante com detalhes, a mala no gancho do braço. Entraria no avião sem olhar para trás.

Empurrou o portão do cemitério. Àquela hora da tarde, ainda escaldava.

Esgazeada, agitando o indicador apontado, batuta de maestro, disse:

Todos temos um lugar onde a vida se acerta. Cada mundo tem um centro. O meu lugar não é melhor do que o teu, não é mais importante. Os nossos lugares não podem ser comparados porque são demasiado íntimos. Onde existem, só nós os podemos ver. Há muitas camadas de invisível sobre as formas que todos distinguem. Não vale a pena explicarmos o nosso lugar, ninguém vai entendê-lo. As palavras não aguentam o peso dessa verdade, terra fértil que vem do passado mais remoto, nascente que se estende até ao futuro sem morte.

Dona Fátima falava assim nos últimos dias da sua vida. As enfermeiras achavam que tinha perdido o juízo, já não se davam ao trabalho de a escutar. Para lá desses acessos, fazia grandes silêncios e, também de repente, sem motivo, mas perfeitamente estruturada, iniciava palestras sobre a lubrificação vaginal depois dos sessenta, as vantagens do felácio desdentado, ou outros temas que dominava.

Isabella ficava a ouvi-la. Com vinte e poucos anos, geria uma agenda sem folgas; ainda assim, todos os dias encontrava disponibilidade para ficar pelo menos uma hora com dona Fátima. Sem alterar o rosto circunspecto, escutava descrições de excessos obscenos, alguma especulação genital e composições desconexas que segurava na memória para tentar entender. Por exemplo:

A distância não me desanimava porque o meu lugar estava lá. Em todos os momentos, eu sabia sempre que estava à minha espera: ar com a espessura de estar bem, de sorrir, como a juventude sem que importe a idade.

Apesar do esforço, Isabella nem sempre conseguia entender, mas não se incomodava, apreciava a escolha de palavras e o sotaque português que a velha senhora tinha retomado, após décadas de negligência. No entanto, o motivo que a levava ali todos os dias era de outro molde.

Antes, fora do hospital, lúcida e madame, dona Fátima nunca escondera que Isabella era a sua predileta em todo o puteiro. Uma das várias demonstrações desse favorecimento foi o negócio que lhe propôs mal a viu: se aceitasse acompanhar-lhe os restos mortais até Portugal, se garantisse que seria enterrada onde tinha nascido, torná-la-ia sua única herdeira.

Isabella dava risadas moles, respondia que ia viver muitos anos, que não valia a pena estarem a falar disso, mas não rejeitava a oferta. Sem insistir, pestanas postiças, batom vermelho, dona Fátima tinha mais de oitenta anos e distinguia-lhe luz no olhar.

Galveias era irreal nas palavras da velha:

O terreiro é uma praça do tamanho de cem praças. Não há nenhuma praça em Belo Horizonte com o tamanho do terreiro de Galveias. Que digo eu? Não há nenhuma praça em Minas, não há nenhuma praça no Brasil inteiro com o tamanho do terreiro de Galveias. É grande, menina, é muito grande.

Isabella escutava sem duvidar.

Mas a riqueza principal de Galveias são pessoas. Ai, menina, a minha terra é rica de tanta gente boa.

Essas conversas eram feitas em tardes de pouca freguesia no puteiro. Dona Fátima, desconchavada, sentada sobre almofadas, parecia que se encantava de uma tristeza feliz quando falava da sua terra. Essa expressão era o melhor esforço de Isabella para descrever aquele sentimento que, por momentos, levantava os ombros da velha: tristeza feliz. As outras moças não se interessavam por ouvi-la falar da espantosa capela de São Saturnino, construída em cima de nuvens, milagre flutuando sobre Galveias; nem da fonte de bicas fartas, a escorrer água fresca ou tépida, consoante o desejo daquele que se aproximasse para beber; nem dos paralelos de granito que pavimentavam as ruas de Galveias e que estavam assentes sobre um solo de ouro puro. Apenas Isabella, novinha, ficava de peito cheio, prestando atenção. As outras passavam de conversa feita, debatendo sabonetes e águas-de-colónia. Só se aproximavam em bando, risinhos e curiosidade mórbida, quando dona Fátima falava de salsichão.

Esse era assunto frequente. No princípio, Isabella achava que puxava o tema com vontade de atenção. Depressa percebeu que estava enganada. Nessa época, em toda a cidade de Belo Horizonte, havia apenas três putas com mais de oitenta anos. Dona Fátima era a única que trabalhava fiado. Tinha um caderno, onde anotava as dívidas. Um dia, perdeu-o e não se importou.

Ao falar, colocava a mão como se ainda os agarrasse. Tudo o que dizia era ilustrado pelos gestos que fazia com esse cacete imaginário. Orgulhava-se da abundância. Já tinha experimentado paus de todo o porte, cor e gosto. Alguns deixaram-lhe forte impressão, lembrava-os com gulodice. Às vezes, entusiasmava-se tanto a descrevê-los que começava a sentir pontadas no lugar onde, anos antes, lhe tinham extraído o útero.

Se me levares lá, é tudo teu, sussurrava dona Fátima no hospital, com súbito discernimento.

Morta, cumpriu a sua palavra.

Isabella fez a viagem entre Belo Horizonte e o Rio de Janeiro num camião que quase parava nas subidas. O caixão era tão leve que ela própria, sem ajuda, o conseguia carregar e descarregar, transportava-o debaixo do braço. Continuou noutro camião até Santos, São Paulo, e partiu para Portugal num cargueiro de toneladas. O caixão foi acautelado numa divisão frigorífica, ao lado de espetinhos de alcatra e de outros petiscos que se gastavam aos domingos, nos ranchos mais caprichados.

Ciosa das suas responsabilidades, Isabella acertou um trato com o cozinheiro: ela fazia-lhe certos favores e ele deixava-a visitar o caixão da velha. Assim, no frio, enquanto confirmava que estava tudo certo, ele esfregava-se nas costas dela, sôfrego, cachorrinho.

Após duas semanas de oceano, o porto de Leixões cumpriu a promessa de uma nova vida. Os marinheiros despediram-se chorosos, a fazerem beicinho. Isabella era paciente, já tinha visto muitos homens naquela fragilidade, abraçou-os mais uma vez, um a um.

Apanhou três comboios entre a estação de Campanhã e a Torre das Vargens. Dona Fátima descongelou logo à passagem por Espinho. Na companhia desse aroma, Isabella dispôs sempre de uma carruagem inteira. Até os revisores se negaram a picar-lhe o bilhete. Embalada, dormiu grandes sestas sem sonhos. A segunda classe pareceu-lhe de primeira categoria.

Isabella chegou a Galveias num carro de praça, com a cabeça fora da janela, olhando para todos os lados. O caixão ia amarrado na bagageira aberta, com a ponta pendurada.

O padre conhecia bem o nome de dona Fátima, filantropa benemérita que contribuíra anualmente para a paróquia, custeando sozinha os restauros da igreja da Misericórdia, da Matriz, assim como de várias capelas e nichos. A situação foi resolvida em menos de uma hora e meia: missa, toque de finados, o coveiro a acertar o monte de terra com a ponta da pá. Como prometido, após mais de cinquenta anos, dona Fátima regressou a Galveias, para ficar.

No cemitério, Isabella deslizava o esfregão pelo mármore. Aquele era um verão de muito pó. Molhava o esfregão no balde, encharcava-o e, quando o passava pela superfície da campa, lavava pouco. Precisaria de uma escova para tirar o encardido. Surpreendia-se com a sujeira que aquela pedra acumulava. Após nove anos, estava quase a admitir que talvez a tivessem enganado na compra daquele mármore mal polido, demasiado poroso. Nesse tempo, Isabella estava demasiado ocupada para pres tar atenção a esses detalhes. Sozinha, perante o espanto de gente que nunca tinha visto um brasileiro, montava uma padaria e uma boîte na casa que pertencera à família de dona Fátima.

Fez o que pôde. Não se enganou no nome, nas datas e mandou gravar: eterna saudade. Os retratos que lhe enviaram do Brasil em várias trocas de correspondência não eram adequados para esmaltar e aplicar no túmulo. A moldura oval ficou vazia durante cerca de meio ano. Em todas as fotografias, dona Fátima exibia uma evidente cara de safada. Com pudor, Isabella censurou-as. Por fim, decidiu utilizar uma imagem de Nossa Senhora do Rosário de Fátima. A coincidência do nome ajudava a justificar a escolha. O padre concordou na hora:

Com certeza, menina Isabella. Uma senhora tão devota em vida bem merece o olhar limpo de Maria a assisti-la na aventura celeste.

Fizeram pouco da minha filha, agora sou eu que faço pouco das filhas dos outros.

O pai da Tina Palmada chegou já bêbado, acompanhado por rapazes mais novos, de fora, sem respeito por ninguém. A música estava no máximo, mas não conseguia cobrir as vozes dos rapazes, relinchavam. Mal entrou, o pai da Tina Palmada bateu com uma nota de cinco contos no balcão e pediu uma garrafa de uísque. Os rapazes aclamaram-no em coro, grande homem. O pai da Tina Palmada, pouco habituado, sorria como um tontinho. Tinha tomado banho. Trazia a melhor camisa, desabotoada até à barriga. O sol queimara-lhe o rosto e o pescoço até às clavículas. Também a careca, sem boina, era branca; e era vermelha, azul, roxa, consoante as luzes da boîte. Às vezes, levantava-se e, a despropósito, gritava:

Fizeram pouco da minha filha, agora sou eu que faço pouco das filhas dos outros.

Isabella ordenou que Tina Palmada permanecesse na padaria. Tanta bijutaria e maquilhagem para nada. Nessa noite, com ligeiras indicações de alguma colega que fingiu ir à casa de banho, Tina Palmada assegurou a produção de pão.

Pouco passava da meia-noite, quando entrou Catarino, com má cara, enciumado. Tinha-lhe chegado ao conhecimento que o Palmada, depois de um petisco no Acúrcio, depois meia barrica de vinho do Chico Francisco, descera à boîte com um grupo da Ervideira.

Isabella sentou-se ao lado de Catarino. E ficaram assim, os cubos de gelo a derreterem no copo. Sem nada para dizer, Catarino olhava com desdém para os da outra mesa, como se esperasse uma desculpa. Quando um deles puxou a Paula para o colo, fez menção de se levantar, ainda embalou o corpo, mas Isabella agarrou-lhe o braço. Acalmou-o com uma festa na barba por fazer.

Às vezes, faltava-lhe descanso para lidar com o Catarino. No dia seguinte, os bêbados estariam sóbrios. Catarino demoraria mais a ultrapassar a sua circunstância, convencera-se de uma febre que confundia com sentimentos. Isabella escutava-o como se acreditasse em tudo o que lhe prometia. Sabia que não valia a pena forçá-lo a desistir, sabia também que dava jeito o dinheiro que ele deixava nas terças-feiras de fevereiro, quando era o único cliente. E mais, Isabella sabia muito mais. Afinal, tinha um avanço de onze anos, já bem entrada nos trinta e ele ainda agarrado à emoção dos vinte. Sobretudo, tinha todas as milhas daquele oceano, tinha segredos que jamais conseguiria explicar.

Quando passou para ir buscar mais gelo, um dos rapazes da Ervideira deu-lhe uma nalgada. Tinha a mão maciça, dura como rocha. No dia seguinte, ao baixar-se para entornar a água que sobrou no pé de um cipreste, ainda lhe doía. A enxaguar o balde debaixo da torneira do cemitério, ainda lhe doía.

Foi impossível segurar o Catarino, lançou-se em voo sobre os da Ervideira.

A Paula e a Filó só sabiam gritar. Talvez pela raiva dele, talvez pela preguiça alcoólica dos outros, Catarino demorou pouco a atirá-los porta fora. No outro lado da rua, encostado à parede, Miau assistia a tudo, aterrorizado. Aproveitando a ação, Isabella empurrou Catarino e fechou a porta, trancou-a. Ficou o silêncio da música em alto volume nas colunas. No mármore, começava a sentir-se o arrefecimento da tarde. Isabella tinha de regressar à boîte, havia muito trabalho a esperá-la, mas deixou-se estar, aproveitando o vagar do cemitério, distinguindo a aragem.

Na noite anterior, logo a seguir à bagunça, desligou a música e fumou um cigarro com as mulheres. Para acalmar, tomaram um par de copos de pinga, verdadeira, uma garrafa preciosa trazida do Brasil pelo primo de um primo, algo assim, neto de um tio da mãe que, no ano anterior, Isabella tinha ido ver a Lisboa de propósito. Estavam nessa descontra quando escutaram um ronco.

Era o pai da Palmada, caído entre dois sofás, ferrado a dormir.

Tentaram despertá-lo, mas estava de pálpebras pesadas, revirava os olhos ao tentar abri-los. Custava a levantar-se e a manter-se de pé. Tina Palmada encaixou-se debaixo do braço dele e acudiu-lhe. À porta, Isabella ficou-os a ver afastarem-se, a muito custo. Mesmo ao longe, entre resmungos de bêbado, com a língua presa, conseguiu ouvi-lo:

Fizeram pouco. Pouco da minha filha. A minha filha.

Agora.

E pareceu desistir, o silêncio, mas lembrou-se de repente: Agora sou eu. Eu é que faço. Agora sou eu que faço. Pouco das filhas dos outros.

Parada no cemitério, de olhos fechados, com os braços caídos ao longo do corpo, Isabella estava cansada de bêbados, cansada de mãos estranhas a agarrarem-na, cansada do Catarino, cansada do Miau, cansada do pão a saber mal, cansada daqueles dias, cansada daquela terra.

Se não fosse ele, já tinha partido.

A sopa entornou-se dentro da mala. Apesar de todo o cuidado com que a transportou, apesar de ter pedido ao motorista para acautelá-la com jeito no porão do autocarro, apesar de lhe ter pedido para não pôr outras bagagens em cima, entornou-se. Ainda se manteve bastante sopa na caixa plástica, mas a blusa às riscas ficou assinalada com uma nódoa fatal de caldo e gordura, já não a podia vestir nessa noite.

Em vão, como sempre, cansou-se a repetir que não queria levar a sopa. Indiferente, entre a roupa e os cadernos, a mãe conseguiu entalar dois quilos de laranjas, meio pão de ló, uma caixa com arroz de tomate e joaquinzinhos fritos, uma caixa com migas e entrecosto, a caixa da sopa e um molho de folhas de couve, presente para a dona Jú. No quarto de Lisboa, rua Morais Soares, Raquel tirava essas caixas e esses embrulhos da mala, aberta sobre a cama, e pousava-os na escrivaninha. Só a sopa vinha babosa, a pingar pelo bico da caixa. Desanimada, limpou-a com o pano que embrulhava o pão de ló.

Estava acostumada a essas viagens de autocarro entre Ponte

de Sor e Lisboa, há dois anos que as fazia de quinze em quinze dias. No primeiro semestre, no entanto, agoniava-se: passava por Montargil já a esconder arrotos chocos, Coruche andava à roda, Vila Franca de Xira era uma mistela de cores. Chegou a ter de encarar a vergonha de não se conter no corredor do autocarro: vómito aguado a escorrer para trás e para a frente, durante toda a viagem, consoante as curvas e a inclinação das barreiras.

Mas, nas férias de verão, julho e agosto, tinha suportado oito semanas sem pisar Lisboa. Tardes por detrás de janelas fechadas, a ajudar a mãe em tudo. Em três ocasiões, a vizinha bateu à porta para avisar que tinha telefonado uma menina Graça, colega de Lisboa, queria falar com a Raquel. Agradecendo muito, seguiu os passos da vizinha, ti Clara Rola a arrastar os chinelos, e ficou sentada no sofá, a olhar para o telefone na camilha, altivo e preto. Assustou-se sempre com a campainha, despertador de ferro.

Graça ligava de Tomar. As conversas tinham de ser curtas, minutos sorvidos que davam grande proveito às duas. Rodeada pelas fotografias de família da ti Clara Rola, a televisão desligada, os bonecos de loiça comprados na loja do Bartolomeu, o cheiro a refogado, Raquel animava-se com a voz da amiga. Voltava para casa a cantar baixinho.

Foi assim que combinaram ir à festa.

Mas porque é que vais já na sexta-feira? Porque é que não passas cá o fim de semana e vais no domingo à tarde?

A mãe não conseguia entender. O pai, claro, não se pronunciava. Raquel inventou uma desculpa mal-amanhada, que não repetiu muito porque não tinha gosto em mentir.

Dona Jú também não sabia da festa. Através da porta fechada do quarto, ouviam-se as vozes da televisão e os movimentos da senhoria na cozinha. Raquel abriu a porta.

Os passos no chão de madeira do corredor faziam abanar os copinhos expostos na vitrina da casa de jantar.

Dona Jú não sorriu quando recebeu as folhas de couve. Desde que se sentaram todos a acertar as condições da renda que, no regresso das viagens a casa, lhe trazia sempre uma oferta da horta. Pedindo licença, abriu o frigorífico e encontrou ocupado o canto onde guardava a sua comida. Dona Jú exasperou-se, ainda não tinha tido tempo de arrumar o frigorífico.

Voltou com as caixas para o quarto. Ligou o rádio. Abriu as migas e provou algumas garfadas. Através da banha e do pimentão, aquele sabor a enxofre. Raquel tossiu e fechou a caixa.

Precisava de um espelho maior. Não se conseguia ver naquele espelho redondo que lhe cabia na palma da mão. Afastando-o até à máxima distância do braço, conseguia refletir metade do rosto. A blusa verde, substituta da blusa às riscas, ficava bem com as calças azuis de pregas. Pôs o cinto vermelho por cima, moderna. O cabelo ficou direito com dois ganchos, acertou a franja entre os dedos. Não se demorou com a maquilhagem.

Então, na solenidade da luz do candeeiro, acompanhada pela música estrangeira que soava no rádio de pilhas, baixou-se sobre a mala aberta. Delicada, tirou umas meias brancas de algodão. Estavam enroladas numa bola, que desfez sobre a escrivaninha. Do seu interior, com a ponta dos dedos, tirou o cordão.

Ana Raquel.

Ao segurar o cordão, parecia ouvir o seu nome no tom mais repreensivo da mãe. Foi essa censura que a impediu de lhe contar. Para que servia o cordão se não pudesse usá-lo?

De certeza que o tio esperava que o usasse, a sua gentileza era prática. Sabia isso desde o dia em que se reencontraram, na sala da sua casa: o momento de janeiro em que recebeu o cordão. O sorriso do tio convidou a amizade, sentiu-se livre para lhe dizer tudo. O tio José Cordato tinha mais anos até do que a dona Jú e, no entanto, era bastante mais jovem no olhar. Se tivesse existido ocasião, Raquel poderia facilmente ter-lhe contado a ideia de levar o cordão para Lisboa, de certeza que iria entender e incentivá-la. Poderia também ter-lhe contado da festa.

Mas o tio estava a viver. Ao contrário da maioria dos velhos de Galveias, o tio estava disposto a viver. No centro da cozinha, zangada e a sussurrar, como se tivesse de precaver-se contra as pessoas escondidas por detrás dos móveis, a mãe dizia que o tio estava estonteado, ia ficar sem nada à conta da sua palermice. Raquel não concordava e ficava calada.

Achava perfeita a reconciliação que o tio tinha promovido com o avô, parecia uma cena de telenovela já nos últimos episódios. Raquel tinha aperfeiçoado a maneira de contar a história de modo a que conseguisse transmitir a importância e a comoção desse reencontro, o reforço dramático da chuva, as décadas de separação. Primeiro, nas cenas dos próximos capítulos, fragmentos sem som a deixarem suspeitar que iria acontecer. Será? Será? Depois, no instante preciso, a cena a acontecer, a desenrolar-se com palavras e silêncios, os olhares a absorverem a intensidade da banda sonora.

E o avô, sempre furioso com a avó e com o mundo, amansado de repente: ao lado do irmão no enterro. O coveiro e o ajudante preocupados com o desmoronamento da cova debaixo de tanta chuva, as pessoas reais a quererem apressar a cerimónia, e o avô muito longe, com o olhar preso ao caixão, enegrecido por um guarda-chuva que alguém lhe segurava sobre a cabeça, ao lado do irmão, amparado por ele: dois velhos, dois meninos.

Raquel lembrava a avó, colo que a recebia, mulher a seguir estações, alegre e despachada. Depois do enterro, também Raquel se admirou que todos fossem embora e deixassem a avó ali.

A mãe, o avô combalido, vestido com um fato demasiado largo para o seu corpo, e duas velhas regressaram à vila de boleia no automóvel do tio. Seguindo pela berma da estrada, Raquel e o pai mantiveram-se em silêncio. Aquele foi um tempo de chuva, cães de cabeça baixa, molhados, cheiro acre a atravessar os campos e as ruas, restos de algumas vozes partidas, pouca luz. O toque de finados, último lamento, parecia marcar o ritmo dos passos.

Galveias sente os seus. Oferece-lhes mundo, ruas para estenderem idades. Um dia, acolhe-os no seu interior. São como meninos que regressam ao ventre da mãe. Galveias protege os seus para sempre.

Raquel acertou o cordão no peito, por cima da blusa, admirou-o no reflexo do pequeno espelho. Estava pronta, por fim.

Do corredor, apontando a voz à cozinha, tentou explicar à dona Jú que não dormia em casa nessa noite, ia estudar com a Graça. Não conseguiu, claro. A senhoria chegou ao corredor a limpar as mãos a um pano da loiça. Não vinha dormir a casa? Precisava de esclarecer essa história. Dona Jú ouviu-a de olhos arregalados. Porque ia toda arranjada?

A tua mãe sabe disso?

Saiu. Tantas explicações quase lhe estragaram o penteado. Dona Jú não pareceu convencida, mas Raquel preferiu não pensar mais nisso. Já bastava as batidas leves na porta, com os nós dos dedos, em véspera de exames, ainda não passava da meia-noite, a pedir para apagar a luz. Ou, sem aviso, a desligar o esquentador da botija de gás a meio do banho, quando achava que já tinha passado muito tempo.

Cinco minutos é suficiente para se tomar banho.

A enxaguar o cabelo com água fria, Raquel insultava-a entredentes.

Estás a dizer alguma coisa?

Nada, não estava a dizer nada, velha dum corno, forreta de merda.

* * *

Em direção à praça do Chile, Raquel aproveitava aquela hora de Lisboa. Desviava-se dos carros encavalitados no passeio, desviava-se das decisões inesperadas e apreciava o início da noite: os faróis a piscarem, o calor dos canos de escape, tóxico doce. Em momentos como aquele, sentia mágoa por lhe parecer que os pais a desconheciam, principalmente a mãe. Exagerava nessa adolescência porque recordava pequenos rancores. Por exemplo: na primeira visita a casa da Dona Jú, quando se queixou à mãe do quarto interior, recebeu indiferença: Ora, assim não te distrais dos estudos.

Entre paredes, humidade e tempo, Raquel lembrou muitas vezes essa incompreensão e sentiu-se sozinha.

Outro exemplo: na escola secundária, na matiné do último dia de cada período, a pedir à mãe para ir à discoteca.

Antes do Natal, a responder:

Vais nas férias da Páscoa.

Antes da Páscoa, a responder:

Vais nas férias grandes.

Antes do verão, no último dia, a responder:

Vais para o ano.

No décimo segundo ano, no último dia, a responder:

Vais quando andares na universidade, se entrares.

Se entrares? Também a memória dessa desconfiança lhe doía. Sempre tinha tido as melhores notas de todas as turmas.

Funesto ia para essas matinés sem ela.

Os professores assinavam o livro de ponto e escreviam no sumário: despedida dos alunos. Na sala deserta, Raquel lá estava, sentada na sua carteira, a escrever o último sumário, a ser a única que realmente se despedia do professor, muito admirado por vê-

-la ali. Depois, ia para a estação da Rodoviária, sentava-se e ficava à espera.

Meio minuto antes da hora, chegavam os rapazes e as raparigas de Galveias, vinham transpirados, corados pelo ar da discoteca, cheiravam a cigarros e alguns fingiam que estavam bêbados. Nesses dias, havia sempre dois ou três casais que passavam a viagem nos bancos de trás, agarrados, aos beijos. Quando a camioneta da carreira saía da garagem, Funesto arrancava de onde estivesse estacionado e começava a segui-la. Às vezes, acelerava a fundo só para fazer barulho, só para se fazer notar. Raquel ficava inquieta. Entre Ponte de Sor e Galveias, Funesto ultrapassava a camioneta umas três ou quatro vezes, pelo menos. Na reta da Ervideira, ultrapassava-a de certeza; na reta da tabuleta, também. Cada ultrapassagem era acompanhada pelo alarido dos rapazes dentro do autocarro. Logo de seguida, abrandava e, depois de alguma invenção fiteira, lançava-se outra vez. Quando a carreira chegava ao terreiro, lá estava ele, parado, sem capacete, como se estivesse ali havia muito tempo, a fazer-se de novas.

Raquel sabia que ele se metia com raparigas nos recantos abafados da discoteca, mas não gostava que lhe viessem contar. Também não duvidava que havia raparigas nos bailes onde ia com os amigos em quase todos os fins de semana. Mas essas eram incertas como o vento; a verdade sólida, a certeza, era que voltava sempre para ela.

Conseguiam mais convívio em Ponte de Sor do que em Galveias. Se não estavam de amuo teimoso, ele podia chegar ao portão da escola e causar sensação. Sentado na mota polida, a pentear-se mal tirava o capacete, apresentava-se no auge do fino, passado a ferro. Então, debaixo de muitos olhares, ela aproximava--se. Passavam o intervalo com um par de frases.

Nos últimos meses, nas férias ou em fins de semana, havia o tema incómodo da mãe dele e do tio-avô dela. Raquel enternecia-

-se com essa história, romântica otimista; o Funesto não queria ouvir uma palavra sequer, enfurecia-se. Mas, por outros motivos, desde o segundo período do nono ano que baloiçavam nessa oscilação de humores. Nos dias em que conseguiam encontrar-se nos bancos do jardim de Ponte de Sor, faltas da professora de Francês, a mãe de Raquel, sem razão, recebia-a com má cara.

Em Galveias, deram um beijo. Nessa ocasião única, foram surpreendidos pela Maria Assunta, a mãe do Miau. Estavam na Azinhaga do Espanhol, encostados a uma oliveira. Raquel estava a meio de um mandado, tinha um saco de plástico com laranjas pousado no chão. A Maria Assunta deu com eles quando procurava o filho, achou-o a espreitá-los e a masturbar-se.

Dezassete anos, olhar no chão, ouviu tudo o que a mãe teve para lhe dizer, conversa séria.

Porque a gente espera o melhor de ti, Ana Raquel.

Em resumo: demasiado velho, pelintra, sem estudos, sem trabalho sequer.

Felizmente, nessa descompostura, a mãe nunca mencionou o nome dele. Jacinto, Jacinto, chama-se Jacinto, repetia Raquel dezenas de vezes a todos que lhe chamavam Funesto. Ofendia-se e chegava a corrigi-lo a ele próprio:

Já te expliquei que não gosto desse nome. Tu sabes o que é ser funesto? Sabes o que é uma pessoa funesta?

Lisboa guardava mistérios dentro de cada sombra. Com a exceção do inverno, a fazer-se de noite às cinco e tal, Raquel não tinha hábito de andar na rua quando caía o escuro. Era preciso uma certa prudência com as cidades. Ia um bocadinho encolhida, mas ganhava coragem ao cruzar-se com outras mulheres.

Comprou e picou bilhete, não valia a pena tirar passe para o mês de setembro. Eram quase dez horas, não havia muita gente na estação.

Durante as férias, Raquel sentira falta de estar no metropolitano. Não tinha saudades do andar das carruagens, as rodas de ferro a guincharem nos carris, mas sentira uma falta rara de estar assim, à espera debaixo daquelas luzes foscas, encantada com o cimento e o cheiro a óleo. No princípio, quando veio estudar para Lisboa, acreditou que faria o curso de História e que, logo a seguir, começaria a dar aulas na escola secundária. Via-se de pasta, vestida de professora, os alunos à sua volta a perguntarem-lhe se ia entregar os testes. Depois de tirar a carta e de amealhar o suficiente, havia de conduzir um carrito em segunda mão, que andasse, que fizesse o caminho Galveias-Ponte de Sor, Ponte de Sor-Galveias. Mas com o tempo, Lisboa desvendava-se e Raquel colocava outras opções.

Como um susto, o metropolitano chegou descontrolado. Parou sem explicação. As portas abriram-se e, assim que Raquel entrou, fecharam-se num estrondo bruto. Havia muitos assentos vazios, quase todos. Sentada e direita, reparou logo no homem que a olhava fixamente. Voltou o rosto para a janela: paredes de túneis negros a toda velocidade, como um purgatório assustador. No reflexo do vidro, os olhos acesos do homem não a largavam. Sob o bigode, acendeu um cigarro e ficou a lançar baforadas de fumo na sua direção.

Depois, quando se levantou, ele levantou-se também. Mal saiu, apressou o passo até começar a correr. Os sapatos desequilibravam-na. Sentia que o homem vinha com a mesma rapidez, sorrateiro.

Como combinado, Graça esperava junto à bilheteira. Falava com dois rapazes e ficou admirada quando Raquel chegou de rompante, com a respiração desordenada. O homem que a seguia passou lá longe, sem novidade. Aliviada e tímida, Raquel sorriu.

Os rapazes chamavam-se Lourenço e Víctor, estudavam Engenharia. Graça não tinha falado neles.

Estava uma bela noite, tinha lua e tinha estrelas, conforme comentou um dos rapazes, Víctor, que era o que caminhava ao lado de Raquel, lançando observações, tentando começar uma conversa. Ainda ao longe, já se ouvia a festa.

Por cinquenta escudos, recebiam um quadrado carimbado de papel, rasgado de um pequeno bloco. Não se podia perder, dava direito a uma bebida. Esse tal Víctor fez menção de pagar-lhe o bilhete, mas ela não deixou.

Era cedo, como disse a Graça, ainda não tinha chegado muita gente. Mesmo assim, Raquel admirou-se com a cantina, nunca a tinha visto naqueles enfeites: à meia-luz, sem mesas, o teto atravessado por cordões de lâmpadas coloridas e música em altos berros. Alunos do último ano estavam a servir bebidas no balcão onde, à hora de almoço, as senhoras da cantina serviam filetes de pescada com salada russa.

Almoçava na cantina todos os dias. Conhecia bem o dedo das cozinheiras para o peixe no forno ou para os hambúrgueres de peru. Era um paladar que antecipava enquanto esperava na fila, com a senha na mão, um talão que comprara na véspera e que guardava sempre na carteira.

Foi exatamente ali que conheceu a Graça, ambas de tabuleiro, sentadas entre colegas de turma. Nesse tempo de perguntas, respondia que era de Galveias e todos continuavam a olhá-la na mesma expectativa, como se não tivesse dito nada. Então, acrescentava Ponte de Sor e era como se falasse numa língua estrangeira. Por fim, dizia Portalegre e recebia a anuência de um coro chocho, já tinham ouvido falar. Esmorecida, Raquel continuava a comer o caldo-verde da tigela de alumínio, sabendo que tinha ido três vezes na vida a Portalegre.

Os rapazes foram buscar cerveja. Nesse meio fôlego, Raquel tentou perguntar à amiga onde os tinha conhecido, mas a música não deu autorização e, passados instantes, já eles regressavam, cada um a equilibrar dois copos de cerveja. Víctor ofereceu-lhe um, Raquel recusou, mas Graça já levantava o seu para um brinde, e Raquel acabou por aceitar.

Uma hora depois, faltava espaço à festa. Além dos que dançavam lá dentro, apertados, havia os que preferiam conversar no lado de fora, empolgados com a noite fresca e mil assuntos. Graça e o rapaz, Raquel já tinha esquecido o seu nome, estavam lá dentro, a dançar. Ela e Víctor estavam na parte de fora, a rir-se.

Pertencia ali. Concordava com a maioria das opiniões dele. Víctor fazia belas afirmações, Raquel escutava com a máxima atenção. No interior da cantina, num golpe súbito, o rock abrandou, transformou-se e apelou a emoções profundas. As luzes perderam a força. Uma multidão abandonou a pista.

Víctor propôs, Raquel não precisou de responder: entraram na cantina de mãos dadas. Giraram abraçados, muito lentos, passos invisíveis, olhos fechados. Aos poucos, foram rodeados por vários casais. Os cabelos de Raquel colados à transpiração do rosto dele. E permaneceram assim, em exposição, indivisíveis como uma torre, acompanhando a rotação do planeta.

Não existia mais nada.

Após tempo sem medida, quando regressou a música dos pulos, afastaram-se e respiraram fundo. Voltaram a sair.

A noite tinha mudado de cor. Havia mais dificuldade em falar, acanhados de repente. Graça e o outro rapaz aproximaram-se e preencheram a falta de prosa. Raquel limpou a testa com um lenço. Pousou a mão no peito.

E gritou.

Ficaram a olhá-la sem entender. Todos os que estavam em volta ficaram a olhar. Raquel tremia, continuava a tatear o peito e o pescoço, com as duas mãos, em pânico epiléptico, como se ainda tivesse esperança de sentir o cordão.

Graça tentou acudir-lhe, pediu para darem espaço, mas Raquel não queria espaço. Os rapazes, aflitos, entraram para a cantina e, resistindo a encontrões, joelhadas, investigaram o chão com isqueiros acesos.

Entre duas músicas, a perda do cordão foi anunciada ao microfone. Ninguém percebeu essas palavras roufenhas. A ponto de desfalecer, Raquel teve de aguentar até ao fim da festa. Sentada, a molhar a boca num copo de água, rodeada pelos cuidados da amiga e pelo embaraço dos rapazes, aguardou até que, por fim, acendessem a luz.

No chão, pisado sem pena, havia lixo, beatas de cigarros, cacos de garrafas, copos partidos, e havia uma camada de lama fina, cozinhada com pó, terra da rua, e pequenas poças de cerveja entornada. Encontraram dois porta-chaves, algumas moedas, canetas, uns óculos de sol partidos, ganchos de cabelo, brincos de plástico e o que parecia ser um cachimbo. Raquel continuou a procurar, imaginando o cordão tombado em cada canto, vendo-o naquilo que não existia. Esperou que varressem o chão e inspecionou todos os montes de lixo. Só depois o desânimo se transformou numa máscara dormente de apatia. O cordão da bisavó, feito de tempo insubstituível, mais precioso do que ouro, existia em algum lugar, submerso em Lisboa, assustado pela violência e pela incerteza, sozinho, perdido para sempre.

Maria Assunta chorou durante três dias seguidos. Tremiam--lhe os ombros enquanto descascava batatas, inclinada sobre o alguidar, sentada num banco baixo; chorava ao tratar dos coe-lhos, ao mudar-lhes a água, ao migar-lhes verdura; adormecia a chorar e, durante toda a noite, soluçava lágrimas que lhe escor-riam pelo rosto e que empapavam a almofada; acordava também a chorar e não parava sequer no momento de lavar a cara, a água limpa a desfazer o sal; com o choro, até lhe custava roer uma cô-dea de pão, engasgava-se vezes e vezes num púcaro de café.

Miau olhava para a mãe com o rosto sério da incompreen-são. Era também assim que olhava para certas conversas de tom sisudo. Vigiava a mãe ao longe, magoado por contágio.

Ó mãe, ó mãe.

Se ficava inquieto, aproximava-se e puxava-a pelo braço, como se pudesse mudar-lhe o rosto e o espírito. Mas só conseguia que a mãe chorasse com nova convicção. Aquelas lágrimas acu-mulavam muito. Maria Assunta sentia que chorava pela sua vida inteira.

* * *

Lembrava-se de uma manhã longa e pálida, todas as cores desbotadas. Vinda do terreiro com uma alcofa de compras, parou à porta da menina Aida, ouviu queixas sobre os Cabeças, trocou informações e desassossegos. Por desafio, essa hora ensolarada atravessou a sombra da casa e chegou ao quintal. Eram três ou quatro cachorrinhos de olhos fechados, a abrirem a boca, molhados pelas lambidelas da mãe. A menina Aida, sensível, procurava alguém que os estimasse. Maria Assunta não soube o que dizer. Sete anos mais tarde, ao recordar essa manhã, ainda lhe parecia ver a cadela, mãe humilde, natureza enorme, ainda lhe parecia ver o fundo do seu olhar.

O Miau, Carlos Manuel, com menos sete anos, era a mesma tropelia pegada. A fotografia que estava em cima da televisão tinha sido tirada por essa altura, mais ou menos: encostado a uma coluna romana, por detrás de um ramo de flores de plástico, mas que pareciam verdadeiras, risco ao lado, os olhos pequeninos de tanto rir com as macacadas que o fotógrafo lhe fazia. Essa fotografia foi tirada em dia de feira de outubro, em Ponte de Sor. Maria Assunta gostava dela, principalmente porque parecia conter o som das gargalhadas do filho.

Quando a cadela chegou a casa parecia um brinquedo. O Miau agarrava-a pelas patas de trás ou por qualquer ponta. Maria Assunta ralhava sem convicção porque sabia que a cadelinha tinha ossos tenros, não partiam, e porque via a maneira como se defendia, a morder com a boca cheia de dentes, a rosnar. O Miau ria-se dessas mordidelas na palma da mão, faziam-lhe cócegas. A cadela e o filho partilhavam um entendimento que comovia Maria Assunta com uma alegria de mãe. Nas tardes que o filho passou em casa a brincar com a cadela pequena, ela pôde descansar.

Custou a acostumar-se. Ele tinha sete anos acabados de fazer, quando ficava a vê-lo descer a rua, entre os outros cachopos. Com a mala às costas, ia influído e nunca olhava para trás. Maria Assunta via-o desaparecer e, por instantes, era como se o seu próprio coração tivesse desaparecido dentro do peito. Voltava à lida da casa ou, muitas vezes, aquartelava as trouxas de roupa suja que tinha para lavar no tanque do quintal. Anos depois, em manhãs como essas, a cadela deitava-se, amodorrada pelo reco-reco da roupa a ser esfregada, ensaboada, enxaguada.

Queria pensar nas melhores imagens, o filho bem-comportado, a brincar, mas era assombrada por tudo o que podia correr mal. Voltava a permitir liberdade no peito quando ouvia as vozes dos rapazes na rua, quando sentia a porta do quintal a abrir-se. Respirava de novo.

O filho não respondia às perguntas que lhe fazia, distraía-se. Nos cadernos, folheava páginas de gatafunhos e riscos. A professora chamou-a em dezembro e explicou-lhe que não era adequado que o Carlos Manuel continuasse a frequentar aquela escola. A olhá-la nos olhos, a professora informou que não tinham condições para cuidar de meninos como ele.

Nessa manhã, Maria Assunta regressou a casa com o filho pela mão. De mala às costas, Carlos Manuel não entendeu porque saía mais cedo, ninguém lhe explicou. Nunca mais voltou à escola.

Mal entrou nos nove, dez anos, a mãe deixou de conseguir segurá-lo em casa. Maria Assunta sabia de pessoas que tomavam conta dele na rua, chamavam-lhe a atenção se o viam a fazer mal, protegiam-no; mas também sabia de outros que pegavam com ele.

Custou a acostumar-se, mas não teve outra escolha. O filho cresceu, homem e menino. Ainda experimentou trabalhar de servente, mas fugia. Pediam-lhe para ir buscar um balde de massa, demorava a voltar, iam procurá-lo e tinha fugido. Maria Assunta dava-lhe banho ao domingo, vestia-o de manhã, preparava-lhe o café e via-o sair. Podia aparecer ao almoço ou não. Na época de certas frutas, laranjas, figos, apanhava barrigadas que lhe desarranjavam a tripa; noutras ocasiões, a mãe não chegava a saber ao certo o que comia. Para seu sossego, voltava à noite. Ficava a saber mais pelas nódoas da roupa ou pelos arranhões na pele do que por aquilo que lhe contava.

Nos últimos sete anos, o filho passava horas seguidas a fazer festas à cadela. Assim que se aproximava, ela levantava-lhe as patas e oferecia-lhe a barriga. Às vezes, ficava deitada de costas, com as quatro patas no ar, a revirar os olhos, regalada.

Também a cadela se dedicava à sua independência. Pouco antes do almoço, tinha o costume de sair. Não dava conta das suas voltas. Maria Assunta gostava de imaginar que ia procurar o Carlos Manuel, ia buscá-lo. Não havia nenhuma razão que apoiasse essa ideia, só muito raramente chegaram a casa ao mesmo tempo, mas precisava de pensamentos que a confortassem. Durante um par de meses, por exemplo, achou que talvez a professora nova pudesse receber o filho na escola. Mais de vinte anos depois, ainda achava que qualquer letra, por muito pequena, havia de dar proveito ao filho, nem que fosse apenas assinar o nome: Carlos Manuel. Da mesma maneira, com a mesma ilusão, por volta do Natal, regressava sempre a esperança inconfessável de que, sem aviso, o marido batesse à porta. Após tanto tempo, já não lhe guardava sentimentos bons ou maus, mas precisava tanto de descansar, precisava tanto de partilhar a responsabilidade e as perguntas. Assim, como estavam as coisas, Maria Assunta não podia morrer.

Antes mal acompanhada do que só.

Com o rabo cheio de passeio, a cadela voltava à tarde para dormir uma longa sesta, embalada pelo aroma do detergente nos lençóis a corarem ao sol. Mesmo a dormir, com o focinho pousado no chão, em posição de pessoa, era uma presença. Levantava-se à tarde e seguia ao lado da dona, na hora em que fazia a distribuição da roupa lavada e seca. Maria Assunta recebia o pagamento e, se havia novidades, podia ficar presa nalguma conversa. Com a mesma atenção, a cadela parecia contar as moedas e ouvir as notícias. Ao tratar do jantar, Maria Assunta sentia que eram as duas que cortavam as cebolas e esmagavam os alhos. Era assim desde o princípio do dia. Maria Assunta acreditava que acordavam ao mesmo tempo e, quando estavam só as duas, contava-lhe todos os pensamentos.

Depois de jantar, a televisão a fazer barulho, inspecionava-lhe o pelo com dedos meigos à procura de pulgas. A cadela olhava-a e reconhecia-lhe as intenções. Nessa hora, muitas vezes, Maria Assunta aproveitava para se queixar. O olhar da cadela era compreensivo, parecia o olhar de uma pessoa muda, preso no corpo de uma cadela. Nas primeiras vezes, Maria Assunta tentava convencer o filho a não sair depois de jantar: ia buscá-lo à porta da boîte, passava horas com ele, pedia desculpa aos clientes que entravam ou saíam e às mulheres que ficavam à porta. Durante um período breve, tentou proibi-lo: a casa fechada à chave, a voz ríspida, mas o filho partia coisas, empurrava-a e, ao fim de pouco tempo, ela acabava por ter de lhe abrir a porta.

Nessas noites, magoada, lembrava-se de quando o filho era pequeno: as pessoas a verem-no e a não falarem do seu rosto, a esconderem qualquer coisa; ela a olhá-lo e a querer ver apenas um bebé, ela a estender-lhe um dedo para que o agarrasse com a mão pequenina. Dentro de um silêncio envelhecido, as recordações faziam-na regressar a essa ternura por um instante, antes de tudo. Era como se, por um instante, as sombras se dissolvessem. Da mesma maneira, recordava a manhã em que a menina Aida lhe mostrou a ninhada de cachorros que tinha no quintal e lhe perguntou se queria escolher um, lembrava-se de ter ficado encantada com aquela cadelinha e de, mais tarde, enquanto tentava escolher um nome, tê-la visto a brincar com o filho e, respondendo aos seus próprios pensamentos, ter dito:

Cassandra. Sim, pode ficar Cassandra.

Foi à rua por desconfiança mas, depois, pareceu-lhe que tinha havido uma mão invisível a puxá-la, uma voz silenciosa. Cassandra estava à porta, encostada à parede, debaixo de uma tira de sombra, a arfar. Maria Assunta estranhou porque o costume era a cadela levantar-se, pousar as patas da frente sobre a maçaneta e abrir a porta assim, sem ajuda.

Em esforço, a tremer de frio ou de tontura, Cassandra passou ao lado das pernas da dona, ignorando-as, e seguiu pelo quintal até ao cantinho onde tinha uma caixa com água. Bebeu durante minutos seguidos, os olhos abertos, sem dar mostras de parar. Confusa, Maria Assunta estava diante dessa cena, enumerando hipóteses: talvez o calor estivesse a afligi-la. Desde janeiro que não chovia, Galveias aguentava meses de suplício, verão interminável. Maria Assunta preocupava-se também com o filho, por onde andaria?

Mas Cassandra ainda não tinha parado de beber. Lambia água à mesma velocidade sequiosa. Quando parecia que ia acabar a água, apontou o focinho para o lado e, com educação, vomitou um jorro branco.

Maria Assunta fez o que lhe pareceu certo. Principalmente, pousou-lhe a mão sobre a cabeça e deixaram-se estar as duas à sombra. O cheiro a enxofre fazia parte daquele tempo. Pronto, pronto, dizia, como se a acalmasse, como se quisesse acreditar que já tinha passado. Mais tarde, Maria Assunta percebeu que, naquele tempo, as pálpebras de Cassandra tinham o peso da morte. Quando conseguia levantá-las, conseguia levantar a morte, e olhava mais uma vez para a dona, cada movimento da sua respiração enferrujada, rouca, parecia o último. O pelo baço levantava-se devagar nessas inspirações doridas.

Morreu num ataque. De olhos muito fechados, cerrou os dentes, suportou uma dor profunda e morreu.

Maria Assunta sentiu esse instante na palma das mãos.

Tocou a morte com a palma das mãos.

Como se tivesse levado uma pancada na cabeça, afundou-se. Mas não conseguiu ficar assim, havia muito por fazer. Foi obrigada a reunir e reorganizar as cores. Transportando o peso que a oprimia, levantando-o, foi buscar uma saca e, com as suas mãos, com as próprias mãos que tocaram a morte, guardou o corpo de Cassandra. Levou-o às costas, carregando também um sacho.

Foi só quando voltou da Azinhaga do Espanhol, ferida, transpirada, que formulou o pensamento. Baixinho, os lábios disseram as palavras:

Envenenaram-me a cadela.

Ao entrar no quintal, o filho ainda não tinha voltado. A tarde continuava a existir. Maria Assunta olhou para a caixa da água, para o prato da comida, olhou para o lugar onde Cassandra se deitava e que ainda tinha a forma do seu corpo.

Chorou durante três dias seguidos, não resistiu.

O filho olhava-a e compreendia que, de repente, ia ter para sempre uma mãe que chorava. Pela primeira vez, teve medo dela. Nesses dias, saiu menos de casa, tentou consolá-la mas não lhe achou mudanças. Sentado à mesa, quando a mãe lhe pousava o almoço à frente, Miau continuava a segui-la com o olhar e, só muito depois, reparava no comer. Tentava apanhá-la de rosto seco. Na ideia dele, o problema estaria resolvido se a surpreendesse sem chorar.

Mas Maria Assunta tinha aberto portas dentro de si. Precisava de lavar uma mágoa antiga. Era choro necessário.

Nesse tempo, várias trouxas de roupa perderam a vez. Houve mulheres que vieram saber desse atraso. Algumas, menos precisadas de roupa, compreenderam e combinaram novos prazos; outras, por necessidade ou malvadez, recolheram a roupa e abalaram com dó ou enfado.

Ao terceiro dia, Maria Assunta despertou com outra alma. Atordoado, com os olhos a descolarem-se de ramelas, Miau enxaguou a língua seca com café, trocou o gosto de lama pelo sabor ácido do pão. Preencheu as gengivas com essa mistura. Admirou-se com o silêncio da mãe, com o seu rosto seco e severo, mas fez-lhe sentido e aceitou esse regresso ao costume.

Maria Assunta não esperava ajuda. Sabia que, mesmo no interior do desalento, era capaz de cumprir. Essa não era primeira vez em que, após uma decisão, iniciou gestos nos braços dormentes. Era como se não estivesse no seu lugar, como se outra vontade a usasse para fazer uma sequência organizada de movimentos. Maria Assunta compreendia o resultado e o propósito desse processo, mas não se animava. Apenas continuava, fazia o que tinha a fazer, cumpria.

Tranquilo, Miau saiu sem se despedir. Estava com falta de rua.

No quintal, Maria Assunta seguia a ordem lógica das tarefas e não reparou na manhã limpa, não reparou nos pássaros que ganhavam vida nos ramos do limoeiro. Enquanto tratava dos coelhos, libertou as galinhas no quintal: procuravam insetos, depenicavam pedras e, sobretudo, valorizavam a soltura. Depois, esvaziou o tanque de água suja, deu-lhe uma lavagem com uma escova e encheu-o de água limpa. Foi buscar três alguidares de roupa e começou pelas peças maiores.

Com as mangas arregaçadas, Maria Assunta mergulhava os

braços na água até aos cotovelos, avaliava-lhe a espessura. Na insensibilidade, esse toque ensaiava algum conforto.

Por cima do ombro, deixou que o olhar tocasse o canto onde Cassandra costumava deitar-se. Nas manchas, vultos, distinguiu-lhe a forma e a cor. Esqueceu o tanque e virou-se de repente, apontou-lhe o rosto.

Sem sair do seu agasalho, quase sem reparar na atenção da dona, a cadela continuou deitada na mesma posição. Maria Assunta regressou à roupa, não querendo acreditar, não ia permitir que os seus desejos a enganassem. Submergiu uma saia, passou-lhe sabão e esfregou-a. Num movimento súbito, virou-se e, quase indiferente, a cadela continuava o seu descanso.

Com vagar, pequeno passo seguido de pequeno passo, Maria Assunta aproximou-se e, inspetora, agachou-se diante do animal. Foi só nesse momento que a cadela levantou a cabeça. Ficaram a olhar uma para a outra, admiradas por motivos diferentes.

A duvidar, Maria Assunta não quis aproveitar-se daquela hora. A idade ensinou-lhe a cautela. No tanque, continuou o trabalho, tinha roupa para muitos dias. Às vezes, com mais ou menos direção, tombava o rosto no sentido de Cassandra, sempre esperando não a encontrar, mas distinguindo-a sempre. Noutras ocasiões, parava as mãos dentro de água e, inclinada, esperava pelo silêncio até distinguir a respiração muito leve da cadela.

Pouco antes do almoço, como em todos os dias, a cadela levantou-se e saiu. Abriu a porta sozinha. Maria Assunta correu incrédula e ficou a vê-la, cadela altiva, a descer a rua da Amendoeira. Quando desapareceu, Maria Assunta quis conformar-se, convenceu-se de que aquele pequeno milagre já era merecedor de gratidão.

Ainda assim, não conseguiu impedir a esperança, segredo ténue.

Com dificuldade, interrompida por si própria, pelo ruído

das perguntas na sua cabeça, Maria Assunta lavou apenas um lençol até escutar a porta a abrir-se. Teve medo de virar o rosto.

Era a Cassandra. Como se sorrisse, regressava do passeio.

A meio da tarde, o Miau chegou esfomeado de pão, com ou sem enxofre. Ao contrário dos outros rapazes, a mãe tinha de insistir que comesse o conduto. Maria Assunta reparou então que o filho pareceu não ver a Cassandra. Quase à noite, quase à hora de jantar, quando foi entregar roupa lavada e fazer contas, notou que as outras pessoas também não davam pela cadela e que mesmo os outros cães a ignoravam, não lhe sentindo cheiro ou temperatura.

Seguindo os seus horários, o Miau chegou, jantou e saiu. No interior da sua mania, tudo tinha voltado ao normal.

Também a mesa tinha voltado à textura lisa da fórmica, a cozinha tinha voltado à claridade crua da lâmpada fluorescente, ao cheiro do refogado, ao som garrido e cordial dos anúncios na televisão.

Maria Assunta e a cadela dedicaram o serão a estudar-se. Durante esse tempo longo, souberam o quanto precisavam uma da outra.

A culpa foi da lua. Havia demasiada noite a preencher o céu e os campos. A lua era pouco mais do que uma linha arqueada e, mesmo assim, continuava a minguar, como se quisesse desaparecer e desresponsabilizar-se. As estrelas cobriam o mundo de relevo, desenhavam outeiros na escuridão, propunham um terreno invertido, onde se pudesse imaginar outra vida. Mas essa luz miúda, poeira lançada ao ar, não tocava os cardos secos que encolhiam sobre o chão, opacos dentro do negro, não tocava as ervas sem cor, desembaraçadas pela aragem, sombras a restolharem silêncio.

O cão do Funesto era novo e ligeiro, tinha boa perna e podia com facilidade ter vindo a correr, mas o Funesto compadecia-se do animal. Levou-o de boleia na mota. A mão direita no guiador, em aceleração morna, e a mão esquerda a formar um ninho entre o colo e o depósito. Chegaram ainda com luz da tarde, já jantados.

O Cebolo guardava a pilha de cortiça durante o dia e aproveitava para pastorear quatro cabras, entretém que roía qualquer pedra e que lhe fazia companhia naquele brasido. O Funesto amanhou uma conversa tosca, pontuada por sorrisos simplórios.

Nenhum deles tinha pressa, mas o Cebolo preferia regressar ao monte debaixo de clareza. Por isso, houve um tempo em que o Funesto e o cão ficaram pasmados na imagem do Cebolo a afastar-se de motorizada velha, desconjuntada, a passo, acompanhando as cabras e o cão mal lavado que possuía.

Funesto acomodou-se numa pedra que parecia feita para assento. Olhava na direção da pilha de cortiça e pensava, acendia um cigarro, esgravatava o nariz, palitava os dentes ou coçava-se. A pilha ficava lá em baixo, a boa distância, dava talvez uns duzentos metros se alguém tivesse o zelo de medir. Desde o princípio da cortiça, em junho, que o Cebolo, com muito mais experiência, lhe apontou aquele posto. Ali, a altura dava-lhes capacidade de ver qualquer um que se chegasse à cortiça. Demasiado perto, perdiam muita vigia.

A culpa foi do cheiro a enxofre. Diante da Assomada, aquele cabeço apresentava-se de chapa para a banda do Cortiço. O cheiro a enxofre tingia o ar, perturbava os contornos da distância. Era uma peste que atacava a visão. Obrigava a fechar os olhos ou, pelo menos, a pestanejar; podia também lançar-se ao desenho das coisas e, através da noite ou do dia, fazia tremer as linhas da paisagem. As aparências podiam não estar certas, podiam ser cobertas por uma cegueira fedorenta. Além disso, o cheiro a enxofre arranhava a respiração. E, já se sabe, tudo o que mexe com a respiração tem influência no sangue e, logo a seguir, na cabeça das pessoas. É um facto anatómico.

Quando os faróis do carro fizeram a curva e contornaram a pilha de cortiça, estenderam raios de luz no campo, tocaram os refletores da mota, parada debaixo de um sobreiro descascado. O cão levantou-se a ladrar, engasgou-se na sua própria raiva. Se não o ouviram dentro do carro, foi pela lonjura e pelo esforço do motor, a atravessar sulcos daquela terra, fora da estrada. Alerta, Funesto levantou-se também.

Às vezes, punha-se a calcular o valor daquela cortiça. Não

penses nisso, dizia o Cebolo. Mas porque não? Funesto não encontrava razões para não pensar fosse no que fosse. Sempre tinha pensado em tudo o que lhe apetecia. Estavam ali pelo menos duas mil arrobas de cortiça, tinha a certeza.

Aquele muro de chapas empilhadas fazia-lhe luzir o respeito. Nos dias grandes da apanha, chegava um camião e pouco demoravam a carregá-lo. Lançavam-lhe as cordas, apertavam-nas com a força de três homens a puxarem ao mesmo tempo, atavam-nas com nós especiais e lá mandavam o camião pelas estradas. Equilibrando aquela altura de cortiça, inclinando-se nas curvas, sem pressas, haveria de chegar ao norte, à fábrica, ninguém duvidava disso.

Na sombra, Funesto chegou a ser testemunha dessas lides. Não mostrava as mãos para trabalhar, mas tinha curiosidade de pisco. Debaixo de calor criminoso, quando ainda faltavam horas para entrar ao serviço, dava-se à veleidade de obrigar a mota a fazer caminhos de terra, chegando aos sobreiros de homens encavalitados, às chapas de cortiças que eram aquarteladas em reboques de tratores e que, vindas de várias direções, das várias propriedades do doutor Matta Figueira, ali se juntavam e organizavam. Aquela pilha reunia a cortiça de todas as herdades. Os camiões davam-lhe bons desfalques, encolhia bastante depois de cada um, mas logo chegava um trator cheio e outro e outro. Desfazia-se com os camiões, refazia-se com os tratores. O doutor Matta Figueira tinha cortiça todos os anos. Os seus sobreiros, espalhados por terras até depois do horizonte, apresentavam todos os algarismos escritos no tronco com um pincel molhado na tinta branca. Esses números marcavam o ano em que se tinha tirado cortiça à árvore e, com contas simples, mais nove, o ano em que se poderia voltar a tirar.

A carabina foi-lhe entregue com uma explicação austera. O Cebolo não disse uma palavra, parecia um boneco a exemplificar a lição do manajeiro, homem rude, que gostava pouco de brincadeiras. Ele próprio dizia:

Gosto pouco de brincadeiras.

O Funesto tentava decorar cada procedimento e cada truque. A sua experiência de tiro resumia-se a meia dúzia de disparos com pressão de ar emprestada, apontando a dois ou três pardais e falhando sempre, mas a atenção dava-lhe ar de competência.

Esforçava-se por compensar a má vontade do manajeiro. Sabia que parte daqueles modos ásperos tinham razão encoberta. Depois de se ter mostrado inapto em vários ofícios do campo, foi o próprio Teles que pediu que aceitasse o Funesto como guarda. O manajeiro, claro, não gostou dessa notícia. O Teles pediu ao manajeiro. Antes, o doutor Matta Figueira tinha pedido ao Teles, o senhor José Cordato tinha pedido ao doutor Matta Figueira, a mãe do Funesto tinha pedido ao senhor José Cordato.

O manajeiro deu instruções sem lhe olhar para a cara. Como se estivesse a repetir algo para si próprio, explicou como carregar, engatar, desengatar e disparar a carabina. Cebolo era um modelo sem expressão, manuseava a arma, demonstrando tudo o que era dito.

Como uma ameaça, o manajeiro cravou-lhe os olhos apenas para dizer:

Ficas por tua conta.

Essas palavras significavam que ninguém se comprometia. Sem licença, era como se não soubessem que andava armado. Ficava por sua conta.

Na véspera, o Cebolo já lhe tinha dito essas palavras exatas, foi das primeiras coisas que lhe disse. Ao mesmo tempo, contou-lhe que os ladrões de cortiça tinham armas muito mais valentes e, numa descrição que o Funesto conseguiu imaginar ao detalhe, relatou-lhe a história do Alvim Raposo, que tinha feito aquele trabalho de guarda durante um par de anos e que, apesar do dinheiro, desistiu depois de um encontro noturno com gandulos da Ervideira.

Funesto analisou a carabina até se cansar. Tomou-lhe o peso e sentiu-lhe o coice em três ou quatro tiros que deu à noite, contra o tédio. Muito depois de puxar o gatilho, continuou a distinguir o eco desse estrondo a alastrar pelos campos. De madrugada, quando chegavam os primeiros homens ou, logo a seguir, quando chegava o Cebolo com as cabras, Funesto aproximava-se com a correia da carabina pelo ombro, alegre, como se não visse gente havia muito tempo.

Após junho, julho e agosto, após setembro quase inteiro, estava acostumado. A terra arrefecia devagar, repousava do seu incêndio. A pilha de cortiça era um corpo deitado no interior da noite, geometria negra, toneladas de solenidade compacta. Funesto chamava silêncio à extensa superfície que os grilos teciam.

A culpa foi do medo.

O carro lançou os seus faróis, luz de encandear. O cão ladrou de dentes arreganhados. Funesto levantou-se incapaz de escutar pensamentos, tinha o coração a dar-lhe murros no peito. Apagaram-se os faróis, continuou o motor. O cão estava louco, surpreendeu-se quando desligaram o motor e ficou sozinho na noite, subitamente injustificado.

Que momento era aquele? Funesto tentava decifrar a desordem que o rodeava e preenchia, era desordem fervente. O cão continuava a ladrar, nada podia pará-lo. O carro estava encostado à pilha de cortiça. Com dificuldade, sombras dentro de sombras, Funesto conseguia distinguir duas pessoas no interior do carro. O condutor abriu a porta e saiu, olhando em volta. O cão ladrava. Funesto gritou uma sílaba, ei. O condutor continuou a olhar em volta, inquieto, sem perceber talvez. Funesto voltou a gritar, ei. O condutor, voz grossa, fez uma pergunta para a escuridão, quem está aí? Funesto não gostou da voz dele, não gostou da pergunta dele, não gostou daquela desordem, não era aquilo que queria, não era aquilo que esperava, não era aquilo que estava certo. Precisava de acabar com aquele momento. Acertou a coronha da carabina no ombro, fechou um olho e disparou duas vezes. O cão compreendeu-o. Ao primeiro tiro, o condutor já estava dentro do carro. Ao segundo, já tinha arrancado numa nuvem negra de pó.

Com aceleração a fundo, o carro lançou-se em solavancos até chegar à estrada. Instantes, e tinha desaparecido, deixou o seu rasto a desfazer-se. O sangue abrandou no corpo do cão. O cheiro do pó assentou. Regressou a noite.

A força da música romântica não chegava para desfazer o amuo. Só metia aquela cassete quando ela entrava no carro, comprou-a para lhe agradar. Noutras horas, a cassete ficava guardada num compartimento ao lado do volante, numa gaveta de plástico onde ninguém mexia.

Isabella estava sentida pela humilhação de ser obrigada a baixar-se para atravessar a vila, encolhida, dobrada numa posição que lhe enxovalhava a roupa e a dignidade. Segunda-feira sim, segunda-feira não, Pedro Matta Figueira, o menino Pedro, apanhava-a à porta da boîte. Incomodava-se pouco que a vissem mas, por conselho do pai, sabia que não podia ostentá-la; se o fizesse, as conversas soltavam-se com o mesmo atrevimento.

Entraram na estrada de terra e, logo aí, essa mudança de barulho nos pneus trouxe descontração. Pedro respirou, pousou--lhe um braço no ombro. Isabella soube que podia levantar-se. Diante da herdade da Lameira, o carro abrandou, abrandou e parou. Enquanto Isabella arranjava o cabelo com os dedos e sacudia pó imaginário das roupas, ele procurava-lhe o olhar. Mas não podia ser assim tão fácil. Isabella ignorou as cócegas que lhe fez na perna com a ponta dos dedos, ignorou as tentativas para segurar-lhe uma das mãos. Sabia que estavam ali parados à espera dessa reconciliação, não avançavam antes dessas pazes, mas também sabia que as suas razões eram legítimas, mereciam apreço. Para quebrar o impasse e, sobretudo, porque o menino Pedro fazia o que queria com o seu coração, Isabella acabou por permitir que lhe segurasse a mão, deixou o seu olhar magoado coincidir com o olhar dele e, quando se aproximou de lábios em bico, aceitou-o.

Pôs a primeira, era um carro de mudanças macias, e avançaram dentro daquele tubo de luz que os médios esculpiam nas trevas. Seguiam devagar, a terra estalava sob os pneus, precisavam de contornar buracos e antecipar a ligeira irritação de pedras e pedregulhos. Pedro rodou a manivela, baixou o vidro e pousou cotovelo na janela aberta. O cheiro a enxofre apoderou-se do carro.

Isabella queria falar. A satisfação com que ele olhava para a estrada enervava-a. Não, não estava tudo bem. Isabella não era uma menina de vinte anos apaixonada pelo seu príncipe casado, não era uma babaca. Aprende-se muito na insensibilidade. Regra desde o começo do mundo: quando os homens casados querem algo, começam por se queixar da mulher. As coisas lá em casa não andam muito bem; vivemos juntos, mas já não há nada entre nós; estamos quase a separar-nos. Então, quando se aperta com eles, dando um pouco e tirando um pouco, passam à fase de prometer que vão deixar a mulher, mas precisam sempre de tempo. Só estou à espera do momento certo; a notícia vai arrasá-la, coitada; confia em mim, já falta pouco. Depois, o tempo continua a passar: os filhos, a casa, os sogros etc. E um dia, de repente, chega a notícia: adeus, o problema não és tu, sou eu. Grande novidade.

Mas Pedro nunca se queixou da mulher, nunca prometeu deixá-la. Isabella nunca lhe escutou esses lugares-comuns enjoativos, essas palavras repetidas mil vezes, pedaços de telenovelas tristes. Talvez esse fosse o problema. Talvez precisasse de ouvir essas mentiras. Desaprende-se muito na sensibilidade. Afinal, talvez fosse uma menina de vinte anos apaixonada pelo seu príncipe casado, talvez fosse uma babaca. Para Isabella, os nomes daqueles campos eram uma mistura de vozes na boîte, eram momentos em que os homens falavam entre si, indiferentes a ela e às outras mulheres, que aproveitavam para bebericar dos seus copos altos, vodka a fingir, uísque a fingir ou gim tónico a fingir, com uma rodela de limão verdadeira. Isabella sabia que estavam perto do campo da bola, mas não sabia mais. Tinha passado muitas vezes por aqueles caminhos, sempre no carro de Pedro, sempre de noite. De um lado e de outro, as planícies acabavam na escuridão. Às vezes, em pesadelos, parecia-lhe que estava sozinha naqueles campos mal iluminados. Acordava cansada e alegrava-se por voltar à realidade. Ali, como se estivesse distraída, podia esticar os dedos e segurar o antebraço dele, que tinha a palma da mão assente sobre o manípulo das mudanças.

Continuaram calados quando o carro saiu da estrada. Com profunda eloquência, a cassete dizia as palavras certas. Isabella sabia de cor cada nota daquela canção. Em silêncio, era capaz de ouvi-la na cabeça. O carro avançava com dificuldade pela terra, como se subisse e descesse pequenos montes abruptos. Isabella tentava manter a compostura. Sabia que Pedro ia agarrá-la com fúria mas, antes de se perderem nesse rodízio, queria falar.

Encaminhavam-se para uma enorme pilha de cortiça. Isabella entendia, era um abrigo para se esconderem do mundo. Pedro parou o carro, apagou os faróis, deixou a escuridão e, só depois, rodou a chave, desligando o motor e a música. Ao longe, um cão a ladrar. Ainda não tinham dito uma palavra, estavam apenas à espera, quando ele abriu a porta. Olhou através da escuridão e, entre os latidos, um grito de pessoa, ei; continuou a olhar, sem distinguir sequer os vultos das árvores, contornos de negro no negro, e outro grito, ei. Perguntou: quem está aí? Quando esperava por resposta, a explosão de dois tiros, um passou-lhe a zunir rente à barriga. Pedro entrou no carro, Isabella estava caída, sem posição; ligou a chave, a música da cassete continuou no ponto onde tinha parado, demasiado alta; Pedro acelerou sem se preocupar com os saltos do carro na terra, animal bravo, tão assustado quanto ele, máquina em pânico.

Acelerou incapaz de controlar a respiração, como se lhe faltasse o ar, como se não existisse ar suficiente. Depois de muitas curvas na estrada, chamou Isabella, abanou o seu corpo sem vontade, o queixo caído sobre o peito, demasiado cabelo. Sentiu a mão molhada e morna, os dedos cheios de sangue grosso e negro.

Entre todas as opções que lhe encheram a cabeça, Pedro Matta Figueira escolheu uma.

Funesto ignorou tudo isto até faltar pouco para nascer o dia. Não ignorou a terra, os grilos, o cão a dormir, os cigarros que acendia de tempos a tempos, um naco de pão e um coto de chouriço que trazia no bolso do casaco. Não ignorou a pilha de cortiça. Lendo as diferentes gradações da penumbra, tinha-se especializado em apurar o tempo exato até o sol mostrar a sua circunferência, acertava ao minuto.

Por isso, quando identificou o zumbido crescente de um motor e, depois, quando apareceu o jipe da guarda, soube que faltava pouco para nascer o dia. Levantou-se e ficou assim, não tentou esconder a arma, não tentou esconder as mãos. Seguiu o jipe com o olhar, como se também fosse capaz de prever a duração do seu caminho.

E a combustão lenta do cano de escape, a altura do pó à sua passagem, os faróis acesos a atravessarem o início da claridade. Funesto mexeu os lábios para segurar o cão quando o jipe parou diante da pilha de cortiça. Não foi preciso mais, o animal obedeceu-lhe no mesmo silêncio. Com botas mal escolhidas para aquele relento, o cabo da guarda e o Sousa fadigaram-se a subir o cabeço, resvalaram em torrões de terra, tropeçaram em sombras.

No posto da guarda, sem perigo de fuga, sentado ao lado da secretária onde o cabo escrevia à máquina com os indicadores, cada letra a estalar, Funesto ficou a saber que o menino Pedro entrou com a brasileira já morta no posto de socorros. Foi de lá que as freiras telefonaram para a guarda. Ou, na voz do cabo, lavrando o auto, ditando-o para si próprio: uma vez notificados, os agentes de autoridade dirigiram-se ao local da ocorrência, tendo chegado às cinco horas e quarenta e cinco minutos. Encontraram o indivíduo suspeito, de nome Jacinto tal e tal, bilhete de identidade número tal, residente em Galveias, na posse de arma sem licença regulamentar, tendo a mesma sido apreendida de imediato. Em interrogatório, o indivíduo suspeito não negou qualquer dos crimes de que se encontra indiciado.

Assina aqui.

Letárgico, Funesto tinha pouca força na mão.

Já a manhã ia bem entrada quando escutou a mãe a uivar. O cabo deixou-a vê-lo, mas não conseguiram falar. Quando tentava articular alguma palavra, o rosto da mãe transfigurava-se e a sua boca desfazia-se. Não havia nada que soubesse dizer.

Quando o cabo informou que estavam de saída para o tribunal, foi como se espetasse mais uma faca na Funesta. O senhor José Cordato, que tinha estado invisível e calado até aí, amparou-a e, com correção antiga, pediu ao cabo se podia transportar o rapaz no seu carro. Agradado pela importância das suas palavras, o cabo recusou:

Infelizmente, não posso permitir. O caso é demasiado grave.

O senhor José Cordato, compreensivo, segurou o braço de Júlia Funesta e, com a assistência de uma multidão de olhos à entrada do posto, ajudou-a a sentar-se no carro. Pouco depois, debaixo de espanto e clamor desarticulado, o Funesto e o Sousa entraram para a parte de trás do jipe. Seguiram em fila, jipe e carro, muito devagar, até Ponte de Sor.

A água acertava-lhe no rosto. Debaixo do chuveiro, o menino Pedro podia ficar sozinho. A vida desmoronou-se. Nos seus olhos fechados, sucediam-se imagens, ruínas: Isabella ainda entrava no carro à porta da boîte, logo a seguir estavam a conhecer-se havia anos, logo a seguir escutava a pronúncia com que repetia certas palavras, tudo joia, logo a seguir o sabor do seu hálito, o calor do seu hálito, logo a seguir o sorriso raro que lhe distinguia no olhar, por baixo da maquilhagem. Sucediam-se imagens: Isabella morta, Isabella morta, Isabella morta, o peso do seu corpo nos braços à entrada do posto de socorros, a última vez que lhe tocou.

Não seja ridículo.

A voz do pai atravessava-lhe os pensamentos.

Enquanto estivesse debaixo do chuveiro, não teria de suportar esse desprezo. A voz do pai era uma sombra de chumbo à espera de fechar as portas do escritório, à espera de lhe descarregar toda a desilusão em cima. Ali, podia evitar as interjeições nasaladas da mulher, encontros súbitos na sala ou nos corredores que o obrigavam a simular outro rosto, respondendo a perguntas frívolas no mesmo tom frívolo com que eram feitas. Ali, podia evitar a imagem do filho através das vidraças da janela, menino de nove anos, sozinho no pátio, diante do muro de hera, sem ninguém com quem brincar.

As notícias atravessaram Galveias sem dificuldade, atravessaram paredes grossas, anos de cal sobreposta. Com todas as palavras, Catarino ouviu a avó contar o sucedido a Madalena. De roupão, pijama e chinelos, a mulher de Catarino admirava-se, tapava a boca com a palma da mão. Da mesma maneira, recebendo notícias dadas por ela própria, a velha voltou a admirar-se com o enredo que narrava. Era demasiada história para Galveias: uma puta da boîte morta a tiro, o filho do doutor Matta Figueira apanhado com uma puta da boîte, o rapaz da Funesta a caminho da prisão. Era demasiado escândalo.

As mulheres não deram conta dos ouvidos abertos de Catarino ou do enjoo que o revirava por dentro. Apenas se aperceberam do modo intempestivo com que passou pelas fitas da porta do quintal.

Tentando que ainda a escutasse, projetando a voz trémula, dirigindo-se a um rapaz que nunca haveria de crescer, a avó perguntou:

Onde vais tu, Nuno Filipe?

Catarino entrou na garagem, abriu o portão, tirou a Famélia da espera, deu à chave, deu ao pedal, acelerou e saiu. Calando as conversas à sua passagem, acelerou a fundo pelas ruas. Não ia a lado nenhum, não tinha aonde ir. Ficou a dar voltas a Galveias.

Às vezes, a carrinha estabilizava num ronco que dava ideia de velocidade constante mas, de repente, sem explicação, era sacudida num estrondo de trovões. Sozinho na parte de trás, sem janelas, sem amparo, Funesto podia cair de joelhos ou de lado, podia dar um bate-cu ou, com surpresa, podia subir, sentir-se no ar e voltar a cair sentado naquele pequeno banco.

Ao sair do tribunal, a mãe a acompanhá-lo até à entrada da carrinha, desfeita em choro e em baba, os guardas de Ponte de Sor sem lhe dizerem nada, mas o Funesto a ser um adolescente envergonhado, subitamente consciente da manhã, da nitidez real daquele momento. Perdida, a mãe a lançar-se sobre ele, a agarrá-lo, e ele atacado por pudor ao sentir o corpo da mãe, com o rosto coberto pelas suas lágrimas mornas, pela saliva dos seus beijos. Funesto teve vontade de apressar o passo e de saltar para dentro da carrinha mas depois, lá dentro, custou-lhe quando, no quadrado das portas abertas, ficou a imagem chorosa da mãe ao sol e, logo atrás dela, o senhor José Cordato, estranho a doer-se com uma situação que não lhe dizia respeito, velho com manchas na pele; custou-lhe quando os guardas fecharam a porta e o mundo, os gritos descontrolados da mãe.

Antes, na chegada, acompanhado pelos guardas de Galveias, subira aqueles degraus e, ao entrar no edifício do tribunal, trouxera inquietação ruidosa àquele silêncio de mármore. Então, foi entregue. Falaram dele como se não estivesse ali e esperou numa sala com um guarda encostado à porta aberta do corredor, que ia falando com a mulher da limpeza e que cumprimentava quem passasse com voz grave. Existia ali um quotidiano.

Como em todas as vezes, quando o agarraram pelo braço, não sabia para onde se encaminhava. Entrou numa sala com um juiz e uma rapariga a escrever. Enquanto respondia a perguntas sobre o que tinha acontecido, dizendo sim na maior parte das vezes, confirmando afirmações, Funesto reconhecia aquele cheiro a madeira antiga, cheiro a requinte encerado. Ao mesmo tempo, envergonhava-se das suas roupas de trabalho, a porem-no na ordem, a tirarem-lhe razão: meias sem elástico, calças sujas de terra, camisa transpirada, casaco velho e desbotado. Depois de tanta espera, demorou pouco diante do juiz. A mãe e a carrinha estavam a esperá-lo. Nas subidas, quando começava a perder balanço, a carrinha redobrava o esforço. Quando se ambientou à monotonia do caminho, Funesto lembrou-se da mota, parada debaixo do sobreiro, abandonada. Alguém havia de levá-la para casa. Tinha a chave posta, esperava que a estimassem. Ao menos, o sobreiro que a protegia da noite também havia de protegê-la do sol. Àquela hora, de certeza que o cão já tinha voltado para casa, havia de esperá-lo durante o tempo que fosse preciso.

Raquel, lembrou-se da Raquel. Imaginou a mãe dela, regalada, a dar-lhe a notícia pelo telefone. Imaginou-a baralhada. Teve pena de, nesse instante, não poder estar perto para explicar tudo. Mal pudesse, ia escrever-lhe uma carta. Podia escrever cartas da prisão? Aquilo que não sabia dava-lhe vontade de vomitar.

As estradas até Elvas eram infinitas. Sem noção de onde estava, distinguia os guardas lá à frente, entre o barulho da carrinha, a terem de levantar a voz, em diálogo sobre qualquer miudeza. Com uma espertina que lhe ardia nos olhos e lhe acendia um ponto incandescente no cérebro, Funesto admirava-se com uma vertigem: ontem, seguro, assente em certezas, e, naquele momento, todas as expectativas arrasadas. Sem respirar: o espaço deixado pela ausência de uma vida inteira e, à bruta, ocupado pelo imenso desconhecido.

Custava-lhe acreditar que estava ali. Àquela hora, normalmente, estaria a dormir. Os barulhos da mãe na cozinha, panelas de alumínio a chocarem, fado na rádio, a entrarem-lhe pelo sono, os sinos da igreja a darem horas que não identificava, os pássaros no lado de fora da janela. Quando chegava à cozinha, com mau hálito, a mãe corria para lhe servir o almoço, sopa, peixe frito. As tardes estendiam-se. Já não era cachopo para ter medo do calor e, por isso, depois de se entreter com qualquer afinação da motorizada, depois de lhe dar polimento, havia de chegar ao café do Chico Francisco, onde o esperava uma cerveja e discussão acerca do Benfica. Jantava cedo, comida que não se dava ao trabalho de aquecer e que a mãe tinha deixado em cima do fogão, antes de abalar para a casa do senhor José Cordato.

Mas estava ali. Derrubado pelos buracos da estrada, caía e voltava a sentar-se.

Conhecia aquela brasileira. Funesto já tinha entrado na boîte meia dúzia de vezes. Entrara sem interesse, puxado por companheiros e por noites mal amparadas. Já tinha pago bebidas àquela brasileira. Recordou a gentileza com que falava, sotaque a sorrir, e as mamas não muito grandes, à solta numa camisola de alças. Faltava-lhe memória para refazer essas conversas desimportantes, mas lembrava-se bem de estarem os dois, leves e animados, sem imaginarem que, um dia, ia matá-la.

Nessa hora, se alguém lhes tivesse dito que, no futuro, existia um momento em que ele ia dar-lhe um tiro e matá-la, seria impossível acreditar.

O futuro está cheio de momentos impossíveis à espera de acontecerem.

Funesto era capaz de imaginar Galveias a falar dele: o carteiro a distribuir o correio e a reunir todas as versões; as opiniões dos jogadores de sueca no café do Chico Francisco; o pessoal do campo, entre o ramerrão das cigarras, diante da pilha guardada pelo Cebolo, à procura de sombras da noite anterior; as mulheres à beira do mercado, com alcofas de melões e tomates maduros para a salada; os velhos do jardim de São Pedro a desfiarem teorias fatais; os desocupados na barbearia do Ernesto, sem intenção de fazerem a barba ou de cortarem o cabelo, sentados à volta da cadeira de barbeiro vazia; os cachopos a tentarem perceber, antes de jogarem à bola na Azinhaga do Espanhol, os mais velhos a explicarem aos mais novos.

Mesmo fechado na carrinha, caixão de lata, sem mais do que algumas linhas de luz, Funesto conseguia distinguir quando passavam por alguma terra: os pneus nas ruas de paralelos, o som do motor a abafar-se entre paredes. Por isso, sentiu quando entrou em Elvas, mas estava já sem esperança.

A carrinha parou.

O sol demasiado forte acertou-lhe nos olhos. Os guardas

seguraram-lhe os braços e levaram-no, rodeado por branco incandescente. Houve um momento em que esteve parado à frente do portão. Para os guardas que o receberam, aquele não parecia ser um assunto sério. Como se reconhecessem uma história velha e cansativa, que já sabiam como acabava, escutavam a descrição dos guardas que o tinham trazido de Ponte de Sor. Funesto, imóvel e silencioso, valia menos do que a caneta gasta com que preenchiam os papéis.

Assina aqui.

E a folha a ser-lhe puxada da frente, todos os gestos a serem feitos com bruteza hostil. Encaminharam-no para uma sala onde lhe esvaziaram os bolsos até não ter nada, até ganhar a certeza de que consistia apenas no seu corpo e nas suas ideias erradas.

O cheiro do lugar era diferente, a cor da sombra também era diferente. Ainda assim, tudo era nítido até à linha mais fina, até ao detalhe, até ao ponto de pó. Funesto assustava-se com ruídos distantes, a atravessarem as paredes. Começou a tremer, pareceu engolir em seco todo o seu medo. O guarda apiedou-se e usou modos brandos para o fazer acompanhá-lo. Avançaram por um corredor. O guarda abriu um portão com uma das chaves, o barulho longo e intrincado da fechadura, grandes peças de aço a encaixarem-se umas nas outras, e fechou-o com um estouro de ferro, seguido pelo mesmo barulho longo. E avançaram por outro corredor. E o guarda abriu outro portão com outra chave, o barulho da fechadura a demorar tempo, e fechou-o, o mesmo estouro, as mesmas voltas da fechadura, mas a trancarem, como se trancassem o Funesto no interior dele próprio.

De repente, Galveias e o mundo deixaram de existir. De repente, nenhum gesto podia ser desfeito.

Sôfrego, abriu a porta como se a arrombasse. Os dedos a tremerem, demasiado ansiosos para o melindre da chave, o ombro a atirar-se à porta com todo o peso do corpo. Avançou pelo corredor sem reparar nos objetos que pisava, a estalarem debaixo dos seus passos longos. Na cozinha, puxou uma cadeira, empurrou para o chão alguns papéis com o antebraço, e subiu. Da cadeira, subiu para o lava-loiças, encontrou espaço para firmar metade do pé. Agarrou-se ao armário e, lá em cima, sobre uma camada de pó negro, esticou o braço até alcançar a garrafa.

O enterro parecia que não acabava. O padre Daniel tentou abreviar a cerimónia, ninguém estava a prestar atenção ao que dizia mas, mesmo assim, as constantes interrupções das mulheres da boîte, a Paula e a Filó a quererem atirar-se à vez para cima do caixão da brasileira, atrasaram muito o desfecho. As viúvas que acompanham todos os enterros fizeram questão de não participar mas, por coincidência, à hora certa, estavam todas a lavar as campas dos falecidos, espalhadas pelo cemitério, com os pescoços esticados, a darem fé.

Além do coveiro e do ajudante, além das mulheres da boîte, o enterro esteve fraco de assistência: apenas alguns homens sentimentais, o Catarino entre eles, vindos de várias terras das redondezas, ingénuos, com a ilusão de importância individual no coração de Isabella. A família Matta Figueira enviou um representante: o Teles. Antes de perderem a compostura, chorosas mas ainda capazes de falar, a Paula e a Filó gabaram essa diplomacia, impressionaram-se com a dignidade do gesto da família Matta Figueira. Empoleiradas em sapatos de salto alto, uma e outra viram-se aflitas no caminho entre a capela de São Pedro e o cemitério. Cada vez que pousavam mal o pé, sob grande risco de luxação no tornozelo, havia sempre algum homem por perto a ampará-las.

Na capela, Tina Palmada e o Miau passaram a noite sozinhos com a brasileira à frente, deitada no caixão. A Paula e a Filó passaram a noite a fazer pão como, de certeza, seria vontade da defunta. A meio da noite, por volta das duas ou três da manhã, entrou a Madalena, a mulher do Catarino. Disse um boa-noite muito sumido, aproximou-se do caixão, olhou bastante para Isabella, tocou-lhe na mão e saiu. Tina Palmada e o Miau não estranharam e não comentaram essa visita com ninguém.

No cemitério, depois de cobrir o caixão com terra, o coveiro ajeitou três ou quatro ramos de flores. Entre eles, faltou um ramo da família de Isabella. Sob outro fuso horário, sob outra estação, ainda não tinham sido avisados. Naquele preciso momento, sem informação, talvez estivessem a tomar picolé em lugares aonde Isabella nunca mais voltaria.

Afinal, Isabella ficava para sempre no cemitério de Galveias.

Nessa hora, o padre Daniel já não queria estar no cemitério, a ser testemunha de melancolia queimada por sol agreste. Mas, depois de ter saltado páginas inteiras do missal, depois de ter dito o pai-nosso em ritmo de zumbido, quando já se preparava para voltar a casa, sentiu uma mão a segurar-lhe o braço: era o Teles.

Arrependeu-se muitas vezes de ter saído de casa a seco. De manhã, num impulso, achou que era capaz de passar o dia sem molhar o bico. Com essa influência, chegou à capela de São Pedro a cumprimentar muito bem os homens que já esperavam do lado de fora. Foi no caminho até ao cemitério, enquanto seguia à frente da carroça funerária, que começou a sentir os olhos a picar. Diante da cova aberta, antes de abrirem o caixão pela última vez, só escutava um pensamento dentro da cabeça. Era como se os dentes se rasgassem das gengivas, era como se o próprio sangue lhe pedisse. Então, quando ia para sair, alheio, uma mão segurou--lhe o braço: o Teles.

Ali, naquele momento, as palavras de circunstância eram obrigatórias. Sim, uma pena. Sim, lamentável. Sim, é a vida. E, logo a seguir, aquilo que realmente tinha para dizer: o doutor Matta Figueira queria uma missa com papas de milho na capela de São Saturnino. Os feitores andavam aflitos e, de boina na mão, pediram ao doutor Matta Figueira se lhes podia dar uma missa com papas de milho na capela de São Saturnino. Não lhe pediram diretamente, claro. Pediram ao Teles, que pediu ao doutor. Não precisou de pensar, aceitou logo.

Nove meses sem um pingo de chuva é erro de Deus. Em abril, buliu uma certa aragem que levou alguns a crer que trazia molha, mas nada. Em maio, um dos feitores desenvolveu uma suposição acerca dos riscos dos aviões no céu. Sem nuvens à vista, ele teimava que faltava pouco para chover, mas nada. A missa e a generosidade das papas de milho haviam de aguçar a lembrança do Senhor. Talvez se tivesse esquecido de Galveias.

O padre estava tão cego que não deu resposta a essa heresia, só queria despachar-se. Com uma pressa diferente, o Teles achou que aquele era o momento para mostrar que conhecia a tradição das papas de milho em Galveias. Enquanto falava, possuía a comoção dos simples.

Em tempo de seca bruta, é costume os agrários de Galveias oferecerem uma missa na capela de São Saturnino e papas de farinha de milho a toda a população. O Teles explicava que alguns feitores garantiam que, quando o povo voltava a casa, já se distinguiam nuvens e que, muitas vezes, chegou mesmo a chuviscar.

O padre confirmou tudo, tentando limpar-lhe o espanto da cara e seguir o seu caminho, mas o Teles queria marcar dia e hora. Não nesse sábado, daí a dois dias, mas no seguinte. Quando apertaram a mão para fechar o acordo, no cemitério já vazio, o padre só queria fugir, mas o Teles continuava a agarrá-lo.

Não sentiu o caminho, nem o sangue grosso a passar-lhe pelas têmporas, nem os sapatos a patinarem na travessa da Manteiga. Bebeu do gargalo, não precisou de copo. Bebeu de pé, encostado ao lava-loiças cheio de pratos mal encavalitados, atravessados por restos coalhados de sopa da ti Inácia. Depois de meia garrafa de vinho tinto, saciou-se o suficiente para respirar fundo.

Tinham passado mais de dez anos desde que, por vergonha, dispensara os serviços da ti Inácia e, mesmo assim, continuava a esconder garrafas pela casa, escondia-as de si próprio.

Sempre que a ti Inácia batia à porta, o padre abria apenas uma nesga e, de repente, atravessava o corpo para receber uma panela com carne guisada, ou uma terrina de sopa, ou o bacalhau cozido da consoada, e para lhe tapar o ângulo de visão. Ela já não tentava espreitar, desinteressara-se, mas ele continuava a fazer esse movimento por precaução.

Com o padre anterior, muito diferente do padre Daniel, a ti Inácia era nova, era tratada por menina Inácia. Quando a mãe lhe explicou que ia trabalhar para o prior, ainda não tinha feito vinte anos. Nesse tempo, morava no São João e vinha todos os dias a pé, chegava de manhã, ainda de madrugada, e saía à noite. O padre Madeira era um senhor bem-disposto, com mais trinta anos do que ela, gentil e paternal. Más-línguas de gente insidiosa, que muito a fizeram chorar, espalharam calúnias infames. Assim se atemorizou um projeto de namorado que chegou a ter, nesse tempo, tímido pretendente que foi para a tropa e nunca mais voltou. Inácia não se casou, mas não lhe fez falta. Nessa altura, já era muito amiga das freiras do posto de socorros e já se tinha adiantado em leituras bíblicas. Na missa, levantava a voz para entoar os cânticos.

Quando os pais faleceram, Deus os tenha em descanso, mudou-se para a casinha arrumada ao adro. Passaram missas do galo sucessivas, quaresmas de peixe frito, longas procissões do Senhor dos Passos. Um dia, chegou o padre Daniel, também afável, mas com menos trinta anos do que ela e a tratá-la por ti Inácia. Com a mudança de padre, envelheceu de repente.

A travessa de carne que estava encostada ao cotovelo do padre foi assada no forno da ti Inácia. Após dois ou três meses, intocada, tinha ganhado uma cobertura de bolor peludo. À volta da travessa, em toda a bancada, no tampo da mesa, no lava-loiças e no chão, havia loiça suja e restos de comida podre, havia boletins paroquiais que chegavam pelo correio para ninguém ler. O padre Daniel já não abria o frigorífico, que contribuía para a cozinha com aquele zumbido e com soluços periódicos de máquina triste. Havia muito que o padre deixara de imaginar o seu interior.

Zero garrafas à vista. As cheias eram distribuídas por vários esconderijos da casa, sempre os mesmos; as vazias eram guardadas debaixo do lava-loiças. Saíam de lá numa cesta de palha, tapadas com um pano, e quando voltavam da taberna do Almeida iam para os esconderijos. No caminho, o padre esforçava-se por não as fazer tilintar, mas todas as pessoas que cumprimentava sabiam o que levava na cesta.

De olhar embaciado, com os músculos das faces finalmente descontraídos, o padre Daniel ignorava a travessa bolorenta de carne. Não precisa de se incomodar, disse à ti Inácia quando a recebeu. Era o que dizia sempre e, se fosse capaz de convencê-la, teria preferido que deixasse de lhe levar comida. O embaraço dessa relação tirava todo o proveito que pudesse ter. Petiscava uma ou duas porções fingidas e deixava estragar o resto. Então, num dia diligente, disposto a tomar uma atitude, enxaguava as panelas, as travessas e as terrinas da velha. Devolvia-as, com pedidos reiterados para que não se incomodasse, apresentando argumentos, suplicando. Mas a ti Inácia já não estava em tempo de aprender modos novos e, depois de pouco, lá estava a bater à porta e a entregar sopa de feijão com massa, carapaus de escabeche ou, se tinha acabado de receber a reforma, borrego assado no forno.

Estás a olhar para quê?

Virou-se e lançou essa pergunta à estatueta de Cristo. O padre Daniel estava já com os olhos esbugalhados, as faces quentes, a língua seca a precisar de ser enrolada na boca. Havia uma distância fosca entre ele e tudo o que o rodeava. Nesse nevoeiro, nessas cores, estava a estatueta de Cristo, desenhada com nitidez, corpo de gesso, coração exposto à frente do peito, coração estilizado a espalhar luz, cabelo comprido, auréola traçada a compasso, e olhos azuis, inundados de uma piedade que, naquele momento, o padre levou muito a mal. Repetiu:

Estás a olhar para quê?

A arrastar papéis, dirigiu-se à estatueta. Firmou-lhe as mãos na base e, combinando o balanço do corpo e a força dos braços, levantou-a. Queria virá-la para a parede, não suportava o julgamento daquele olhar. Segurando a estatueta, apertando-a de encontro ao peito, deu dois passos pequenos para trás, tentou equilibrar-se no chão desnivelado, enfrentou esse declive, mas a figura ficou pesada de repente e não conseguiu evitar que lhe escorregasse das mãos. De encontro ao chão, fez um barulho seco, maciço. Foi uma sorte não lhe ter caído em cima dos pés.

Baixou-se muito devagar. Puxou o ombro da estatueta, o

manto liso. Um lado da cabeça, a testa e uma sobrancelha estavam desfeitas. Com metade da cara a esfarelar-se, continuava a olhá-lo fixamente.

Deixou a estatueta. Voltou à garrafa, segurou-a pelo gargalo. O estômago deu sinal, como uma trovoada distante. Soprou com toda a força, mas tinha o fôlego cansado ou talvez o ar estivesse mais espesso, mais morno; soprou como se tentasse encher um balão furado. E sentiu o bocal da garrafa nos lábios, vidro grosso e verde. E sentiu o vinho a atravessá-lo. Arrumou a garrafa debaixo do lava-loiças, ao lado de outras. Pouco certo, contornou a estatueta tombada do Sagrado Coração de Jesus, avançou pelo corredor e saiu. Ia para a taberna do Acúrcio, já não tinha vergonha outra vez.

O toque do sino enchia o adro. Estendia-se por toda a vila, enfraquecendo debaixo de sol e lonjura. No São João, no Queimado, na Deveza, o toque do sino parecia uma lembrança antiga, conversa do tempo de gente que já cá não está. No adro, substituía ideias, proibia outros pensamentos. O padre Daniel não queria levantar a cabeça do sofá onde dormia. O toque do sino, no entanto, continuava a repetir-lhe essa condenação. Era domingo, aquele era o toque que chamava para a missa. Levantou-se embirrento com a pontualidade do sacristão. Para que era preciso aquele alarido? Para chamar o mesmo bando de velhas mancas? A cachopada reguila dos bancos da frente não precisava de chamada. As freiras obrigavam-nos a ir. Se faltassem, perdiam a vez na excursão da catequese a Nazaré.

No lavatório da casa de banho, molhou a cara com as duas mãos e mudou de opinião. Esse segundo despertar foi todo composto por otimismo. A água renovou-o. Era como se aquele fosse um domingo da sua mocidade, dia de festa no seminário. Limpou-

-se bem, esfregou a cara com a toalha. De pestanas despenteadas, deteve-se no reflexo dos seus olhos no espelho oxidado e fez várias promessas a si próprio. Antes de sair de casa, antes de atravessar a porta da rua, pensou dez vezes em ceder aos esconderijos e adiar essa decisão. Mas esses repentes eram fracos quando os comparava com o que queria mesmo naquele momento, o padre Daniel achou-os normais perante tantos anos de álcool.

O adro cheirava a enxofre. O seu sorriso esbarrou na admiração das velhas com que se cruzou. Chegado à sacristia, vestiu a batina. Esfregou os olhos, empurrando-os ligeiramente para dentro. Quando tirou as mãos, assustou-se com o sacristão parado à sua frente. Tenório era bom rapaz, simples e cumpridor, muito o ajudava em dias como aquele: abria a igreja sozinho, tratava de tudo. Comovido, o padre estendeu-lhe as mãos. O sacristão não entendeu essa delicadeza repentina.

A irmã Luzia tocava órgão, inundava o eco da igreja. Aqueles dedos finos e brancos estavam bem ensinados. Quando o padre chegou ao centro do altar, a música preparou o seu final e terminou em segundos. Como era hábito, as velhas estavam embaladas e notou-se nos rostos o desagrado pelo fim da música. Aproveitando o silêncio, ásperas, tossicaram.

O sacristão tinha preparado o altar: as velas acesas, a bíblia no púlpito, o missal aberto na página certa, salvaguardando algum esquecimento, que não seria inédito.

Num momento, convocando solenidade, o padre fez o sinal da cruz. A graça de Nosso Senhor Jesus Cristo, o amor do Pai e a comunhão do Espírito Santo estejam convosco. A sua voz clara, a pronunciar sílaba a sílaba, dava-lhe firmeza para continuar. A resposta dos presentes, coro afinado, refletia essa confiança. Sentia-se leve quando disse o ato penitencial, por minha culpa, minha tão grande culpa. Foi nesse momento que o Miau entrou.

Do altar, viu-o encolher-se atrás da pia batismal, mal escondido. E enquanto o Miau gritava, fazendo com que toda a gente se virasse para trás, o padre Daniel nunca suspendeu a eucaristia:

Senhor, tende piedade de nós: Senhor, tende piedade de nós.

Cristo, tende piedade de nós: Cristo, tende piedade de nós.

Senhor, tende piedade de nós: Senhor, tende piedade de nós.

Sabia que a inocência do Miau não lhe pedia esses desacatos, outros tinham ficado a rir-se no terreiro, mas não conseguiu evitar a culpa. Pesava-lhe no corpo. Com outro padre, esse desrespeito seria impensável.

Um dó sustentado estendeu-se do órgão e interrompeu o momento. Mal as colocações das vozes deram o jeito de encetar um cântico, o sacristão saiu disparado e, com a circunspecção possível, nenhuma, empurrou o Miau para a rua. Quando regressou ao altar, já o padre estava ferido por uma náusea febril.

A luz que atravessava os vitrais mudou de cor, amareleceu. O padre Daniel, acometido de súbita icterícia, tentava distinguir pensamentos entre uma imagem obsidiante: vinho, o cheiro do vinho, o sabor do vinho, o vapor do vinho a tocar-lhe nos olhos.

O Senhor esteja convosco: Ele está no meio de nós. Corações ao alto: nosso coração está em Deus.

Dêmos graças ao Senhor, nosso Deus: é nosso dever e nossa salvação.

Ao alto, o coração do padre acelerou. E cresceu, sentia-o no pescoço. O padre aproveitava todos os instantes em que não falava para encher as narinas de ar mas, no silêncio, parecia-lhe que toda a gente podia ouvir o seu coração, bombo, bomba.

Como sempre, disse o sermão de improviso. Lutando contra o pânico, a boca completamente seca, falou da vontade, da força soberana da vontade. Aproveitou essa homilia para se convencer a si próprio.

246

Apesar de ninguém o ter escutado, foi um lindo sermão. Os rapazes estavam nas filas da frente à sua esquerda, a brincar com as mãos. As raparigas, também à frente, estavam à direita, a olhar umas para as outras. As velhas tinham desistido de prestar atenção aos sermões havia anos, fartaram-se de baboseiras.

E o cálice. A arder, as mãos a arder, a pele inteira a arder, o padre Daniel ergueu o cálice e apenas deixou que o vinho lhe tocasse os lábios. O sacristão estranhou o procedimento, mas continuou calado.

Na hora da comunhão, as velhas saltaram dos bancos. Uma por uma, abriram a boca e estenderam línguas demasiado finas, com demasiada saliva, cobertas por uma pasta branca de leite coalhado.

Corpo de Cristo: ámen.

Com o fim da missa a aproximar-se, a ansiedade parecia esmorecer no corpo do padre Daniel: o coração abrandava, a respiração tornava-se mais funda, o suor secava sobre a pele.

Deu a informação acerca das papas de milho, no sábado seguinte, oferta do doutor Matta Figueira, missa na capela de São Saturnino. Não foi novidade, já toda a gente sabia. As notícias da paróquia chegam antes à taberna do que à igreja, sussurrou uma velha a fazer-se de engraçada. A ti Inácia, austera, mandou-a calar.

O Senhor esteja convosco: Ele está no meio de nós.

As crianças já estavam desinquietas, as velhas também, mas a precisarem de autorização, que chegou como um suspiro:

Ide em paz e que o Senhor vos acompanhe.

A assistência a desfazer-se. Nas melhores roupas, no banho semanal, a saírem para as suas vidas, as suas ilusões. Quando o padre se virou, o sacristão já tinha abandonado o altar. Com passos lentos, quando chegou à sacristia, a boca a saber-lhe a lama, já o Tenório estava a ir-se embora.

O padre Daniel tirou a batina, não a arrumou, deixou-a em

cima da secretária, e voltou para a igreja. A irmã Luzia ainda estava sentada no banco do órgão, à espera. Pediu se podia confessar-se. O padre não teve ânimo para lhe responder com palavras, apenas fez um gesto de recusa e saturação. A freira entendeu e, em silêncio e respeito, saiu.

Os passos do padre no mármore. Trancou a porta da igreja, sentou-se num dos últimos bancos, fechou os olhos, juntou as mãos e, durante a tarde inteira, sussurrou atos de contrição seguidos, um após o outro, a tremer.

Quando faltavam alguns metros, as grades do portão do cemitério começaram a balançar. Ferro pintado a balançar, ferro em ziguezague, como se quisesse fugir dos seus contornos imprecisos, como se quisesse desfazer os seus contornos, como se quisesse desaparecer, contaminando o mundo inteiro com ausência e imprecisão. O padre caminhava na frente e ficou impressionado com essa miragem e, logo a seguir, com esse raciocínio apocalíptico. Tropeçou nos seus próprios pés, mas não caiu.

Quando passou pelo portão do cemitério, as últimas pessoas do cortejo ainda não tinham chegado à tabuleta. Todos os galveenses acompanhavam aquele enterro. O único que não estava ali, naquela multidão esticada ao longo da estrada de Avis, era o sacristão, mas também ele acompanhava o enterro, o seu peso na corda do sino marcava cada passo daquela gente.

Na véspera, o padre ficou a ouvir aquele mesmo toque com pesar. Sentado na sacristia, parou o que estava a fazer, os cotovelos pousados na secretária, as mãos brutas, sem préstimo, e cada badalada soou num silêncio negro que trazia por dentro.

Antes, tinha esvaziado as caixas de esmolas sobre o tampo da secretária. Organizando pilhas, cilindros com verdete, falava sozinho, queixava-se de falta de sorte na caridade: havia fartura de moedas de cinco tostões e de dez tostões, também não faltavam moedas de vinte e cinco tostões, muito poucas moedas de cinco escudos e uma nota de vinte, para amostra. O padre analisava a nota, o almirante Gago Coutinho com cara de fotografia tipo passe, enxovalhado, verde, manuseado por milhares de pessoas com as mãos sujas. Tenório entrou nesse instante preciso, deu-lhe a notícia e correu para a torre do sino. Com pesar, o padre ficou a ouvir esse toque, lamento repetido.

Continuavam a entrar marés de pessoas pelo portão do cemitério, avançavam pelo corredor, com jazigos de um lado e de outro. Era o fim da manhã, o sol já custava muito. Os ciprestes resistiam ao cheiro do enxofre, mantinham a sua seriedade vertical, a fingirem indiferença.

Foi só na capela de São Pedro que o padre Daniel soube ao certo quem era o rapaz. Antes, tinha sentido o peso do grande mistério, soturno porquê, funda ferida, mas só encontrou um rosto quando chegou à capela. Os anos que tinha passado em Galveias podiam ser divididos pela morte de crianças. Essas mortes erguiam-se do tempo como estacas. Nada possuía a mesma importância. Olhando para os anos em Galveias, olhando para a sua vida, as mortes de crianças eram pilares de pedra entre miragens. Perante essa dor, não dizia a ninguém que os caminhos do Senhor são insondáveis, faltava-lhe estômago para essa vulgaridade ofensiva. Perante essa dor, o mundo perdia o sentido. A morte de uma criança é sinal da ingratidão de Deus.

Arrumado no caixão, inchado, lívido, sem cor, era aquele o Rodrigo de quem falavam. Reconheceu-o da cerimónia da primeira comunhão e de ocasiões incógnitas nas ruas de Galveias ou no adro. Preparava-se para a quarta classe e preparava-se para fazer dez anos. Essa cegueira terminou na barragem da Fonte da Moura, quando o tiraram, para sempre quase na quarta classe, para sempre quase a fazer dez anos. Sem uma memória concreta, o padre sabia que, no domingo anterior, esse mesmo rapaz tinha estado vivo nas primeiras filas da missa, à sua esquerda. Estava lá, indistinto dos outros, indistinto do que estava para acontecer.

Enquanto esperava, junto à cova aberta, o padre tirou uma garrafa pequena da batina, brandy. Bebeu sem se importar. Limpou a boca às costas da mão e voltou a guardá-la. As pernas pesavam-lhe, queriam ceder na dobra dos joelhos, eram pernas bambas. O cemitério enchia-se de gente, vultos que se espalhavam entre as campas. Mesmo à distância, mesmo com os olhos embaciados, o padre Daniel conseguia distinguir as viúvas, os homens da sueca no café do Chico Francisco, o próprio Chico Francisco, o doutor Matta Figueira rodeado de pajens, o Joaquim Janeiro moreno, no talhão dos combatentes do Ultramar, encostado à campa do Esteves.

Diante da capela, alguns rapazes, vestidos de homens, tiraram o caixão da carroça funerária. Seguraram-lhe nas pegas e pousaram-no sobre as tábuas da cova. A mãe e o pai do defunto já não eram ninguém. Os gritos da mãe, uivos, subiam diretamente aos céus, mundo maldito. O choro do pai era mais difícil, tinha de enfrentar o seu próprio rosto, pele rija que não fora feita para chorar à frente de gente.

O padre voltou a tirar a garrafa do bolso das calças, no interior da batina. Indiscreto e indecente, esvaziou-a numa golada. De boca aberta, como se soltasse fogo, suspirou do fundo da garganta.

Os sinos continuavam ao longe. Havia gente espalhada por todo o cemitério: Galveias dos vivos e dos mortos. E era como se uns e outros, vivos e mortos, precisassem de uma oração em coro. Faziam falta as palavras do padre, tranquilas e ininteligíveis, esse era o costume. Mas o padre tinha saído de emergência, escapulira-se atrás de um jazigo e deixara a multidão à espera. Deixara o caixão pousado sobre a cova, deixara os pais em luto opaco, deixara toda a manhã suspensa. Sobre essa hora, ouvia-se o toque sem interrupção dos sinos, o silêncio solene de uma multidão e os arranques do padre, a vomitar.

E todos se lembraram da coisa sem nome.

Menos os cães, esses nunca chegaram a esquecê-la. Desde a primeira explosão, desde o nascer venenoso do primeiro dia, levaram-na sempre consigo, por baixo do silêncio, por baixo de cada vez que rosnaram, ganiram ou, à noite, quando estenderam latidos e uivos. Em todos os instantes, os cães carregaram essa ofensa nos olhos, essa mágoa. Se ninguém conseguiu entendê--los, não foi por falta de palavras para dizer segredos, não foi por falta de atenção. Esse desacerto aconteceu nos próprios sentidos. As pessoas, até as mais bem-intencionadas, não dispunham de entendimento capaz de acolher uma verdade daquele tamanho.

Mas, mesmo sem compreensão, continuaram a viver.

Nessa tarde, Galveias recebeu o primeiro sinal.

Faltavam poucos dias para o fim de setembro. Àquela hora, apesar de já ter caído a força do calor, o ar ainda transportava uma lembrança do que tinha sido às três da tarde, às quatro da tarde. Em redor da capela de São Saturnino, sob as ordens da Paula Santa, um rancho de mulheres estava a fazer papas de farinha de milho desde essas horas do inferno. Recusaram a ajuda dos poucos homens que se aproximaram a fingir cortesia. Antes, enquanto as mulheres descarregavam tachos, colheres de pau e outras ferramentas, foram esses homens que prepararam aquela clareira arrumada à capela: limparam tojos secos, atiraram alguns calhaus pela ribanceira e deram uma rega de água para assentar o pó. Já com a lenha capaz e a preparação quase acabada, o Edmundo não deixou ninguém chegar-se ao lume. Tinha escolhido as pinhas uma a uma para dentro da saca; por isso, cabia-lhe a vez de atear o lume. A mulher deu-lhe razão.

O fedor do enxofre passava por cima da vila e chegava valente lá a cima, empestava as paredes e as copas das azinheiras. Mas o trabalho era feito, prosseguia, alheio ao mistério. Havia mulheres a limparem a capela por dentro e a enfeitarem-na com flores que tinham trazido dos seus quintais. Eram flores sustidas a muita força de água da torneira, gastador inusitado que, naquele dia, tinha a sua paga.

A Paula Santa não se afastava das papas de milho. Tudo quanto ali estava, matéria-prima e apetrechos, pertencia à cozinha do doutor Matta Figueira. Na ausência do doutor e da senhora, sentia-se dona. Controlava as sacas de farinha e os garrafões de azeite com os olhos arregalados. Queria ensinar as outras até a pegar numa colher de pau.

Pousaram o primeiro tacho em cima da trempe no instante em que as mães deixaram os cachopos sair de casa. De vários pontos da vila, bem distribuídos, tomaram o mesmo sentido. As mães aguentaram-nos tanto quanto puderam, foram como barragens de ansiedade. Cada um levava o seu prato de plástico e a sua colher. Entre as exceções, estavam os Cabeças: os mais pequenos levavam prato, já os mais velhos tinham de se sacrificar, iam de mãos soltas, fiados na segunda volta desses pratos.

Os tachos eram enormes, de alumínio grosso e formas toscas. Havia mulheres que, apesar do calor do lume, misturado com o calor que a tarde ainda conseguia ter, ficavam paradas a contemplar aqueles tachos. Paula Santa, despachada, como se fizesse tachões de papa todos os dias, entornou o azeite a olho. Enquanto esperava que aquecesse, chegaram as primeiras crianças.

Os sinos da igreja Matriz começaram a chamar. Todas as pessoas de Galveias saíram de casa. As ruas ficaram cheias. Os mais velhos andavam mais devagar, mas não se notava porque havia gente com muitos tamanhos de perna. Todos levavam um prato e uma colher, mas os pratos e as colheres eram todos diferentes.

O padre saiu de casa já com os paramentos devidos. A ti Inácia estava à espera para acompanhá-lo e fingiu que não reparou nas nódoas que tinha no peito. Seguiram numa maré de gente animada, alimentaram conversas e, em ocasiões, riram-se de assuntos com mais ou menos graça. Assim chegaram ao terreiro, que era onde o Chico Francisco estava a fechar o café, debaixo do olhar murcho do Barrete.

Desceram até à estrada nacional e atravessaram-na sem olhar, confiando. A multidão transportava a força do seu motivo. Nessa tarde, nas ruas de Galveias, as motas tiveram de segurar a impaciência. Indiferentes a esse empate, as pessoas continuavam o caminho, entretidas na sua ilusão.

O Catarino, com a ajuda de outros, levou o João Paulo. Ele não queria ir, revoltou-se tanto quando foi capaz, mas não foi capaz de muito. Com licença da família do João Paulo, o Catarino organizou-lhe uma esteira. Carregado nos ombros, seguiu pelo caminho de terra, entre centenas de pessoas e, depois, subiram-no por veredas até lá ao alto. Teve direito a ficar no interior da capela.

Sentindo o interesse da plateia, a Paula Santa esmerava-se na ciência de mexer a farinha, de colá-la com o azeite numa conjugação de velocidade da colher, quantidade da farinha e temperatura do azeite. O perigo de encaroçar era apontado como um desastre entre os piores, até lhe custava referir essa possibilidade, batia na boca para desmanchar as palavras depois de serem ditas. Houve um momento, confirmado no relógio de pulso, em que o Edmundo, sem precisar de contar à mulher, entrou no carro e foi buscar os patrões. Com a janela aberta, agitando o braço esquerdo e buzinando, abria caminho entre a multidão, exatamente como costumava abrir caminho quando, por surpresa, achava um rebanho de ovelhas no meio da rua.

O padre chegou à capela no momento em que a Paula Santa já estava de roda do segundo tacho de papas, doía-lhe o braço de tanto mexer, mas não passava esse serviço a ninguém, suava em bica.

O Miau tinha sido dos primeiros a chegar. A sua excitação era proporcional ao número de pessoas que rodeavam a capela. Era excitação que podia ser calculada matematicamente por quem tivesse paciência e cabeça. O Miau andava sem parança, desordenado, saltitando como uma borboleta obesa, com banhas à mostra no fundo da camisola demasiado curta, com a língua de fora.

Nos pequenos muros diante da capela, não havia centímetros disponíveis para mais rabos. O velho Justino e o irmão estavam sentados à esquerda, de costas para Galveias, a observarem o movimento. O senhor José Cordato procurava a Funesta. À distância, parecia vê-la mas, depois, quando encolhia os olhos, percebia que não era ela.

Havia cachopos e velhos cheios de pressa. Tinham medo que as papas acabassem antes mesmo de serem distribuídas. O menino Pedro, a esposa e o filho estavam no interior da capela, conversavam com o padre e ignoravam o João Paulo, entrevado a olhar para o teto. Quando o Edmundo chegou com o doutor e a senhora, toda a gente passou a falar mais baixo.

Na capela de São Saturnino, cabia o padre, a família Matta Figueira, o João Paulo deitado, a professora e o cabo da guarda. Diante da capela, cabia uma pequena multidão de corpos em bicos de pés, a escutarem metade do que o padre dizia. Os restantes galveenses estavam espalhados por aquele campo, seguravam um prato e uma colher.

Havia muita distância em redor. Conseguia aproveitar-se aquele outeiro para entender a grandeza do mundo. Na direção da Deveza, o horizonte chegava a Avis e, depois, conforme se sabe, havia de estar Estremoz e todo o mundo que existe para esse lado. Na direção do São Pedro, imaginava-se a Ribeira das Vinhas e a seguir, estaria Ponte de Sor e o resto inteiro dessa parte do mundo.

Enquanto o padre falava, o cheiro do enxofre encrespava o ar. Havia um sopro fresco, mas essa aragem existia dentro do próprio cheiro do enxofre, era composta por ele e, por isso, não o dissipava. Pelo contrário, era o cheiro que desgastava a aragem, que lhe acrescentava peso e, tarde ou cedo, acabava por matá-la.

Fazendo votos de intempérie, o sermão regressou ao tema da vontade: a força soberana da vontade. As palavras do padre permitiriam uma leitura profunda, mas os que estavam dentro da capela prestavam atenção a pensamentos, e os que estavam fora não ouviam o suficiente para entender.

Houve um instante em que não se percebeu logo que a missa tinha terminado. Ficaram as cigarras. Então, as pessoas olharam umas para as outras e, tropeçando em moitas, lançaram--se na direção das papas de milho.

Esbarraram num muro invisível.

As sacas de farinha de milho tinham sido moídas no moinho do doutor Matta Figueira, em horas de trabalho pagas com o seu capital. O próprio milho tinha crescido sob cuidados de rega e de afeição suportados pelo mesmo fundo: as raízes cravadas em propriedades escrituradas com o seu nome e validadas pela sua complexa assinatura. Portanto, havia que esperar.

O doutor Matta Figueira desceu os degraus de braço dado com a senhora, em cavaqueira com o cabo da guarda, pois sim, pois claro. Então, aguardou pelo padre e: primeiro o senhor; não, primeiro o senhor; insisto, primeiro o senhor; faça favor, primeiro o senhor; ora essa, primeiro o senhor. Por fim, quando a comitiva chegou aos tachos, Paula Santa aguardava com pratos de papa, colheres e guardanapos. Sob os olhos grandes de todos, o doutor Matta Figueira levantou a colher, soprou-a ligeiramente e afundou-a na boca.

O seu rosto contorceu-se numa careta. Paula Santa, aflita, acrescentou-lhe um exagero de água-mel. Reforçou também o prato da senhora, do menino e de todas as entidades. Cumprindo protocolo, continuaram a comer.

No momento em que, por fim, iam começar a distribuir papas de milho a todos, chegou o Sem Medo aos gritos. Ninguém o conseguia calar. Estava numa aflição fatal, vinha buscar a ti Adelina Tamanco. A mulher do Sem Medo estava à beira de parir. A ti Adelina Tamanco, com três dentes, de prato estendido, engelhou-se ainda mais nas rugas do rosto, dobrou-se ainda mais na marreca das costas. Mas não teve outro remédio, tinha de acudir à rapariga.

Houve quem visse logo ali um sinal da fertilidade que todos esperavam e que, de certeza, vinha a caminho. Com essa algazarra, cada prato que aparecia levava um par de colheradas de papa de milho.

Os mais velhos comiam com grande sacrifício e, muitas vezes, com lágrimas nos olhos. As crianças comiam obrigadas, contra ameaças. O Miau comia porque via os outros a comer.

A Filó da boîte segredava ao ouvido da Tina Palmada que as

papas sabiam a cal viva, mas não se ficou a saber se alguma vez tinha provado cal viva. Para as duas, que continuavam a fazer pão por não acharem jeito de fazer mais nada, aquelas papas tinham um gosto parecido com o do pão, enxofre ácido, mas mais intenso, intragável.

João Paulo aceitava as papas de boca aberta, colheres cheias que a mãe lhe dava com apuro. Se, por acaso, escorria uma gota, raspava-a com a colher e voltava a enfiar-lha na boca.

Para alguns, as papas de farinha de milho pareciam desfazer--lhes os dentes; para outros, pareciam queimar-lhes o céu-da--boca; para outros, arranhavam a garganta, arame farpado viscoso; mas todos comeram até à última colher.

Esse foi o primeiro sinal, ninguém o decifrou.

Ao longo da madrugada e da manhã, Galveias recebeu o segundo sinal.

O terreno à volta da capela de São Saturnino estava mexido pelo rebuliço da véspera. A terra guardava nota das centenas de pés que a tinham pisado. Àquela hora, o fresco parecia fixar essas pequenas marcas. A ligeira sombra da luz que se aproximava, talvez ainda uma ideia apenas, desenhava a cinzento e a negro essas clareiras, as pedras limpas, meio enterradas, meio descobertas.

Até os cães dormiam. Os pássaros estavam encolhidos dentro das copas das árvores, transformados numa matéria maciça. Os grilos tinham desaparecido naquele instante de inverno súbito. Aquela era a hora em que os encalorados, a dormirem só de cueca, puxavam o lençol para se tapar. Galveias aproveitava essa temperatura e essa penumbra.

Foi de repente, como um tiro. O ti Manuel Camilo acordou com uma guinada de lado. Lançou-lhe a mão e apertou, julgou tratar-se de uma apendicite. A mulher mexeu-se na cama. Ele pensou que, dentro da surdez, o tinha sentido e estava a querer ajudar. Sem abrir os olhos, pediu-lhe que o deixasse em paz, gesticulou na escuridão. Mas a mulher, Zefa, nem reparou nessa conversa de doidos, ela própria estava envolvida numa dor lancinante, como um pau espetado na barriga, como um ferro enferrujado espetado na barriga.

A irmã Luzia foi apanhada no instante preciso em que tinha pousado um joelho no chão, ia começar as orações matinais. Ainda de cabeça descoberta e de camisa de noite, deixou-se cair de lado e ficou em posição fetal, achou que ia morrer. Forçou-se a abrir os olhos, acreditando que estava a ver pela última vez o seu quarto modesto, objetos arrumados e elementares.

Os filhos do Cabeça, deitados em várias direções, estendidos num lençol encardido de surro e suor acumulado, contorceram-se sem conseguirem gritar. Era uma pontada funda, que os puxava para dentro de si próprios. Nesse lugar interno, só existia dor. Mesmo que tivessem sido capazes de gritar, de nada lhes serviria.

Esse desarranjo acertou na barriga de todos os galveenses. Muitos lembraram-se das papas de farinha de milho. Entre esses, habituada a conter emoções, a senhora Matta Figueira conseguiu chegar à casa de banho e sentar-se. Após um segundo de alívio intelectual, a esperança, percebeu que essa posição não lhe trazia nenhuma vantagem. Pareceu-lhe então que não podia fazer nada contra aquela dor.

O mesmo sentiram outros, noutros lugares: a Joana Barreta, abraçada a uma almofada; a Paula da boîte, enfarinhada no chão da padaria. Todos os galveenses acreditaram que não podiam fazer nada. A dor fez deles o que quis.

Sem distinção de feitio, de tamanho, de idade, de dinheiro no bolso, de macho ou fêmea, a dor derreou-os na mesma razia. No entanto, todos entenderam de maneira única aquele hálito a enxofre, aquela circunstância excruciante. Para alguns, parecia que havia algo a querer sair de dentro deles, algo que lhes espetava a pele a partir de dentro, como um bicho que trouxessem no interior e que, finalmente, decidisse rasgá-los com as suas garras. Esses, quando pousavam a mão sobre o ventre, não era para amenizar o sofrimento, queriam garantir que estavam inteiros. Para outros, essa agonia era uma cor por dentro dos olhos: tudo vermelho, tudo preto, tudo roxo. Era uma cegueira que queimava o que viam e o que existia para ser visto. Para outros ainda, a dor partia-os ao meio, *tlac*, como um palito seco.

João Paulo, deitado ao lado da mulher, recuperou a sensibilidade no abdómen para sentir aquela tortura a despedaçá-lo. Durante grande parte do tempo acreditou que estava num daqueles sonhos, pesadelos, em que voltava a ter um corpo funcional. Para além da carne, estava convencido de que, a qualquer momento, acordaria para a decepção renovada de ser uma cabeça sem corpo, sem barriga.

A meio da manhã, em poucos minutos, essa dor começou a diluir-se, perdeu os ângulos, amaciou. Quando desapareceu completamente, quando abandonou a pele, os galveenses respiraram fundo.

Esse foi o segundo sinal, ninguém o decifrou.

E voltaram a respirar fundo. Precisavam de ar novo. Nesse domingo, não houve missa. Todos acharam que tinham sido os únicos a faltar: a irmã Luzia, o sacristão, cada menino da catequese, cada velha e até o padre. Todos acharam que a missa tinha prosseguido sem eles.

Nenhum galveense tentou falar daquelas horas, nenhum tentou descrevê-las. Todos acreditaram que mais ninguém tinha passado por aquela agonia.

A dor física individualiza.

* * *

Nessa tarde, Galveias recebeu o terceiro sinal.

Os homens que estavam no terreiro precisavam de paredes para se encostar ou de motorizadas para se amparar. No café do Chico Francisco, as moscas eram riscos pretos no ar, entre corpos dobrados sobre as mesas. A televisão acesa distraía da imobilidade com barulho.

Não trazia chuva aquele céu. A luz desse dia fizera arder os telhados, secara a terra ainda mais e começava, por fim, a descansar. O cheiro a enxofre tomava o posto do calor, do sol vivo, enchia esse corpo que vagava a pouco e pouco. Na véspera, àquela hora precisa, as crianças tinham tomado o caminho da capela de São Saturnino, esse era tempo distante, a meio de ser esquecido.

O Sem Medo saiu de casa, deu três passos na rua do Outeiro, logo aí chamou a atenção. Entrou no terreiro de cara iluminada. Agarrando os olhares de homens vestidos com as melhores roupas, em repouso por costume semanal, pisou no café do Chico Francisco e, eufórico, para que se ouvisse, bateu com a mão aberta no balcão:

Vinho para toda a gente. A sua voz gargalhava.

Os homens que estavam ali arrastaram as cadeiras e levantaram-se. Os homens que estavam na rua subiram dois degraus e entraram, traziam os olhos à procura. Os homens que estavam na barbearia do Ernesto entraram logo a seguir, chegavam pouco habituados àquele ar.

O Chico Francisco, com as mangas da camisa arregaçadas, encheu o balcão de copos molhados e, depois, acertou-lhes com o bico do garrafão, um a um.

Nesse momento, as mulheres entravam em fila pela porta do Sem Medo. Assim que saiu de casa, como se estivessem à espera, e estavam, foram entrando as primeiras. Queriam ver a menina, nascera já a meio da noite, mas, depois de vê-la, não conseguiam ir embora, admiravam-se com o que encontravam.

O Sem Medo estava arrebatado por uma loucura que incendiava o ar à sua volta. Até os outros homens, espíritos dormentes, se contagiavam com esses vapores. Assim se ateou uma algazarra.

Os cachopos aproximavam-se à cata de festa.

A voz do Sem Medo punha-se à frente de qualquer coisa que alguém tentasse dizer. A voz do Sem Medo ressoava dentro de cada homem. Repetia palavras de louvor à menina que tinha nascido, mais do que perfeita, superbeleza inegável.

Comprados pelo vinho e pela oportunidade de celebração, os homens concordavam com esses exageros, percebiam que vinham de um pai extremoso e recente. Quando ele insistiu que fossem todos ver a menina, começaram por recusar. Não se sentiam à vontade para dar entrada num quarto de mulher parida, ainda descabelada por essa tropelia, com intuito de analisarem um ser do tamanho de um paio, bomba armada para rebentar em choro a qualquer momento. Mas ele continuou a insistir e, realmente, aqueles amendoins do Chico Francisco eram insuficientes, as cascas a estalarem debaixo dos pés. Em excursão, dirigiram-se à casa do Sem Medo, seguindo-lhe o enlevo, com ideia na hipótese de um petisco.

À porta, havia uma matilha desordenada de cães de vários tamanhos.

Entraram na casa do Sem Medo. Chegaram à sombra. Eram um grupo de homens de boina na mão, alguns cachopos pelo meio. A cozinha estava cheia de mulheres, a entrada do quarto quase não tinha espaço para passar. Tanto os homens como as mulheres sentiram o embaraço de se cruzarem ali.

Sem janela, o quarto era alumiado por um candeeiro delicado, sobre a banquinha. A mulher do Sem Medo tinha acabado de amamentar, mas já estava composta. Estendeu a menina ao pai, que a recebeu como se não aguentasse mais as saudades. Quando a mostrou, os homens não se aperceberam logo. Era uma criança com dedinhos e boquinha. Foi quando um deles lhe pegou ao colo, por insistência do Sem Medo, que reparou no cheiro da menina.

Esse foi o terceiro sinal.

As mulheres já tinham dado conta. Sem palavras, só olhar, partilharam esse assombro com os homens admirados, à procura de entendimento.

Todas as pessoas que passaram pelo terreiro deram por essa novidade e entraram para cheirar a menina. Em pouco tempo, menos de uma hora no sino da igreja Matriz, essa onda já tinha chegado à última casa da Deveza, à última casa do Queimado, galveenses tinham largado a criação nos montes para irem ao encontro desse fenómeno.

A multidão que se juntou à porta da casa do Sem Medo tombou para o largo do terreiro e encheu-o. O padre Daniel, conhecedor de milagres, não soube nomear antecedentes. O cabo da guarda, autoridade legal, impressionou-se como qualquer outro. O doutor Matta Figueira, licenciado, ficou em silêncio durante e depois de cheirar a menina, frustrando todos os que lhe procuravam reação.

No colo da mãe, depois de cheirada por todos, a menina adormeceu. Tinha o cheiro normal das crianças acabadas de nascer. Não cheirava a enxofre.

E, num momento, sentiram vergonha agarrada à pele. Todas aquelas pessoas, uma a uma, incomodaram-se com o lugar onde estavam paradas. Como se despertassem de repente, logo lúcidas, logo espertas, estranharam a cegueira com que se habituaram àquela peste. Estranharam-se a si próprias: foi como se fizessem perguntas a quem tinham sido na véspera e lhes parecesse que falavam com alguém de outro entendimento.

E deixaram de aceitar. Pareceu-lhes incrível que tivessem chegado a esquecer o seu próprio cheiro. Pareceu-lhes incrível

263

aquele tempo, dia após dia, mês após mês, repetição insistente de uma mentira. Se continuassem a aceitar a mentira, acreditariam nela em breve e, quando acreditassem, nada faltaria para que eles próprios fossem essa mentira.

Há muitas formas de estar morto.

Perder o cheiro, perder o nome, perder a própria vida, mesmo que ainda ocupando um corpo ou uma sombra. Perder o cheiro, perder o nome, perder a própria vida, mesmo que ainda suportando o tempo e o peso do olhar.

Lembraram-se da coisa sem nome, e todos deram o primeiro passo. Não avançaram exatamente ao mesmo tempo, como num mundo de perfeita sincronia. Cada um teve o seu instante de decisão e, logo a seguir, cada um fez o pé levantar-se e progredir sobre as pedras da rua até voltar ao chão e criar estrutura para amparar o outro pé, esquerdo ou direito, no seu gesto sucessivo e necessário. Eram pés que não tinham o mesmo tamanho, mas que tinham a mesma importância. E todos deram o segundo passo, o terceiro, o quarto e outros, seguintes, até se perder a conta.

A coisa sem nome conservava ainda o seu mistério, talvez nunca viesse a perdê-lo, mas as ruas estavam já cheias de gente a caminhar na sua direção.

Galveias não pode morrer.

Por todas as crianças que deixaram a infância naquelas ruas, por todos os namoros que começaram em bailes no salão da sociedade, por todas as promessas feitas aos velhos que se sentavam à porta nos serões de agosto, por todas as mães que criaram filhos naqueles poiais, por todas as histórias comentadas no terreiro, por todos os anos de trabalho e de pó naquela terra, por todas as fotografias esmaltadas nas campas do cemitério, por todas as horas anunciadas pelo sino da igreja, contra a morte, contra a morte, contra a morte, as pessoas seguiam aquele caminho.

Suspenso, o universo contemplava Galveias.

1ª EDIÇÃO [2015] 1 reimpressão

ESTA OBRA FOI COMPOSTA PELA SPRESS EM ELECTRA E IMPRESSA
EM OFSETE PELA GRÁFICA PAYM SOBRE PAPEL PÓLEN SOFT DA
SUZANO S.A. PARA A EDITORA SCHWARCZ EM NOVEMBRO DE 2021

A marca FSC® é a garantia de que a madeira utilizada na fabricação do papel deste livro provém de florestas que foram gerenciadas de maneira ambientalmente correta, socialmente justa e economicamente viável, além de outras fontes de origem controlada.